L

INTRODUCTION

CHOIX DE TEXTES

COMMENTAIRES

VADE-MECUM

ET BIBLIOGRAPHIE

par
Henri Pena-Ruiz

GF Flammarion

© Éditions Flammarion, 2003.
ISBN : 2-08-073067-3

SOMMAIRE

VI
LA LAÏCITÉ DE L'ÉCOLE PUBLIQUE

INTRODUCTION

L'anthologie proposée ici est une présentation raisonnée de l'idéal laïque et de la laïcité comme émancipation simultanée des personnes, de l'État, et des institutions publiques.

La notion de laïcité recouvre un idéal universaliste d'organisation de la cité et le dispositif juridique qui, tout à la fois, se fonde sur lui et le réalise. Le mot qui désigne le principe, « laïcité », fait référence à l'unité du peuple, en grec le *laos*, conçu comme réalité indivisible, c'est-à-dire exclusive de tout privilège. Une telle unité se fonde sur trois exigences indissociables : *la liberté de conscience assortie de l'émancipation personnelle*, *l'égalité de tous les citoyens* sans distinction d'origine, de sexe, ou de conviction spirituelle, et *la visée de l'intérêt général*, comme seule raison d'être de l'État.

La laïcité consiste à affranchir l'ensemble de la sphère publique de toute emprise exercée au nom d'une religion ou d'une idéologie particulière. Elle préserve l'espace public de tout credo obligé comme de tout morcellement communautariste ou pluriconfessionnel. Tous les êtres humains peuvent ainsi se reconnaître en lui, et s'y retrouver. Cette neutralité confessionnelle se fonde donc sur des valeurs clairement affichées et assumées par l'État laïque. Elle ne se confond pas avec une indifférence générale ou un relativisme qui tiendrait la balance égale entre le juste et l'injuste, le vrai et le faux. L'abstention dont elle fait un principe ne concerne que les options spirituelles des citoyens, laissées à leur seule liberté, et délivrées de toute hiérarchisation. C'est pourquoi l'espace laïque ainsi compris n'est pas pluriconfessionnel, mais non confessionnel.

Six moments permettent d'illustrer par des textes l'essence de la laïcité.

Dans un *premier moment*, les textes proposés rappellent la diversité des options spirituelles et des éthiques de vie correspondantes qui peuvent distinguer les hommes. Cette diversité ne les dresse pas les uns contre les autres dès lors que le mode de fondation du pouvoir temporel de l'État s'interdit de privilégier une option spirituelle, et d'interférer dans la sphère privée des conceptions éthiques. Un État de droit vise bien plutôt à libérer la sphère spirituelle de toute discrimination comme de toute tutelle. Athées, croyants divers et agnostiques sont ainsi effectivement libres et crédités de droits égaux, tandis que la sphère publique ne se soucie de promouvoir que l'intérêt commun à tous. Tel est l'esprit général du droit laïque.

Le *deuxième moment* met en évidence, par le rappel de l'histoire, ce qui advient quand ce droit n'est pas encore reconnu ni établi. Les textes qu'il réunit constituent une démonstration par l'absurde de la laïcité : violences et injustices multiformes expriment les liaisons dangereuses de la religion et de la politique. Dans un souci de compréhension de ce qui a pu autoriser de telles persécutions, place est faite à l'ambiguïté des textes de référence des trois monothéismes, ainsi qu'aux justifications que certains hommes d'Église ont cru devoir donner de la contrainte exercée au nom d'une religion. Il ne s'agit pas alors d'attribuer *a priori* une responsabilité aux textes tenus pour sacrés par les fidèles des religions, puisqu'ils sont souvent ambigus, mais de voir dans quelle mesure ils ont pu être sollicités au sein de projets explicitement politiques de domination, même si le prétexte fréquemment mis en avant était d'ordre théologique.

Le *troisième moment* rappelle les protestations des philosophes contre la persécution ainsi légitimée. Il rassemble les dénonciations du recours aux Écritures pour justifier l'injustifiable, et insiste sur le rôle de la raison dans le refus de la violence faite aux consciences et aux corps. Il relève les dangers d'une lecture littérale, instrumentalisée à des fins de domination. L'aspiration laïque s'y profile non comme critique des croyances comme telles, mais comme démystification de l'obscurantisme qui fait le lit de l'oppression théologico-politique, et rejet de cette oppression elle-même.

Le *quatrième moment* remonte aux sources philosophiques de l'émancipation laïque. Il expose les valeurs et les principes dégagés tant par les philosophes de la conscience libre que par ceux de la société refondée sur la justice. La diversité des auteurs cités, comme de leurs convictions spirituelles, met en évidence l'universalité de l'émancipation laïque.

Le *cinquième moment* expose les éléments conceptuels de la refondation laïque de l'État. On y retrouve les grandes références de la pensée classique des limites de l'État, du respect de la sphère privée, de la nécessaire séparation des autorités religieuses et de l'autorité politique. La loi de séparation laïque du 9 décembre 1905 y est mentionnée, comme exemple décisif de dispositif juridique permettant de traduire dans les faits la laïcité.

Enfin, le *sixième moment* réunit des textes essentiels sur le sens et les enjeux de la laïcité scolaire. Y sont traités, entre autres, le rôle de l'école laïque dans la formation du citoyen, la signification de la neutralité confessionnelle de l'école, ainsi que l'enjeu de la déontologie laïque des enseignants. Le point de départ en est l'idée d'École, institution qui ne peut advenir et se maintenir qu'en raison d'une volonté politique de promouvoir l'instruction pour tous. Tous les enfants du *laos*, du peuple, sont accueillis par l'école de la République pour laquelle il n'y a ni étranger ni personne inférieure du fait de son origine ou de sa conviction spirituelle. C'est pourquoi une telle école ne peut être que laïque : ce qui est de tous ne saurait privilégier ce qui est seulement de certains.

Vie spirituelle et pouvoir temporel

Certains hommes croient en Dieu. D'autres sont athées. D'autres encore sont agnostiques. Telles sont les trois grands types d'options spirituelles. Et telle est la réalité dont on peut partir pour esquisser la problématique du rapport entre pouvoir temporel et vie spirituelle, problématique plus large que celle des relations entre politique et religion.

Un paradoxe s'offre alors à la réflexion. La religion, entre autres, s'ordonne à l'idée d'une autonomie du monde spirituel par rapport au monde temporel. On pourrait d'ailleurs dire de même de la philosophie, de l'art et de la science. Or l'instrumentalisation politique du religieux, conjuguée à l'emprise du religieux sur la politique, bafoue cette autonomie. Lorsqu'une religion inspire une politique, la fonction qu'elle remplit en vient, de façon plus ou moins insensible, à corrompre sa démarche revendiquée de pur témoignage spirituel. De proche en proche, c'est l'existence de toute la vie spirituelle qui se trouve mise en tutelle par cette normativité politique du religieux. Le credo obligé, ou privilégié, étend l'ordre temporel au-delà de sa sphère légitime, et s'asservit le champ de la vie spirituelle. Pourtant, la religion dit tirer sa source d'une autonomie de ce champ.

La confusion de l'ordre temporel et de l'ordre spirituel peut dans les cas extrêmes de la *théocratie* et du *fondamentalisme* religieux produire l'institutionnalisation d'une servitude multiforme, tant des corps que des consciences. Devenu bras armé de la religion, l'ordre temporel fait incursion au sein de la vie spirituelle. Il en brise l'autonomie en même temps qu'il s'aliène à une option spirituelle particulière. C'est alors l'ensemble des registres de cette vie spirituelle qui est affecté : la pensée, la création artistique, la science, sont soumises à une sorte de police, tandis que les manifestations temporelles jugées non conformes à l'orthodoxie sont réprimées. La distance qui institue et constitue la vie spirituelle est abolie dans le moment même où la liberté qui la fait vivre se trouve niée.

C'est un tel paradoxe qui ouvre la voie à la nécessité de la laïcité comme instauration simultanée de la liberté spirituelle et de l'autonomie de la vie temporelle. Cette libération réciproque est fondée sur la séparation de ce que Comte appelait le « pouvoir spirituel » et le « pouvoir temporel ». Au demeurant, le « pouvoir spirituel » est peut-être appelé improprement « *pouvoir* » si son mode d'action est plutôt celui de la libre influence que celui de l'emprise exercée. La distinction ainsi faite n'interdit nullement une action du

« pouvoir spirituel » sur le « pouvoir temporel », mais elle ne la rend possible que comme libre sollicitation de la conscience humaine dans sa capacité réflexive et critique. C'est dire que le témoignage spirituel des religions, comme celui des humanismes rationalistes athées ou agnostiques, peut prendre un sens par sa contribution à la vie libre et déliée de la pensée, mais dans le cadre d'un espace public désormais soustrait à l'emprise d'une forme privilégiée de spiritualité, et vivifié par l'exigence d'une délibération lucide, sans tabou ni ordre moral du « religieusement correct ». Pour prendre la mesure d'une telle problématique, il convient d'évoquer la place de la croyance religieuse au sein de la vie spirituelle, en regard des autres options qui s'y présentent.

On peut d'abord rappeler brièvement la signification de cette vie spirituelle dans la culture humaine. Les hommes ne se contentent pas d'être au monde, et de recevoir leur existence comme une donnée brute, à consommer sans distance à mesure qu'elle est assurée par leur travail. Ils en font un objet de représentation et d'imagination ; ils l'inscrivent dans un récit de soi et des choses. Ils donnent ainsi un horizon de sens à la pratique par laquelle ils produisent et affirment leur vie. Cette mise en perspective s'assortit le plus souvent de repères qui jouent une fonction régulatrice dans la conduite quotidienne comme dans le travail de la pensée. La vie spirituelle s'enracine dans ce travail de la conscience, et ses diverses formes en expriment la puissance créatrice.

De façon forte et suggestive, Hegel, dont la philosophie est comme une interprétation méthodique de la culture universelle, a pu parler d'« esprit subjectif » pour désigner les diverses formes prises par le travail intérieur de la conscience, et d'« esprit objectif » pour se référer à l'ensemble des œuvres par lesquelles l'humanité se déploie dans le monde des objets qu'elle produit. Il a ainsi cerné le rapport concret de l'intérieur et de l'extérieur, de l'objectivation et de la formation de soi par et dans la culture. C'est dire que la vie spirituelle est multiforme dans ses modalités, et donne lieu à des orientations variées. C'est cette double diversité qu'il faut prendre en compte pour penser la liberté de choix des options spirituelles. On peut croire ceci ou cela, mais également se prémunir de toute croyance parce que l'on considère que seule vaut la conviction rationnelle, quitte à s'abstenir de se prononcer pour ce qui ne peut donner lieu à une telle conviction. On remarquera ainsi que l'effort de la conscience humaine pour comprendre le monde comme totalité, voire pour en dire ou en nier le sens, débouche sur des figures différentes, au sein desquelles la croyance religieuse prend place comme une option parmi d'autres.

Sans trancher le débat entre l'explication matérialiste et l'explication spiritualiste concernant l'origine de l'activité spirituelle ainsi évoquée, et son rapport à la pratique sociale, on peut observer qu'elle est la source des constructions mythologiques, religieuses, métaphysiques, scientifiques et artistiques. Autant de registres tant de la conscience que de la culture, comprise comme processus primordial de l'aventure humaine. Cette diversification est une richesse, mais elle doit être comprise lucidement, sans confusion des domaines ni des différents registres de la conscience.

Les hommes ont notamment à distinguer ce qu'ils savent, ce qu'ils supposent, et ce qu'ils croient. Lucidité. Mais aussi source de libération par rapport aux fascinations du croire. Ainsi, Socrate et Épicure critiquant les superstitions religieuses plaidèrent pour l'exercice prioritaire de la démarche réflexive, qui n'a pas pour objet d'éradiquer la croyance, mais de la rendre consciente d'elle-même. On ne peut fonder, sans aveuglement, le même type de repères pratiques sur la croyance et sur le savoir. Toute norme imposée arbitrairement à la vie spirituelle au nom d'exigences sociales ou politiques perd sa légitimité dès lors qu'est reconnue la liberté de l'ordre spirituel, comme l'autonomie d'un ordre temporel qui assure à tous les conditions de cette liberté. Cette liberté n'est ni religieuse ni athée : elle est tout simplement celle de la conscience dans sa vie propre, condition de possibilité du libre choix d'une option spirituelle. D'où la nécessité de prendre en compte la diversité de ces options spirituelles, et de ne pas en réduire l'éventail à une conception mutilée des possibles.

Le credo obligé est une absurdité pour la conscience, puisqu'il ne respecte pas ses modalités propres d'existence, qu'elles soient celle de la croyance, celle de l'opinion, ou celle du savoir rationnel. C'est ce que soulignait notamment Hegel, allant jusqu'à solidariser religion et liberté. Nul ne peut croire vraiment s'il n'éprouve pas l'entière liberté de son engagement intérieur au moment où il croit ; nul ne peut adhérer à une opinion s'il la ressent comme diktat extérieur ; nul ne peut faire sien un jugement s'il ne saisit pas le raisonnement qui le fonde. Certes, ce témoignage intérieur peut recouvrir une illusion chaque fois qu'un conditionnement inconscient a produit l'apparence de la spontanéité. Mais ce constat ne fait que souligner l'importance du souci de lucidité dans l'identification des facteurs inaperçus qui tendent à exercer leur emprise. Et il annonce l'importance de la raison, comme faculté de libre examen et exigence d'un fondement pour toute affirmation.

La liberté de la vie spirituelle, et des options qui s'offrent à elle, apparaît comme un enjeu essentiel dès lors que les représentations du monde se manifestent selon la double diversité signalée plus haut. Cette manifestation est un révélateur. Nul n'est tenu de croire à quelque chose, ni de croire quelque chose. Si la croyance religieuse a pu constituer une sorte de ciment social, voire de fondement normatif, dans les *théocraties*, elle n'est pas pour autant consubstantielle à tout type d'organisation sociale, sauf à extrapoler, par une généralisation abusive, le modèle traditionnel de domination théologico-politique. L'anthropologie souligne l'universalité de la fonction symbolique affectée notamment au lien social, non celle de sa version religieuse. C'est dire que l'idée même de religion civile fait problème. La lourde et longue histoire de la ténacité du modèle théologico-politique ne peut valoir théorie générale et invariable des rapports entre religion et politique. Elle ne renseigne que sur des communautés de fait, non de droit, et concerne un nombre limité de sociétés humaines. Elle ne permet donc pas de définir ce qui doit être selon le droit, ni ce qui sera, dès lors que l'organisation des sociétés évolue en fonction de l'intervention des hommes eux-mêmes. L'idée d'une plus grande justice, souvent inspirée par le constat de ce qui se produit lorsque certaines exigences ne sont pas respectées, peut régler, entre autres, cette intervention.

Il faut donc admettre par principe la notion d'option spirituelle. Les païens qui se convertirent au christianisme le firent bien par choix délibéré, rompant avec la prégnance culturelle du polythéisme. Il fallait d'ailleurs qu'ils aient parfois une singulière volonté de le faire, au regard de la suspicion suscitée par la nouvelle religion. Les philosophes encyclopédistes du XVIIIᵉ siècle qui abandonnèrent la foi chrétienne pour un humanisme athée choisirent également leur option spirituelle. Certes, dans les sociétés traditionnelles la foi religieuse n'a pas toujours été un engagement spirituel librement consenti. Mais une pensée du droit conduit à faire comme si elle l'avait été. Un tel point de vue est similaire à celui du *Contrat social* de Rousseau : même si un tel contrat de tous avec tous n'est pas explicitement signé, tout se passe comme si le fait de vivre dans un pays et d'en respecter les lois reconnues comme justes attestait une attitude de consentement. La notion de profession de foi, de conversion, rappelle ce caractère de choix de l'option religieuse, et il est particulièrement important de procéder à cette responsabilisation notamment lorsque, au nom de leur religion, certains hommes en viennent à menacer la liberté, voire la vie des autres. Cette menace n'est pas plus involontaire que l'engagement religieux qu'elle atteste. Croyance religieuse, conviction athée ou posture agnostique : ainsi se dessine le choix possible entre les trois grands types d'options spirituelles.

Mais d'abord il convient de situer clairement la distinction entre croire et savoir, qui définissent deux régimes mentaux très différents. Le texte de Platon (texte I) est sur ce point essentiel. Puis vient un exemple illustrant la croyance religieuse avec le récit que fait saint Augustin de sa conversion (texte II). La troisième option spirituelle est celle de la conviction athée, présentée par le texte de D'Holbach (texte III). Quant à l'agnosticisme, il consiste à s'abstenir d'affirmer quoi que ce soit à propos de ce qui est donné comme inconnaissable (sens du mot grec *agnostos*). Protagoras, dans l'Antiquité, en fut un exemple. Hume, dans le texte IV, imagine un discours d'Épicure s'adressant aux Athéniens pour leur préciser que l'explication religieuse n'est qu'une hypothèse, sans certitude : il tient un discours agnostique, assorti de l'idée que la moralité n'a nul besoin d'un fondement théologique, et qu'on ne saurait la faire dépendre d'une hypothèse incertaine, ou prétendre qu'elle n'existe pas en dehors d'elle. Les deux textes suivants (V et VI), du penseur catholique Lamennais et du philosophe athée Camus, évoquent la possibilité de fonder un humanisme sur deux conceptions très différentes, l'une religieuse, l'autre non. Bref, les six textes présentés illustrent la diversité des options spirituelles et des éthiques de vie qui se rattachent à elles. Toute la question est alors de savoir comment cette diversité est traitée. Est-elle niée par une logique de domination d'une option sur les autres, ou respectée dans le cadre d'une affirmation de la liberté et de l'égalité de droits des croyants, des athées et des agnostiques ? Telle est l'alternative.

Le livre noir de l'oppression théologico-politique

Que se passe-t-il quand la liberté des options spirituelles n'est pas respectée ? L'Histoire répond, et sa réponse démontre le bien-fondé de la laïcité. Les textes réunis dans le deuxième moment de l'ouvrage illustrent les grands types d'oppression auxquels conduit la domination de la religion sur la politique, assortie d'une instrumentalisation de la religion par les pouvoirs politiques eux-mêmes. Il faut d'emblée préciser que l'interprétation de la religion comme vecteur de domination politique fut contestée au sein même des trois grands monothéismes. C'est dire que la laïcité, dont l'idéal positif est contredit par une telle domination, n'est pas hostile à la religion comme telle, mais à sa traduction politique. Il faut également préciser que des penseurs religieux, dans les trois religions du livre, se sont élevés contre toute instrumentalisation de la politique par la religion ou à l'inverse de la religion par la politique, les deux phénomènes étant souvent liés de façon dialectique.

L'histoire de la liaison dangereuse entre religion et politique remonte au moment où le christianisme devient domination politique. C'est en 380 que l'empereur Théodose décide que tous les peuples qu'il gouverne doivent suivre la religion « que le divin apôtre Pierre a transmise aux Romains ». Il stigmatise alors le paganisme, surveille les juifs et condamne les chrétiens qui ne reconnaissent pas le dogme de la Trinité, devenu pièce maîtresse de l'orthodoxie. Il frappe notamment les ariens, et les nestoriens qui font de Jésus un homme, sans consubstantialité avec Dieu. L'ère de la religion officielle commence, avec son cortège de persécutions multiformes.

La métaphore organique de l'église chrétienne comme *corpus christi* (corps du Christ), puis de l'*oumma* musulmane en tant que communauté sacralisée, dont les fidèles sont de simples membres, a longtemps accrédité le modèle d'une intégration organique sans libre arbitre pour les individus, réduit à leur fonction de « membres » du corps total. Pourtant, si l'on évoque le seul christianisme, l'étymologie du mot « église », *ecclesia* (assemblée), suggère davantage le modèle d'une libre association d'individus qui adhèrent à une confession. Dans un État de droit, laïque, c'est d'ailleurs ce modèle qui sera retenu par l'assignation des groupes religieux à la sphère des associations de droit privé. L'inconvénient du premier modèle, pour les libertés, est que seuls les séides de la religion dominante peuvent s'y reconnaître et s'y épanouir, alors que les tenants des religions dominées ou de la conviction athée subissent une violence multiforme. Celle-ci frappe autant les corps que les consciences, et il n'est pas rare qu'elle associe les deux. La théorie des deux glaives de l'Église, défendue notamment par Raymond Lulle, stipule en effet que le glaive physique, tenu par le bras séculier, châtie légitimement les « infidèles » ou les « hérétiques », tandis que le glaive moral – malédiction et/ou excommunication – est destiné à meurtrir dans son âme celui qui ne croit pas comme il faut.

Le texte IX, de Kant, est une sorte de livre noir du christianisme historique, ainsi appelé pour le distinguer de la démarche religieuse qu'il entend incarner dans l'ordre temporel. Rédigé par un penseur chrétien, il ne peut être soupçonné d'hostilité de principe à la religion. Il en est de même du texte suivant (texte X) dans lequel Victor Hugo, lui aussi croyant, dresse le bilan des crimes contre le corps et contre l'esprit imputables au « parti clérical », ainsi désigné pour marquer la différence entre la religion comme telle et les prétentions dominatrices de ses représentants officiels.

Le montage présenté ensuite (texte XI) convoque des extraits des deux Testaments et du Coran, afin de nourrir la réflexion sur la question de savoir dans quelle mesure les persécutions passées ou présentes peuvent s'autoriser des Écritures de référence des trois monothéismes. Débat d'une actualité toujours vive : quelle normativité attribuer à des textes qui, manifestement, doivent beaucoup à des contextes historiques particuliers ? Si les hommes d'une époque et d'une société donnée prêtent à Dieu leurs préjugés – par exemple sur la femme –, n'est-ce pas avec distance qu'il convient de prendre une parole donnée comme divine, mais en réalité fortement tributaire d'un passé révolu ? On lira ces extraits avec le souci de discerner leur portée relative, et dans le respect des exigences d'une interprétation rigoureuse attentive aux contextes, comme à l'esprit des textes.

Les exigences d'une exégèse rationnelle et critique des textes, évoquées ensuite, coïncident en l'occurrence avec celles d'une émancipation à l'égard de tout fidéisme. Il faut bien reconnaître que même les grands penseurs religieux n'ont pas toujours tranché en faveur d'une telle lecture. On en voudra pour preuve les positions prises par saint Augustin, puis par saint Thomas d'Aquin. Ces deux penseurs religieux sont longuement cités. Ils interprètent les Écritures dans le sens d'une légitimation de la domination théologico-politique. Saint Augustin (texte XII) justifie la persécution des « impies ». Saint Thomas d'Aquin, pour sa part, pèse le pour et le contre, pour finalement admettre le principe d'une telle persécution (texte XIII).

Plus près de nous dans le temps, le texte du Syllabus de 1864 du pape Pie IX (texte XIV) reflète, en la durcissant par le langage de l'anathème, une des positions traditionnelles de l'Église, profondément hostile tant à la liberté de conscience qu'à l'égalité de principe des croyants et des athées. Il met en évidence le caractère très douteux de deux thèses devenues courantes. La première thèse prétend que le christianisme est la « religion de la sortie de la religion », alors que seules les luttes pour l'émancipation et contre la domination cléricale ont permis une sortie non exactement de la religion mais du cléricalisme oppresseur. La seconde thèse veut voir dans le christianisme la source des droits de l'homme, dans l'oubli de l'héritage grec, alors que ces droits, réputés « impies et contraires à la religion » par le même Pie IX, sont bien plutôt une conquête à rebours de la tradition religieuse occidentale. Conquête décisive, dont la laïcité est une résultante remarquable. Une telle conquête passe par la critique de toute légitimation de la persécution. Elle réfute les herméneutiques théologico-politiques trop promptes à convertir les textes sacrés en manuels de domination, voire en sources de codification juridique des rapports d'assujettissement. C'est ce que le moment suivant de l'anthologie va mettre en évidence.

Laïcisation des esprits : la critique de l'oppression

L'histoire a donc été très longtemps le théâtre d'oppressions fondées sur le credo obligé d'une religion. Avec parfois une sorte d'évidence étrange de la légitimité d'une telle persécution chez les tenants de la religion dominante : le propos de saint Augustin est à cet égard instructif. La mise à distance et la critique du paradoxe que représentait la persécution au nom d'une « religion d'amour » se sont d'abord produites chez des penseurs appartenant à des religions dominées. La pensée de Bayle, par exemple, esquisse une problématique de la tolérance en soulignant l'absurdité du credo obligé (texte XVI). Si la religion consiste dans une persuasion intime de la conscience, comment peut-elle y entrer par force ? Critique directe du « contrains-les d'entrer » attribué à Jésus et repris par saint Augustin.

Lamennais, abbé libéral ami de Victor Hugo, souligne la cruauté du paradoxe que constitue l'époque de la persécution au nom de la religion (texte XVII). Paradoxe qui incite à revisiter les textes sacrés pour savoir si vraiment ils autorisent de telles violences. À rebours des justifications hasardées par des hommes d'église, des penseurs mobilisent alors les ressources de l'exégèse rationnelle pour statuer sur le niveau de validité des énoncés manifestes les plus contestables de ce point de vue. Il faut pour cela rompre avec un certain fidéisme à l'égard des Écritures, et se donner le droit de les lire avec distance, de les soumettre à une interrogation sur les circonstances de leur rédaction, s'affranchir de la lettre pour dégager l'esprit. La raison intervient, qui brise le consentement aveugle, et n'entend pas se laisser intimider par l'invocation de l'auteur divin.

D'autant qu'à suivre la littéralité, on en arrive à un constat sacrilège, à savoir que Dieu se contredit. Quand Dieu est-il en accord avec lui-même ? Lorsqu'il dit : « Tu ne tueras point » (Bible), ou : « Point de contrainte en matière de religion » (Coran) ? Ou bien lorsqu'il dicte à Moïse l'ordre de tuer les infidèles (Bible) ou fait savoir par son envoyé que les « associants » (polythéistes et trinitaires) et les incrédules doivent être réprimés de quelque façon (Coran) ? La question est décisive, voire dramatique, au regard des autojustifications des « fous de Dieu » de toutes les époques. Aux trois mille morts de la Saint-Barthélemy (25 août 1572), tués dans une atmosphère fanatique et messianique, semblent faire écho les trois mille morts des deux tours du World Trade Center (11 septembre 2001).

Le texte de Voltaire (XIX) tourne en dérision les interprétations guerrières ou simplement répressives des paroles attribuées à Jésus dans les Évangiles. Il en appelle à une sorte de bon sens, que rend possible un principe de lecture bienveillante. Façon de dire que l'instrumentalisation mortifère et liberticide du texte religieux relève davantage de l'intention politique qui lui préexiste que du texte lui-même. Il s'agit également de le lire selon l'esprit et non selon la lettre. Les réserves émises sur cette démarche interprétative relèvent le plus souvent d'une approche littérale mal intentionnée, comme on voit aussi dans les lectures intégristes de l'Ancien Testament ou du Coran.

Les trois textes suivants (XX, XXI, XXII) sont assez remarquables en ce qu'ils déclinent pour les trois religions du Livre un principe de lecture rationnelle et critique, dans lequel confiance doit être faite à la raison. Averroès d'abord, Spinoza ensuite, Pascal enfin, en appellent à une telle démarche. Rappeler à tous les intégrismes que les textes religieux auxquels ils se réfèrent peuvent être lus autrement qu'ils ne le font, c'est les faire entrer en contradiction avec leurs propres références. Spinoza critiquant l'usage idéologique du thème du peuple élu peut en remontrer à ceux qui au nom de la terre promise par Dieu infligent une violence à un autre peuple. Averroès précisant que, si un verset contredit la raison lorsqu'il est pris littéralement, il doit être interprété, peut en remontrer aux intégristes qui instrumentalisent les versets les plus guerriers du Coran pour justifier leurs crimes. Et Pascal critiquant l'obscurantisme des théologiens qui se prévalent des écritures pour condamner Galilée peut en remontrer aux tortionnaires de l'Inquisition qui brûlèrent Giordano Bruno sur le bûcher à Rome en 1600.

Le bilan des persécutions au nom des religions est lourd. Les penseurs qui ont disqualifié ces persécutions par le recours à la raison et à sa puissance critique ont ouvert la voie à l'émancipation laïque, dont il convient maintenant de définir les principes et les valeurs.

Les valeurs de l'idéal laïque

Victor Hugo disait que le progrès est écrit dans l'histoire du parti clérical, mais au « verso ». Façon de préciser que c'est à rebours de toute une tradition que l'idéal laïque d'émancipation, notamment, a été conquis. Les violences de l'Histoire ont servi de révélateur. Elles ont rendu manifeste ce qui vaut pour les hommes lorsqu'ils entendent vivre libres, égaux en droit, et jouir d'un espace commun qui soit consacré à tous, c'est-à-dire dévolu à l'universel. Elles ont dessiné en creux les exigences d'une organisation juridique et politique qui rende possible la réalisation effective de telles valeurs. C'est dire que l'Occident n'a nullement accouché des idéaux qui dépassèrent ses limites en raison de sa vertu propre et spontanée. Si l'on comprend par « culture », au sens ethnographique, l'ensemble des normes et des façons d'être qui caractérisent un groupe humain donné, la laïcité n'est pas un « produit culturel », comme le laisse entendre un discours différencialiste qui ne veut l'assigner à résidence que pour en relativiser l'exemplarité.

La laïcité, par la synthèse originale qu'elle propose de ces valeurs, n'a rien de réactif, ou de négatif, par rapport au religieux, qu'elle distingue rigoureusement des projets de domination qui s'en réclament. Comme idéal d'émancipation, tant de la personne individuelle que de la société commune, elle est solidaire du processus de construction de la souveraineté individuelle et collective. C'est à ce double titre qu'elle entretient un rapport essentiel avec les philosophies de la conscience libre, comme celle de Descartes, et avec les philosophies de la justice politique et sociale, comme celle de Spinoza ou de Rousseau.

Le point de passage entre ces deux orientations réside dans la définition du type d'union que propose l'idéal laïque. Une union librement consentie, comme le suggère la métaphore du *Contrat social*, expression suggestive de l'adhésion implicite ou explicite à un certain nombre de principes propres à fonder l'organisation de la vie commune. Une union qui laisse libre chaque individu, tenu pour seul sujet de droit. Mais la nature des rapports sociaux n'en est pas pour autant considérée comme indifférente, et le souci d'une plénitude du bien commun à tous implique que les individus sujets de droit ne soient pas à la merci des rapports de force et des puissances dominantes qui les régissent dans la société civile. La liberté ne va pas sans une certaine égalité, qui selon Rousseau n'implique nullement un nivellement des conditions d'existence, mais une régulation propre à éviter la formation d'un rapport de dépendance interpersonnelle.

C'est dans une lecture exigeante des droits de l'homme proclamés que peut s'enraciner la laïcité, qui conjugue le pari sur la liberté et l'affirmation de l'égalité des droits, en même temps qu'elle attribue à la sphère publique une vocation universelle. Les textes des déclarations évoqués esquissent largement le triptyque laïque, proche du triptyque républicain.

La liberté de la conscience, en son pouvoir multiforme, les grands philosophes rationalistes l'ont pensée avec force. Descartes, par exemple, radicalise l'émancipation de la pensée à l'égard de toute sujétion comme de toute autorité (texte XXIV). Et il le fait au niveau de l'instance du sujet individuel, éprouvant la liberté en acte de la pensée à l'intérieur même du doute. « La puissance de penser ne se délègue pas », dira Alain, amplifiant la découverte du fameux cogito cartésien. Et Spinoza étend cette idée d'une liberté individuelle à l'ensemble de la société : la puissance de comprendre et d'agir de chacun augmente celle de tous, tout en s'accroissant elle-même d'une telle vitalité de la communauté sociale et politique. L'émancipation individuelle entre en écho avec l'émancipation collective, dans la dialectique positive de l'accomplissement individuel et de l'agir social.

Une telle perspective se trouve aux antipodes du fondamentalisme théocratique dénoncé par Spinoza à propos du royaume hébreu primitif. Le fondamentalisme de l'« islam politique », pour reprendre une expression moins ambiguë que celle d'islamisme, ressemble en ce sens à une telle théocratie. Il croit pouvoir tirer du Coran une jurisprudence matériellement contraignante concernant les pratiques quotidiennes, la tenue vestimentaire des femmes, le code de la famille et du mariage, le régime de la répudiation et du divorce, alors que l'esprit du Coran, selon Jacques Berque, est de l'ordre de la simple recommandation, et insiste à l'envi sur le sentiment intérieur plus que sur la manifestation extérieure. La « *sharia* », qui signifie « voie pertinente » et non d'abord loi au sens juridique, est la proposition d'un *chemin* et, quand celui-ci n'est pas emprunté, la seule indication du Coran est la suivante : « Dis à ceux qui ont reçu l'Écriture et aux incultes : "Est-ce que vous vous soumettez ?" S'ils le font, c'est qu'ils se dirigent bien. S'ils se dérobent, seule t'incombait la communication » (Sourate III, verset 20, trad. J. Berque). Il faut s'entendre sur ce fameux chemin, défini avant tout dans l'ordre de l'intériorité du sentiment, même si l'accomplissement extérieur est un signe tangible de la pureté de l'intention. Mais comme le fidéisme ritualiste peut fort bien, également, recouvrir une absence totale d'engagement intérieur, il ne saurait à lui seul être valorisé, sauf dans une instrumentalisation politique du religieux, qui se soucie peu de la sincérité des conduites, pourvu qu'elles attestent, par leur conformité, la soumission. Spinoza, à propos de l'Ancien Testament, fait le même genre de remarque : « Citons d'autres passages de l'Écriture qui, pour l'observation des cérémonies, ne promettent rien de plus que des avantages matériels et réservent la béatitude pour la seule loi divine universelle. Nul parmi les prophètes ne l'a enseigné plus clairement qu'Isaïe... après avoir condamné l'hypocrisie, recommandé la liberté et la charité envers soi-même et le prochain, il fait ces promesses : alors éclatera ta lumière comme une aurore et ta santé fleurira aussitôt... » (Spinoza, *Traité théologico-politique*, livre V, trad. C. Appuhn, GF-Flammarion, 1965, p. 103).

On retrouve, par un tel détour, l'idée essentielle de liberté, gage d'authenticité de l'engagement intérieur, et inséparable de la conception de l'individu comme sujet maître de ses pensées comme de ses actions. Et l'alternative entre deux types d'obéissance est ici décisive : obéir par crainte, en aveugle, sans réellement savoir ce qui fonde l'action, ou obéir par libre consentement, en décidant de le faire, comme on pourrait tout aussi bien décider le contraire dès lors qu'on n'admettrait pas le bien-fondé de l'exigence stipulée. C'est une conception haute de la liberté humaine qui fonde et finalise la générosité cartésienne et spinoziste. Il s'agit de vivre sa vie de façon pleinement autonome (*ex proprio decreto* : d'après une décision tirée de soi-même) et non selon la décision d'un autre (*ex alieno decreto*). C'est pourquoi la sphère de la liberté de penser exclut tout devoir d'appartenance : si les hommes peuvent agir en commun, jamais ils ne peuvent penser en commun, sauf à dénaturer la pensée en opinion mimétique, soumise à l'air du temps ou à la pression du groupe.

La générosité laïque réconcilie l'humanité avec elle-même en lui restituant la conscience de sa force propre, qui tient à la liberté et à la raison. Ce faisant elle lui rappelle sa faculté de s'organiser elle-même, politiquement et sociale-ment, sans référence transcendante autre que l'exigence régulatrice qu'un être libre est en mesure de se fixer à lui-même. La religion n'est pas pour autant invalidée, mais elle se trouve dessaisie de sa fonction politique au profit d'un nouveau statut, celui d'une option spirituelle libre, donc facultative.

Reste que la plénitude d'une organisation laïque suppose une conception forte de la puissance publique, à la fois comme promotion résolue de l'intérêt commun (Rousseau) et comme médiation active de l'universel qui élève chaque individu singulier à la conscience de l'humanité totale (Hegel). Les textes XXIII précisent ce que peut être la conception d'un État laïque finalisé par l'intérêt commun, et, au-delà, par l'approche de l'universel. Ils soulignent l'implication réciproque de la liberté et de l'égalité dans les registres de l'action publique, notamment dans le domaine de la justice sociale destinée à éviter la dépendance.

Dans le prolongement d'une telle mise au point, le texte XXVII, de Rabaut Saint-Étienne, montre ce que peut avoir d'humiliant la traditionnelle conception de la tolérance, qui attestait une inégalité foncière des options spirituelles.

Affranchi des ambiguïtés de la tolérance juridique, on peut énoncer une sorte de paradoxe : c'est dans un pays laïque que les religions sont les plus libres. Dans les autres, la domination officielle d'une religion s'assortit le plus sou-vent de discriminations dont sont victimes les tenants des autres confessions, ou ceux de la conviction athée, simple-ment « tolérés », mais ne disposant pas effectivement des mêmes prérogatives que la croyance de référence. La liberté n'est pas la même si elle s'assortit de privilèges ou au contraire de stigmatisation implicite.

John Rawls, dans sa *Théorie de la justice* (trad. C. Audard, Seuil, 1987 [1re éd. 1971], p. 241 sq.), parle à ce sujet d'« égale liberté pour tous ». On peut rappeler qu'il lui semble nécessaire de concevoir un tel principe dès lors qu'on se place par hypothèse « sous un voile d'ignorance ». Cela consiste à poser que les hommes délibérant pour savoir sur quelles exigences ils vont fonder l'ordre social doivent d'abord faire abstraction de toute position particulière de pouvoir ou de privilèges dont ils jouissent dans une situation donnée, historiquement repérable. Ils doivent donc *ignorer*, par principe, quelle situation concrète est ou sera la leur à un moment donné, afin d'éviter de définir des règles uniquement destinées à pérenniser les avantages éventuels qu'eux-mêmes peuvent tirer d'une telle situation. Chose difficile, certes, mais d'autant plus aisée à envisager qu'on se pose la question de ce qui peut durer réellement. À cet égard, la fragilité d'une position de privilège temporaire apparaîtra dès lors qu'on prendra en compte les légitimes contestations qu'elle suscite : le privilégié n'est jamais que le héros d'aujourd'hui, et l'opprimé est virtuellement celui de demain.

À vouloir geler les situations acquises sous prétexte d'identité culturelle et de fidéisme traditionaliste, on s'expose à la vive réaction de ceux qui n'ont quant à eux rien à perdre. Le droit devient alors fait (nouveau), ou si l'on veut le fait rejoint le droit, de façon plus ou moins violente selon le degré de résistance des privilégiés. C'est dire que la définition de la justice doit éviter de mêler au droit une codification des rapports de force établis dans une situation de fait donnée. Le « voile d'ignorance », en l'occurrence, consiste à déduire le droit en ignorant par principe quel type de position on va occuper.

La comparaison avec le jeu d'échecs peut être ici éclairante : imagine-t-on un joueur qui redéfinirait les modes de déplacement des pièces du jeu – roi, dame, fou, tour, pions – en fonction de celles dont il dispose et de la place qu'elles occupent dans une partie déjà engagée, à un moment donné de son déroulement ? Concrètement, c'est ce qu'entendent faire les religions dominantes lorsqu'elles veulent moduler les principes qui régissent les rapports entre politique et religion, en invoquant l'histoire, la tradition, ou même la culture, entendue alors comme sédimentation des usages.

En réalité, on peut observer que dans les pays à forte tradition catholique, l'Église renonce difficilement à ses privilèges de fait, qu'elle présente comme un héritage intouchable de l'histoire. Ainsi, pour l'exemple, en Espagne, la Constitution démocratique de 1978 manifeste l'effet d'une telle résistance par l'énoncé contradictoire de son article 16 (alinéa 3) : « Aucune confession n'aura de caractère étatique. Les pouvoirs publics prendront en considération les croyances religieuses de la société espagnole et maintiendront en conséquence les relations de coopération avec l'Église catholique et les autres confessions. » L'idée de maintien fait référence à ce qui était encore en vigueur alors, à savoir le concordat de 1953 passé entre Franco et l'Église concédant à celle-ci de très larges emprises sur la sphère publique. Cette sorte de consécration constitutionnelle d'une discrimination positive en faveur des religions et tout particulièrement de la religion catholique contrevient pourtant à l'article 14 de la même Constitution, qui stipule : « Les Espagnols sont égaux devant la loi, sans que puisse prévaloir aucune discrimination pour cause de naissance, de race, de sexe, de religion, d'opinion, ou de toute autre condition ou circonstance personnelle ou sociale. »

On ne saurait tirer du fait accompli la justification des privilèges. On retrouve d'ailleurs une telle tendance dans les pays de tradition protestante, même si le type de traces laissées et de mode de domination y ont pris des formes différentes, induites notamment par l'abandon de la doctrine du salut par les œuvres, et la « sécularisation » qu'elle a permise, tout en limitant cette dernière à l'activité socio-économique, complétée par un conformisme tendanciel contraire à l'émancipation laïque.

À l'opposé de telles démarches, Rawls définit comme un principe intangible l'« égale liberté de conscience » : « S'agissant alors de la liberté de conscience, il semble évident que les partenaires doivent choisir des principes qui garantissent l'intégrité de leur liberté morale et religieuse. Ils ne connaissent pas, bien sûr, leurs convictions morales ou religieuses ni le contenu particulier de leurs obligations morales ou religieuses (telles qu'ils les interprètent). Ils ne savent même pas qu'ils se considèrent comme soumis à de telles obligations. Mais la possibilité qu'ils le fassent suffit pour l'argumentation, quoique je choisisse l'hypothèse la plus forte. De plus, tous les partenaires ignorent comment se situent leurs conceptions morales et religieuses dans la société, si, par exemple, elles sont majoritaires ou minoritaires. Tout ce qu'ils savent, c'est qu'ils ont des obligations qu'ils interprètent ainsi. La question qu'ils doivent trancher est de savoir quel principe ils devraient adopter pour organiser les libertés à l'égard de leurs intérêts religieux, moraux, et philosophiques fondamentaux. Or il semble que le seul principe que les personnes dans la position originelle puissent reconnaître est celui de la liberté de conscience égale pour tous » (*Théorie de la justice, op. cit.*, p. 242).

C'est en substance ce que défendait déjà Condorcet (texte XXVIII). L'auteur des *Cinq Mémoires sur l'Instruction publique* pensait l'idéal laïque comme un idéal d'émancipation exigeant, qui dialectise égalité des droits et liberté fondée sur la conscience éclairée.

Le célèbre texte de Kant (XXIX) explicite un tel idéal par la référence à l'authentique majorité, celle qui consiste à ne dépendre de personne pour la conduite de ses pensées. Croyant lui-même, il n'entend pas disqualifier ainsi la religion, mais promouvoir la liberté que rend possible l'autonomie de jugement. Reste à comprendre par quelle refondation juridique les valeurs d'un tel idéal peuvent passer dans les faits.

L'État émancipé : la séparation laïque

Pour assurer la liberté de conscience et lui ouvrir sans entraves ni présupposés stigmatisans le champ des options spirituelles, il faut que l'État s'abstienne d'énoncer une quelconque norme en la matière et considère que le choix d'une des options, comme de ses conséquences en matière de vision du monde et d'éthique de vie, relève de la sphère privée de chacun. C'est dire qu'il n'a pas à s'en mêler. La laïcité n'appelle pas une conception minimaliste de l'État, mais une juste mesure de ses domaines d'intervention, rapportée à une définition incontestable de ses fonctions.

Tenant du droit qui régit extérieurement les conduites, l'État ne l'est ni du « salut des âmes », pour parler comme Locke, ni d'un quelconque *ordre moral*. Il ne peut pas plus imposer ou recommander des dogmes religieux ou métaphysiques. Kant précise dans cet esprit que la morale diffère du droit, et que l'État ne doit ni ne peut décréter quoi que ce soit sur elle, ce qui ne veut pas dire qu'il est indifférent aux conditions qui permettent aux individus de s'élever à l'autonomie éthique, seule garantie d'une authentique moralité. Sur ce point, il faut se reporter à la critique kantienne du paternalisme (notamment dans l'opuscule *Théorie et Pratique*). Au demeurant, un décret prétendant imposer une vision du monde ou une conception morale serait vain, puisque la conscience humaine ne peut être forcée. Elle ne doit pas non plus être conditionnée. Seul un pouvoir politique soucieux de domination se soucie de conformer les consciences.

L'idée d'un retrait de l'État en dehors de tout pouvoir sur les options métaphysiques ou religieuses fut difficile et lente à conquérir. La tolérance sélective de Locke en témoigne (texte XXX).

Autre type de limite au libéralisme politique, la singulière conception de Benjamin Constant, qu'illustre le rapprochement de deux extraits de son œuvre : liberté de conscience pour tous, mais privilèges publics pour la religion... (texte XXXI).

Une définition plus radicale des bornes de l'État doit donc être envisagée, notamment par référence à une conception clairement posée du respect strict de la sphère privée. Stuart Mill, quant à lui, enfonce le clou de façon nette : l'indépendance de la sphère privée est un principe de droit incontestable (texte XXXII). Cette indépendance est théorisée par Rousseau, qui fixe ce qu'il nomme les « bornes du pouvoir souverain », c'est-à-dire les limites du champ d'intervention légitime de la loi (textes XXXIII).

Dans le sillage de cette approche, il convient de préciser le domaine d'application de la normativité politique : les actes et non les pensées. Spinoza, une fois de plus, est de grand secours pour fonder cette distinction, et esquisser par là le dispositif institutionnel de séparation juridique de l'État et des Églises (textes XXXIV).

La *séparation*, c'est tout à la fois la neutralité confessionnelle de l'État et son indépendance stricte par rapport aux religions ou aux idéologies sacralisantes, affirmées en même temps que la libération des Églises par rapport à toute tutelle politique. La formulation de la séparation de l'État et des Églises doit donc se lire dans les deux sens. Il ne s'agit pas seulement de stipuler que l'État ne se mêle plus de religion, comme dans une certaine lecture de la Constitution américaine, qui prévoit bien un « mur » (*wall*) entre les deux, mais uniquement afin de préserver la libre affirmation des religions, sans tenir celles-ci à distance de toute emprise sur la sphère publique. Il s'agit également, et réciproquement, d'affirmer que la religion ne doit plus régenter l'État, ni l'ordre civil commun. Ce n'est pas le cas aux États-Unis, dont le président prête serment sur la Bible, et dont la monnaie stipule « In God we trust ». Un rappel de la loi du 9 décembre 1905, dite de « séparation des Églises et de l'État », est ici essentiel. À noter que cette loi est à lire à double sens : l'État ne s'immisce plus dans les affaires religieuses, et les religions n'ont plus à s'immiscer dans la direction de la sphère publique. Libération mutuelle et réciproque (texte XXXV).

Énoncer des principes qui peuvent valoir dans des contextes différents des circonstances particulières de leur première formulation, c'est s'élever du particulier au général, du fait à l'idéal. Il faut noter qu'une des attaques les plus vives contre la laïcité, et les plus fréquentes quoique les plus dissimulées, consiste à lui dénier cette valeur de principe, et à tenter de la clouer aux circonstances particulières de la rédaction de la loi. Cet historicisme ne manque pas de surprendre dans la bouche de certains penseurs religieux, qui ne pratiqueraient pas une telle relativisation à propos de la loi d'amour attribuée à Jésus (Sermon sur la montagne). Pourtant, si l'on considère que la valeur de la loi d'amour ne tient pas seulement aux circonstances de sa formulation, mais à son sens intrinsèque, on doit également l'admettre pour un principe qui articule le souci de liberté de conscience et celui d'égalité de tous, sans considération d'option spirituelle. Tel est le sens de la séparation laïque, et l'on peut remarquer que bien des penseurs, à des époques et sous des latitudes fort diverses, en ont indiqué la nécessité, y compris d'un point de vue authentiquement religieux. La loi ne fut pas un pacte, mais un acte unilatéral d'émancipation de la souveraineté populaire, qui faisait droit par elle à l'exigence d'universalité.

Il n'est pas inutile de rappeler les vives réactions d'hostilité de l'Église catholique, qui estima que la religion était brimée dès lors qu'elle ne disposait plus de ses emprises temporelles traditionnelles sur la sphère publique (texte XXXVI). Réaction d'humeur, à rebours de celle de bien des croyants, qui quant à eux ont estimé que cette séparation serait aussi saine pour la croyance religieuse, restituée à sa dimension spirituelle libre, que pour l'État, tourné ainsi vers ce qui unit tous les hommes et non vers ce qui les divise, et restitué de ce fait à son universalité de principe. L'abbé Lamennais, comme le croyant Victor Hugo, un demi-siècle auparavant, avait jugé cette séparation salutaire. « Je veux l'Église chez elle, et l'État chez lui » (Hugo).

Un siècle après, on peut se demander si le ralliement graduel de l'Église officielle au principe de séparation est vraiment définitif, dès lors que chaque fois qu'elle peut reconquérir une emprise sur la sphère publique elle ne s'en prive pas. Si ce ralliement a pour ressort l'adhésion aux principes fondateurs de la laïcité, qu'elle condamna d'ailleurs pendant longtemps, l'Église devrait spontanément renoncer aux privilèges dont elle jouit là où elle dispose encore d'avantages que n'ont pas les athées, comme en Alsace-Moselle, où trois religions sont subventionnées et interviennent ès qualité dans l'école publique, alors que les mêmes droits ne sont pas reconnus aux athées, qui ne jouissent d'aucune subvention, et ne peuvent intervenir dans les écoles pour y enseigner leur propre vision du monde.

Un texte de Jean Jaurès (XXXVII) précise le sens et la portée universaliste de la loi de séparation laïque, qui n'a rien d'antireligieux et ne constitue qu'une mise en pratique de principes dont tous les hommes peuvent en fin de compte tirer profit.

La liberté dont il s'agit ne consiste pas bien sûr à exercer un pouvoir sur la sphère publique, car si une telle possibilité est reconnue à une religion, voire à plusieurs, il n'y a aucune raison pour ne pas l'étendre à toutes les options spirituelles, et le risque alors est d'aliéner la sphère publique à ce que Max Weber appelait « la guerre des Dieux », ou « le polythéisme des valeurs ». Risque aggravé lorsque, au nom de religions devenues facteurs identitaires exclusifs, voire confondues avec des « cultures », des statuts juridiques particuliers sont revendiqués comme autant d'exceptions à la loi commune. Reconnaître de tels statuts, par « tolérance », voire par mauvaise conscience néocoloniale, c'est un peu plus que de l'étourderie : de l'irresponsabilité. Cela revient en effet à préparer, sans le vouloir bien sûr, l'asservissement des individus à leur statut de membres d'un groupe particulier dont les guides autoproclamés se donnent comme gardiens d'une « identité collective » et s'arrogent à ce titre un pouvoir rétrograde.

La laïcité scolaire

Un fait est frappant. Les luttes les plus vives concernant la laïcité se sont sans aucun doute cristallisées sur la question de l'École. L'École, avec un « e » majuscule, pour faire référence à l'*institution* scolaire comme telle. Instituer, c'est mettre en place, et promouvoir, ce qui ne naît pas spontanément de la société civile. Sphère du besoin et de la production, mais aussi des rapports de force et des représentations dominantes qui en résultent, cette société ne se met pas spontanément à distance d'elle-même. L'interprétation laïque de la liberté ne consiste pas à abandonner les consciences, désarmées, à l'emprise des puissances idéologiques et/ou médiatiques qui dominent la société, pas plus qu'elle ne consiste à privilégier une des options spirituelles qui s'y trouve présente. Bref, ni conditionnement, ni attentisme passif : la voie laïque se définit comme le souci d'une émancipation personnelle, entendue comme avènement d'une conscience affranchie des faux-semblants du vécu, des préjugés de l'heure, et des catéchismes de toutes sortes. C'est le philosophe rationaliste Alain qui souligne le sens et la portée de la vigilance laïque de l'esprit qui sait dire non, sans toutefois le faire aveuglément et hors de propos, c'est-à-dire qui ne confond pas esprit critique et esprit de critique. « L'esprit ne doit jamais obéissance. Une preuve de géométrie suffit à le montrer ; car si vous la croyez sur parole, vous êtes un sot ; vous trahissez l'esprit. Ce jugement intérieur, dernier refuge, et suffisant refuge, il faut le garder, il ne faut jamais le donner » (« Obéissance », 12 juillet 1930, dans *Propos*, t. I, Gallimard, coll. « La Pléiade », 1956, p. 947). Et le philosophe de faire observer que croire est la pente naturelle de l'homme ; à cet égard, l'école apprend à ne pas croire, non pour disqualifier toute croyance, mais pour faire advenir la puissance critique du libre examen, qui suspend tout assentiment à une réflexion préalable. Activité de l'esprit, compris ici comme principe de la pensée, et garantie d'autonomie. Cette exigence individuelle a son pendant au niveau collectif de la souveraineté populaire : si le peuple doit obéir, il ne peut le faire qu'aux lois qu'il se donne à lui-même, et non à une injonction venue d'une instance dominatrice. Bref, il ne confond pas obéissance et servitude. « Un peuple libre obéit, il ne sert pas », écrivait Rousseau.

Ni doctrine d'État, ni sujétion idéologique aux groupes de pression de la société civile. C'est par une double émancipation que l'idéal laïque entend accomplir la liberté de conscience, mais aussi l'égalité de principe de tous les citoyens. En ce sens, elle va bien au-delà d'une simple sécularisation. Celle-ci, en effet, ne prémunit pas contre les préjugés idéologiques ou cléricaux qui imprègnent la société civile, comme le montre le conformisme largement répandu par une certaine sécularisation protestante. D'où l'enjeu d'une école laïque qui s'efforce de mettre la société à distance d'elle-même, sans pour autant s'ordonner à une doctrine d'État officielle.

Si l'école laïque est neutre en ce qu'elle ne privilégie ni ne disqualifie aucune confession ou conviction philosophique, elle n'est pas pour autant relativiste, c'est-à-dire neutre de façon généralisée et aveugle. *Neuter*, en latin, signifie « ni l'un ni l'autre ». La neutralité laïque signifie que l'école publique n'a à privilégier ni la religion ni l'athéisme, et doit laisser le choix d'une de ces options spirituelles à la sphère privée. En revanche, elle n'implique nullement de tenir la balance égale entre l'erreur et la vérité, ni entre les valeurs d'émancipation et les valeurs d'oppression. Issue des idéaux de liberté et d'égalité, comme de la philosophie des Lumières qui entend, selon le mot de Condorcet, « rendre la raison populaire », l'école laïque doit ouvrir au maximum le champ de la connaissance. Dans les propos de Jean Jaurès (XXXVII), la délimitation de la neutralité va de pair avec l'exigence de culture et de savoir, sans tabous ni restriction.

Dans un même esprit, la connaissance des faits liés aux religions – doctrines, œuvres d'art, guerres, éléments divers de la culture – est partie intégrante des programmes d'histoire, d'histoire de l'art, de littérature, de philosophie. Mais le devoir des maîtres d'école, rappelé par Jules Ferry notamment dans sa *Lettre aux instituteurs* (texte XL), est de respecter une déontologie laïque, en s'interdisant tout prosélytisme religieux ou à l'inverse tout dénigrement de la religion. S'en tenir aux faits, rapportés scrupuleusement, et aider les élèves à forger leur jugement autonome, pour qu'ils évaluent les faits par eux-mêmes : tel est le but, et l'honneur, de l'école de la République. L'instituteur ou le professeur ne se déclare pas incompétent pour faire connaître les croyances : il déclare seulement qu'il n'a pas à les juger, ce qui est bien différent. Parler à ce sujet de « laïcité d'incompétence », comme le déclarait le cardinal Poupard en 1989, est donc inexact et tendancieux. Il est tout aussi tendancieux de prétendre que, sans religion, la distinction du bien et du mal est insaisissable, ce qui est manifester beaucoup de mépris pour les humanismes athée ou agnostique.

La déontologie laïque a reçu avec Max Weber une théorie de poids. Le texte XLI rappelle que le professeur ne doit jamais user de sa chaire pour abuser son auditoire et donner à une simple opinion, à un parti pris, la couleur de la vérité. Le professeur ne peut être prophète. La tâche, parfois difficile, mais essentielle, des maîtres de la République laïque est de faire de l'école autre chose qu'un lieu d'affrontement des opinions, ou de manifestation des groupes de pression, et de tenir à distance tous les facteurs de conditionnement qui perturberaient le travail d'émancipation par la culture et le savoir.

Le rôle même de l'école laïque, ouverte à tous, requiert une attention particulière de l'État à son égard. D'abord, une volonté politique de lui assurer la considération et le respect qui lui permette de remplir sa fonction et d'échapper aux différents groupes de pression qui, sous des prétextes divers, entendent supprimer « l'exception scolaire », c'est-à-dire le fait qu'un temps et un lieu soient dévolus à une ins-truction affranchie des limites de la situation ambiante. Il est important de redire sans cesse que l'école n'est pas un lieu quelconque où pourrait s'appliquer le même régime de liberté que dans la rue, entre adultes. Souvent mineurs, les élèves sont à l'école pour s'instruire et non pour agir en citoyens d'emblée formés. La préparation à la citoyenneté qui s'exercera à son heure ne peut présupposer comme acquis ce qu'il s'agit de faire advenir. Dès lors, sans consi-dérer l'école comme un sanctuaire, il appartient aux poli-tiques de lui assurer son autonomie par rapport aux diffé-rents milieux ambiants qui peuvent l'affecter, afin que l'instruction ne reflète pas les limites du quartier, voire les influences ou les pressions qui s'y exercent.

En second lieu, doit prévaloir le souci d'assurer à l'école publique les conditions matérielles de sa réussite. C'est dans cet esprit que la loi Goblet de 1886 avait prévu de réserver les deniers publics à l'école laïque, seule école ouverte à tous et soucieuse de ne pas inculquer une vision du monde particulière, qu'elle soit religieuse ou idéologique. À école publique argent public : cette formule pourrait être celle de l'abbé Lemire, dont le propos cité (texte XLII) a quelque chose d'exemplaire. Plus généralement, la laïcité scolaire constitue une prévention contre toute mise en tutelle au nom de particularismes religieux ou culturels. Elle est à ce titre un levier d'émancipation qu'il serait grave de compro-mettre dans un contexte où tendent à se développer des communautarismes exclusifs, dont l'effet est d'enfermer des jeunes gens dans une allégeance aliénante au nom de l'« identité culturelle ». C'est ce point que souligne l'analyse de Catherine Kintzler dans le texte XLIII. Il ne s'agit pas pour autant de prétendre que la laïcité requiert un effacement des « différences ». Elle appelle bien plutôt une nette distinction des rapports de pouvoir qui se dissimulent sous le label de la culture et des éléments libres d'un patrimoine culturel qu'on ne saurait confondre avec eux.

Comprise dans toute sa portée, la laïcité n'est pas un « produit culturel » au sens ethnographique du terme, ni le produit spontané d'une mutation de la religion chrétienne. S'il est vrai qu'une parabole attribuée au Christ distingue ce qui est à César et ce qui est à Dieu, il est non moins vrai que Paul de Tarse stipule que « toute puissance vient de Dieu », et que le christianisme historique a mêlé politique et religion jusqu'à ce que l'aspiration à leur mutuelle libération se concrétise par les conquêtes de l'idéal laïque. C'est donc à rebours de toute une tradition religieuse, et de son pendant politique, qu'est advenue la laïcité. Celle-ci a part au mouvement de distance à soi des sociétés, vital pour leur progrès. À l'école laïque, une telle distance résulte de la réappropriation par chaque élève du meilleur de la culture universelle, mais aussi de la visée explicite d'une conscience critique, formée par et dans l'exercice du jugement. L'esprit critique ne peut être confondu avec un relativisme sans rivage, qui ne permettrait plus aux futurs citoyens de distinguer le vrai et le faux, ni de transposer cette distinction dans l'identification du juste de l'injuste. L'école laïque apprend aussi bien à admirer les œuvres qu'à s'instruire auprès d'elles. Elle n'instrumentalise pas la soif de beauté et la sensibilité éthique à des fins de prosélytisme, car elle estime que l'ensemble de la culture peut contribuer à la formation d'une personne autonome, qui étaie sa liberté propre sur l'ouverture aux différents registres de la culture universelle. Le texte XLIV, de Georges Séailles, rappelle certains des aspects essentiels de l'humanisme propre à la laïcité. Il constitue un éclairage toujours actuel de l'idéal laïque d'émancipation.

I

LES DIVERSES OPTIONS SPIRITUELLES

I

PLATON

CROIRE OU SAVOIR

Platon, *Gorgias*, trad. M. Canto-Sperber,
GF-Flammarion, 1993, 454c-455a, p. 139-141.

Si l'on remontait aux sources de l'esprit de liberté qui anime l'idéal laïque, il faudrait évoquer la démarche philosophique telle que les penseurs grecs l'ont mise en œuvre, et notamment la légendaire attitude intellectuelle de Socrate, toute de vigilance intérieure et de souci de lucidité sur soi comme sur le monde. Platon retient pour essentielle la distinction du savoir et de la croyance. La radicalité de la démarche socratique réside dans la volonté de porter à sa conscience vive le danger du faux savoir qui se prend pour vrai. D'où la décision de principe de se tenir soi-même pour ignorant, et de faire de ce savoir de soi de l'ignorance la source d'une exigence de vérité intraitable en ce qui concerne les titres de tout ce qui se présente comme vrai, mais n'est peut-être que vraisemblable : les faux-semblants du vécu, les préjugés intéressés, les opinions qui se croient validées par l'usage ou l'habitude, tombent alors sous le coup d'une telle exigence. Le plus sage des hommes est bien celui qui a d'abord conscience de ne rien savoir : c'est ainsi que l'oracle de Delphes a consacré la sagesse de Socrate. La lucidité intérieure consiste donc à distinguer ce que l'on croit et ce que l'on sait. Et à comprendre les différentes façons dont la conscience se rapporte à elle-même. L'exigence socratique, légendaire et emblématique de la démarche philosophique, se heurte ainsi à tous les faiseurs d'illusions, qui usent notamment du pouvoir de la rhétorique pour produire devant un auditoire la croyance sans la connaissance, là où une démarche rationnelle ne solliciterait qu'un assentiment fondé sur la connaissance, et l'exercice du jugement. Il ne s'agit pas tant de disqualifier ici le régime mental de la croyance que de le comprendre dans sa spécificité, afin d'en marquer les limites et d'en relativiser l'ascendant. L'*Apologie de Socrate* énoncera que le premier pas dans la sagesse consiste à bien prendre la mesure de ce qu'on ignore, pour ne pas se méprendre sur ce qu'on sait réellement et ce qu'on croit savoir. Au seuil d'une typologie des grandes options spirituelles, le rappel de cette exigence critique est essentiel. Certes, ce n'est pas spontanément que ceux qui croient se mettent ainsi à distance d'eux-mêmes pour éprouver la croyance comme telle et ne pas la confondre avec le savoir. Mais l'exigence de lucidité, et l'effort qui lui correspond, sont à rappeler d'entrée de jeu dès lors qu'il s'agit d'envisager ce qui peut fonder la coexistence d'hommes aux croyances et aux convictions diverses. Ainsi se prépare un certain régime d'affirmation des croyances, qui, étant conscientes d'elles-mêmes comme croyances, et non comme savoirs incontestables, peuvent éviter leur dérive intolérante et fanatique. Cette disposition subjective de chacun ouvre la voie à la compréhension mutuelle et à l'acceptation d'un pluralisme de convictions qui ne relativise pas l'unité du savoir objectif mais fait signe vers des principes de justice propres à faire vivre ensemble des personnes aux croyances ou aux convictions spirituelles opposées.

Socrate. – Eh bien, allons, examinons surtout le point suivant. Existe-t-il une chose que tu appelles savoir ?

Gorgias. – Oui.

Socrate. – Et une autre que tu appelles croire ?

Gorgias. – Oui, bien sûr.

Socrate. – Bon, à ton avis, savoir et croire, est-ce pareil ? Est-ce que savoir et croyance sont la même chose ? ou bien deux choses différentes ?

Gorgias. – Pour ma part, Socrate, je crois qu'elles sont différentes.

Socrate. – Et tu as bien raison de le croire. Voici comment on s'en rend compte. Si on te demandait : « Y a-t-il, Gorgias, une croyance fausse et une vraie ? », tu répondrais que oui, je pense.

Gorgias. – Oui.

Socrate. – Mais y a-t-il un savoir faux et un vrai ?

Gorgias. – Aucunement.

Socrate. – Savoir et croyance ne sont donc pas la même chose, c'est évident.

Gorgias. – Tu dis vrai.

Socrate. – Pourtant, il est vrai que ceux qui savent sont convaincus, et que ceux qui croient le sont aussi.

Gorgias. – Oui, c'est comme cela.

Socrate. – Dans ce cas, veux-tu que nous posions qu'il existe deux formes de convictions : l'une qui permet de croire sans savoir, et l'autre qui fait connaître.

Gorgias. – Oui, tout à fait.

II

SAINT AUGUSTIN

L'OPTION SPIRITUELLE RELIGIEUSE

Saint Augustin, *Confessions*, trad. J. Trabucco,
GF-Flammarion, 1964, chap. VI, p. 112-113.

La notion d'option spirituelle, pour qualifier le choix d'une religion, peut paraître difficile à admettre dès lors que la croyance religieuse semble relever d'abord d'une imprégnation culturelle, d'une ambiance éducative qui oriente la conscience à son insu vers telle ou telle religion. Cela est vrai de l'enfant conditionné par sa famille et son milieu de vie. Mais n'y a-t-il pas un moment où ce conditionnement se met à distance de lui-même, et subit une mise à l'épreuve dont l'issue peut être très variable : confirmation de la religion d'enfance, abandon ou changement de religion ? À ce moment, la conquête de l'autonomie de jugement conduit la personne à un véritable choix, qu'elle fait elle-même, et qui n'est plus la simple reproduction du donné familial. Choix influencé, certes, voire marqué par des mimétismes et des contre-mimétismes, mais choix tout de même. Confirmer sa foi, faire sa profession de foi, sont des actes volontaires. Il en va de même de l'abandon de la foi au profit d'une conviction athée. Les premiers chrétiens qui abandonnèrent le polythéisme *choisirent* de se convertir au monothéisme. Bref, il est un temps où la liberté humaine doit bien consister à faire comme si on

avait à se prononcer sur l'engagement spirituel que l'on fait sien. D'ailleurs, le moment emblématique de la conversion à une nouvelle religion, évoqué ici par saint Augustin, qui fut d'abord païen, et fait partie des convertis de culture grecque, confirme cette dimension volontaire. L'époque où cette conversion s'accomplit est celle d'une véritable césure historique, où le christianisme naissant se dessine sur fond de décomposition de l'Empire romain. Il n'en reste pas moins vrai que la foi nouvelle ne peut se déduire entièrement de l'ambiance culturelle de l'époque, et qu'elle marque une option spirituelle inédite. On suivra ici l'exposé par Augustin de sa conversion, en remarquant qu'y intervient la thématique chrétienne de la grâce, dévolue à l'homme par Dieu à mesure qu'il se convertit et découvre la profondeur du nouvel engagement spirituel qui est le sien. Le primat de la croyance inconditionnelle est ici posé. *Crede ut intelligas* : « Crois afin de comprendre. » La raison est ainsi destituée de sa prétention à parler la première. Cela ne veut pas dire que saint Augustin lui dénie tout droit, mais qu'il l'assujettit désormais au primat d'une foi inconditionnelle.

Dès lors, cependant, je préférais la doctrine catholique, estimant qu'il y avait plus de mesure et de sincérité à faire une obligation de croire à ce qui n'était pas démontré – soit qu'on pût le démontrer, mais non à tous, soit qu'on ne pût pas le démontrer – qu'à railler la foi, comme faisaient les Manichéens, qui promettaient témérairement la science, puis vous prescrivaient de croire à une foule de fables de la dernière absurdité, dans l'impuissance où ils étaient de les démontrer.

Mais peu à peu, Seigneur, de votre main très douce et très miséricordieuse vous avez touché et préparé mon cœur, et je m'avisai de tout ce que je croyais sans le voir, sans y avoir assisté : tant de faits de l'histoire des peuples, tant de choses concernant des endroits et des villes que je n'avais pas vus, tout ce que j'admettais sur la foi d'amis, de médecins, de bien d'autres en qui il faut bien croire, sans quoi on ne ferait absolument rien en cette vie ! Enfin, avec quelle foi inébranlable je me croyais le fils de mes parents ! Mais c'est ce qu'il m'eût été bien impossible de savoir si je n'avais admis ce que j'entendais dire. Ainsi, vous m'avez persuadé que les coupables, ce ne sont pas ceux qui croient à vos Livres, dont vous avez si fortement établi l'autorité chez presque tous les peuples, mais ceux qui n'y croient pas, et que je ne devais pas écouter les hommes qui me diraient : « D'où sais-tu que ces livres ont été donnés au genre humain par l'esprit du seul vrai Dieu qui est la Vérité même ? » C'est précisément cela qu'il me fallait croire ; car aucune objection calomnieuse, si agressive qu'elle fût, au cours de tant de lectures où j'avais vu les philosophes aux prises les uns avec les autres, n'avait pu m'arracher, un seul jour, la certitude de votre existence, bien que j'ignorasse ce que vous êtes, ni celle que le gouvernement des choses humaines est entre vos mains.

Sans doute, je croyais tantôt plus fortement, tantôt plus faiblement ; mais j'ai toujours cru en votre existence et en votre providence, sans savoir ce qu'il faut penser de votre nature, ou quelle est la voie qui conduit et ramène à vous. C'est pourquoi persuadé que, dans notre impuissance à découvrir la vérité par la raison pure, nous avons besoin du secours des Saintes Écritures, je commençai à croire que vous n'auriez pas conféré à ces Écritures une si éminente autorité dans le monde entier, si vous n'eussiez voulu qu'on crût en vous par elles et qu'on vous cherchât par elles.

Pour les absurdités qui m'y choquaient d'ordinaire, et que j'avais entendu expliquer bien souvent de façon plausible, je les mettais au compte de la profondeur de vérités mystérieuses. L'autorité des Écritures m'apparaissait d'autant plus vénérable et plus digne d'une foi sacro-sainte, que, d'une lecture facile pour tous, elle réserve à une interprétation plus pénétrante la majesté de son mystère. Par la clarté du langage, l'humble familiarité du style, elle s'ouvre à tous, et cependant elle a de quoi exercer la réflexion de ceux qui ne sont point « légers de cœur ». Elle reçoit toutes les âmes dans son vaste sein, mais elle n'en laisse aller à vous, par d'étroits passages, qu'un petit nombre, beaucoup plus pourtant que si eue n'était à ce haut point d'autorité et n'attirait les foules dans le giron de sa sainte humilité.

III

D'HOLBACH

L'OPTION SPIRITUELLE ATHÉE

D'Holbach, *Système de la nature*, éd. revue par J. Boulad-Ayoub, Fayard, 1990, livre II, chap. XI.

L'idée que l'athéisme est une conviction purement négative (la négation de Dieu) est aussi discriminatoire que fausse. À l'évidence, l'émergence d'un humanisme athée à l'époque des Lumières – d'Holbach fit partie des grands Encyclopédistes aux côtés de Diderot – atteste que la négation de Dieu peut reposer sur l'affirmation du pouvoir propre de l'humanité, conçu de façon multiforme. C'est l'ensemble des valeurs de l'athéisme et des exigences de pensée éclairée qui en est le corollaire que décline ici d'Holbach. Sont évoqués dans le texte qui suit essentiellement la conception matérialiste du monde et les principes d'intelligibilité du réel qu'elle promeut, excluant toute interprétation arbitraire ou chimérique. Au passage est récusée toute posture irrationnelle, comme celle de l'« enthousiasme », à entendre ici en son sens étymologique de transport dans un dieu, c'est-à-dire de mise en sommeil de la capacité réflexive de la raison. La vigilance critique et rationnelle de l'athée fait de lui un être sans violence, prêt à jouer le jeu d'une sociabilité tissée avec des êtres aux convictions autres. Le volet des valeurs éthiques de l'athéisme n'est évoqué qu'allusivement, en fin de texte, mais il est essentiel. Il rompt avec un préjugé que dénonçait déjà Bayle, à savoir l'association automatique entre immoralité et athéisme. D'Holbach solidarise l'« utilité » des opinions pour le genre humain de leur caractère éclairé. Pas de dis-

jonction, donc, entre l'exigence de vérité et la finalité pratique. Nous sommes aux antipodes d'une éthique radicalement séparée de la démarche de compréhension du monde. L'option spirituelle athée est donc une autre forme de choix intérieur que l'option spirituelle religieuse, à définir également de façon positive. Le problème de la laïcité est d'organiser la coexistence d'hommes aux convictions diverses en les faisant jouir de la liberté de conscience et de la plénitude de l'égalité des droits.

Qu'est-ce en effet qu'un athée ? C'est un homme qui détruit des chimères nuisibles au genre humain pour ramener les hommes à la nature, à l'expérience, à la raison. C'est un penseur qui, ayant médité la matière, son énergie, ses propriétés et ses façons d'agir, n'a pas besoin, pour expliquer les phénomènes de l'univers et les opérations de la nature, d'imaginer des puissances idéales, des intelligences imaginaires, des êtres de raison, qui, loin de faire mieux connaître cette nature, ne font que la rendre capricieuse, inexplicable, méconnaissable, inutile au bonheur des humains. [...] Si par athées l'on entend des hommes dépourvus d'enthousiasme, guidés par l'expérience et le témoignage de leurs sens, qui ne voient dans la nature que ce qui s'y trouve réellement ou ce qu'ils sont à portée d'y connaître, qui n'aperçoivent et ne peuvent apercevoir que de la matière, essentiellement active et mobile, diversement combinée, jouissant par elle-même de diverses propriétés, et capable de produire tous les êtres que nous voyons ; si par athées l'on entend des physiciens convaincus que, sans recourir à une cause chimérique, l'on peut tout expliquer par les seules lois du mouvement, par les rapports subsistant entre les êtres, par leurs affinités, leurs analogies, leurs attractions et leurs répulsions, leurs proportions, leurs compositions et leurs décompositions ; si par athées l'on entend des gens qui ne savent point ce que c'est qu'un esprit et qui ne voient point le besoin de spiritualiser ou de rendre incompréhensibles des causes corporelles, sensibles et naturelles, qu'ils voient uniquement agir, qui ne trouvent pas que ce soit un moyen de mieux connaître la force motrice de l'univers que de l'en séparer pour la donner à un être placé hors du grand tout, à un être d'une essence totalement inconcevable, et dont on ne peut indiquer le séjour ; si par athées l'on entend des hommes qui conviennent de bonne foi que leur esprit ne peut ni concevoir ni concilier les attributs négatifs et les abstractions théologiques avec les qualités humaines et morales que l'on attribue à la divinité, ou des hommes qui prétendent que de cet alliage incompatible il ne peut résulter qu'un être de raison, vu qu'un pur esprit est destitué des organes nécessaires pour exercer des qualités et des facultés humaines ; si par athées l'on désigne des hommes qui rejettent un fantôme, dont les qualités odieuses et disparates ne sont propres qu'à troubler et à plonger le genre humain dans une démence très nuisible ; si, dis-je, des penseurs de cette espèce sont ceux que l'on nomme des athées, l'on ne peut douter de leur existence, et il y en aurait un très grand nombre, si les lumières de la saine physique et de la droite raison étaient plus répandues ; pour lors, ils ne seraient regardés ni comme des insensés ni comme des furieux, mais comme des hommes sans préjugés, dont les opinions, ou si l'on veut l'ignorance, seraient bien plus utiles au genre humain que les sciences et les vaines hypothèses qui depuis longtemps sont les vraies causes de ses maux.

IV

HUME

L'AGNOSTICISME

Hume, *Enquête sur l'entendement humain*, trad. A. Leroy, GF-Flammarion, 1983, section XI, p. 218-220.

Hume imagine un discours tenu par Épicure aux Athéniens. En réalité, c'est le dogmatisme fina-liste de la Providence chrétienne qui est ainsi visé. Il s'agit de montrer que les hypothèses concernant l'ordonnancement finaliste du monde disent plus que ce qui peut être logiquement tiré de son observation objective. Elles ne sont ni fausses ni vraies et la sagesse commande de s'en tenir à l'idée qu'elles sont de l'ordre de la conjecture indémontrable. L'agnosticisme métaphysique et théologique est ici explicite. Quant à la moralité, elle ne requiert nullement que ce type de question soit tranché. Hume considère qu'elle découle d'une disposition naturelle à l'être humain, à la fois sentiment et sociabilité spontanée. Épicure lui-même, s'il récusa le finalisme providentialiste et toute intervention divine dans les affaires humaines, tout en faisant du plaisir le principe et la fin de toute action maîtrisée, n'en fut pas moins le plus vertueux des hommes. Chez Hume, la distinction de la croyance et de la connaissance certaine se radicalise, et s'ancre dans une enquête sur la consistance et le fonctionnement de l'esprit humain. Elle aboutit à interroger les certitudes les mieux établies, depuis les croyances ordinaires fondées sur des habitudes et des associations répétées alors qu'elles se vivent dans l'illusion d'atteindre la réalité objective, jusqu'aux doctrines métaphysiques et religieuses, qui croient pouvoir statuer sur ce qui dépasse les limites de l'expérience humaine alors qu'elles ne font que convertir de façon illicite de simples hypothèses en constructions dogmatiques. Si l'on déclare inconnaissable (en grec *agnostos*) tout

ce qui dépasse les limites de l'expérience humaine, les croyances religieuses doivent s'assumer explicitement comme portant sur ce qui est possible, non sur ce qui est absolument certain. Et ce quelles que soient l'intensité de la foi, son absence de recul. La prudence intellectuelle ainsi manifestée est gage de tolérance en matière métaphysique et théologique, puisqu'elle s'en prend à l'absence de distance critique des dogmatismes. Elle invite à pratiquer un doute qui constitue une véritable prévention contre le comportement fanatique, généralement enraciné dans la certitude absolue d'avoir raison. D'où la nécessité de laisser à chacun « la liberté de conjecturer et d'argumenter ». L'agnosticisme ainsi conçu pourrait bien donner son corrélat philosophique à la position de principe d'un État laïque qui se déclare par principe incompétent en matière de « salut des âmes » et de convictions spirituelles. Il s'agit de s'abstenir de privilégier une option religieuse ou une option athée afin de laisser chacun pleinement libre de son choix et assuré que celui-ci ne donnera pas lieu à une stigmatisation de la part de la puissance publique. Mais il faut prendre garde aux connotations de cette affirmation d'« incompétence » de l'État laïque. Une double remarque s'impose. D'une part cette incompétence s'entend uniquement en un sens juridique, elle relève d'une volonté d'abstention dans un domaine considéré comme relevant de la seule liberté individuelle de juger et de croire. D'autre part, elle ne s'assortit d'aucun relativisme éthico-politique, puisque justement il s'agit d'assurer la liberté, l'égalité des hommes quelles que soient leurs options spirituelles, et de concentrer l'État sur la promotion de l'intérêt général. Toutes choses qui relèvent d'un choix.

Pourquoi se torturer le cerveau pour justifier le cours de la nature sur des suppositions qui, pour autant que je sache, peuvent être entièrement imaginaires et dont on ne peut trouver de traces dans le cours de la nature ?

Il faut donc considérer l'hypothèse religieuse uniquement comme une méthode particulière d'explication des phénomènes visibles de l'univers ; mais aucun homme qui raisonne correctement n'osera jamais en inférer un seul fait, modifier les phénomènes ou leur rien ajouter sur un seul point. Si vous pensez que les apparences des choses prouvent de telles causes, il vous est permis de tirer une inférence sur l'existence de ces causes. Dans de tels sujets complexes et sublimes, il faut accorder à chacun la liberté de conjecturer et d'argumenter. Mais vous devez vous en tenir là. Si vous revenez en arrière et, arguant à partir de vos causes inférées, concluez qu'un autre fait a existé, ou existera, dans le cours de la nature, qui puisse servir à déployer plus complètement des attributs particuliers, il faut que je vous avertisse que vous vous êtes départis de la méthode de raisonnement attachée au présent sujet et que vous avez certainement fait quelque addition aux attributs de la cause en plus de ce qui paraît dans l'effet ; autrement, vous n'auriez jamais pu ajouter quoi que ce soit à l'effet, en un sens et avec une propriété acceptables, pour rendre cet effet plus digne de la cause.

Où est alors l'odieux de la doctrine que j'enseigne dans mon école, ou plutôt que j'examine dans mes jardins ? Ou que trouvez-vous dans toute cette question, qui intéresse le moins du monde la sûreté de la bonne morale ou la paix et l'ordre de la société ?

Je nie la providence, dites-vous, je nie qu'un gouvernement suprême du monde guide le cours des événements, punisse les vicieux par l'infamie et le désespoir, et récompense les vertueux par l'honneur et le succès dans toutes leurs entreprises. Mais, assurément, je ne nie pas le cours lui-même des événements, qui reste ouvert à la recherche et à l'examen de tous. Je le reconnais : dans l'ordre présent des choses, la vertu s'accompagne de plus de paix spirituelle que le vice et elle rencontre un accueil plus favorable du monde. J'ai conscience que, selon l'expérience passée de l'humanité, l'amitié est la principale joie de la vie humaine, et la modération la seule source de tranquillité et de bonheur. Je n'hésite jamais entre une existence vertueuse et une existence vicieuse ; mais j'ai conscience que, pour un esprit bien disposé, tous les avantages sont du côté de la première. Que pouvez-vous dire de plus, si l'on vous accorde toutes vos suppositions et tous vos raisonnements ? Vous me dites, certes, que cette disposition des choses procède de l'intelligence et du dessein. Mais d'où qu'elle procède, la disposition elle-même, dont dépend notre bonheur ou notre malheur, et par suite notre conduite et nos mœurs dans la vie, reste toujours la même. J'ai toujours la possibilité, aussi bien que vous, de régler ma conduite par mon expérience des événements passés.

V

LAMENNAIS

UN HUMANISME RELIGIEUX

Lamennais, *Paroles d'un croyant*, Pocket, 1998, chap. XIX et XX.

Avril 1834. L'abbé Félicité de Lamennais (né en 1782 à Saint-Malo) publie *Paroles d'un croyant*. Il y dénonce les méfaits de la collusion entre pouvoir politique et pouvoir religieux, et les tient pour un détournement de la parole du Christ. Succès immédiat, mais aussi violente réaction des milieux cléricaux et conservateurs. En Conseil des ministres, Guizot veut faire poursuivre l'auteur et interdire l'ouvrage. On dit de ce texte qu'il est « un bonnet rouge sur la croix ».

Assez remarquable est la façon dont Félicité de Lamennais, dans ce livre, tire de sa foi un humanisme progressiste. Tournant le dos à la tradition cléricale de la collusion entre pouvoir politique de domination et religion, l'abbé Lamennais rompt simultanément avec les deux volets de cette collusion dont il dénonce les conséquences criminelles. D'une part, il entend recentrer la foi religieuse sur sa dimension de témoignage spirituel, à l'exclusion de toute volonté d'emprise temporelle. D'autre part, il tire d'une spiritualité ainsi affranchie de toute compromission avec les pouvoirs établis une approche critique des injustices de ce monde, qu'il dénonce de façon intraitable. La transposition de la fraternité métaphysique des hommes en tant qu'ils seraient fils d'un même dieu dans l'exigence d'une authentique égalité de droits sur cette terre peut alors s'accomplir, à rebours du conformisme politico-social traditionnel du christianisme institutionnel. Lamennais fut condamné avec véhémence par l'Église. Il en arriva assez vite à la conclusion que le seul salut de la religion passe par une véritable séparation de l'État et de l'Église. Chrétien laïque, Lamennais montre très bien qu'une religion vécue comme témoignage spirituel n'a rien à craindre de la laïcité, et qu'elle en tire peut-être même une occasion de s'approfondir, de se purifier de toute volonté de domination. « Ce sont les peuples qui font les rois » : le propos rappelle le principe de souveraineté démocratique, et il conclut la généalogie des injustices en ce monde par une délégitimation religieuse de toute puissance oppressive. On remarquera, dans la foulée de ce rappel, la démystification de l'usage hypocrite de la référence à une liberté qui ne s'assortirait d'aucun pouvoir réel, socialement disponible, de la mettre en œuvre. C'est déjà une critique de la conception bourgeoise, ultra-libérale, de la liberté, réduite à un fantôme juridique quand l'exploitation de l'homme par l'homme la vide de toute substance. La suite énonce avec une grande fermeté la nécessité d'une véritable liberté de conscience, de culte et d'éducation. C'est dire qu'au regard de la loi Falloux qui, en 1851, organise le contrôle du clergé sur les écoles et de ce fait un conditionnement des enfants, l'éloge fait ici de la liberté d'éducation prend de singuliers accents laïques.

CHAPITRE XIX

Vous n'avez qu'un père, qui est Dieu, et qu'un maître, qui est le Christ.

Quand donc on vous dira de ceux qui possèdent sur la terre une grande puissance : « Voilà vos maîtres », ne le croyez point. S'ils sont justes, ce sont vos serviteurs ; s'ils ne le sont pas, ce sont vos tyrans.

Tous naissent égaux : nul, en venant au monde, n'apporte avec lui le droit de commander. [...]

C'est le péché qui a fait les princes ; parce que, au lieu de s'aimer et de s'aider comme des frères, les hommes ont commencé à se nuire les uns aux autres.

Alors parmi eux ils en choisirent un ou plusieurs, qu'ils croyaient les plus justes, afin de protéger les bons contre les méchants, et que le faible pût vivre en paix.

Et le pouvoir qu'ils exerçaient était un pouvoir légitime, car c'était le pouvoir de Dieu qui veut que la justice règne, et le pouvoir du peuple qui les avait élus.

Et c'est pourquoi chacun était tenu en conscience de leur obéir.

Mais il s'en trouva aussi bientôt qui voulurent régner par eux-mêmes, comme s'ils eussent été d'une nature plus élevée que celle de leurs frères.

Et le pouvoir de ceux-ci n'est pas légitime, car c'est le pouvoir de Satan, et leur domination est celle de l'orgueil et de la convoitise.

Et c'est pourquoi, lorsqu'on n'a pas à craindre qu'il en résulte plus de mal, chacun peut et quelquefois doit en conscience leur résister.

Dans la balance du droit éternel, votre volonté pèse plus que la volonté des rois ; car ce sont les peuples qui font les rois, et les rois sont faits pour les peuples, et les peuples ne sont pas faits pour les rois.

Le Père céleste n'a point formé les membres de ses enfants pour qu'ils fussent brisés par des fers, ni leur âme pour qu'elle fût meurtrie par la servitude.

CHAPITRE XX

Ne vous laissez pas tromper par de vaines paroles. Plusieurs chercheront à vous persuader que vous êtes vraiment libres, parce qu'ils auront écrit sur une feuille de papier le mot de liberté, et l'auront affiché à tous les carrefours.

La liberté n'est pas un placard qu'on lit au coin de la rue. Elle est une puissance vivante qu'on sent en soi et autour de soi, le génie protecteur du foyer domestique, la garantie des droits sociaux, et le premier de ces droits.

L'oppresseur qui se couvre de son nom est le pire des oppresseurs. Il joint le mensonge à la tyrannie, et à l'injustice la profanation ; car le nom de liberté est saint.

Gardez-vous donc de ceux qui disent : Liberté, Liberté, et qui la détruisent par leurs œuvres.

Est-ce vous qui choisissez ceux qui vous gouvernent, qui vous commandent de faire ceci et de ne pas faire cela, qui imposent vos biens, votre industrie, votre travail ? Et si ce n'est pas vous, comment êtes-vous libres ?

Pouvez-vous exercer votre culte sans gêne, adorer Dieu et le servir publiquement selon votre conscience ? Et si vous ne le pouvez pas, comment êtes-vous libres ?

Pouvez-vous disposer de vos enfants comme vous l'entendez, confier à qui vous plaît le soin de les instruire et de former leurs mœurs ? Et si vous ne le pouvez pas, comment êtes-vous libres ?

Les oiseaux du ciel et les insectes même s'assemblent pour faire en commun ce qu'aucun d'eux ne pourrait faire seul. Pouvez-vous vous assembler pour traiter ensemble de vos intérêts, pour défendre vos droits, pour obtenir quelque soulagement à vos maux ? Et si vous ne le pouvez pas, comment êtes-vous libres ?

VI

CAMUS

UN HUMANISME ATHÉE

Camus, *Le Mythe de Sisyphe*, Gallimard, 1942, p. 165-166.

L'idée traditionnelle de la religion est que sans dieu l'univers n'a pas de sens. Elle ne peut être admise que si l'on pose que l'homme lui-même est incapable, par ses seules ressources, de donner du sens à son existence. Bref, qu'il est absurde, que son existence n'a aucune justification. Et voilà l'humanité rabaissée, condamnée à expier sans cesse une faute imaginaire, étrangement transmise de génération en génération comme pour signaler son caractère indélébile, inscrit dans la nature humaine. Camus prend au mot cette absurdité supposée, mais il en renverse totalement la signification, en redressant l'homme courbé sous son rocher, comme Épicure redresse l'humanité et lui fait regarder les dieux en face, pour leur signifier qu'il ne les craint pas (cf. texte VII de Lucrèce). La tâche répétitive qui consiste à porter le rocher jusqu'au sommet pour le voir dévaler à nouveau la pente symbolise la temporalité humaine, cyclique par sa finitude, alternance de construction et de destruction, de vie et de mort, de joie et de souffrance. Accents nietzschéens ou pascaliens, selon l'éclairage choisi. Dans le premier cas, l'acceptation sans ressentiment de la condition humaine et de tout ce qui la caractérise se fait affirmation et source de bonheur. Dans le second, l'insistance sur la finitude et l'absurdité supposée de la répétition quotidienne conduit à une disqualification de l'existence terrestre, tout au plus bonne à mettre en œuvre une souffrance donnée comme rédemptrice. L'humanisme tragique de Camus est à l'évidence plus proche de Nietzsche que de Pascal. Il « nie les dieux » qui exigeraient des hommes une sorte de prosternation et d'humiliation. Héros proprement humain, Sisyphe accomplit la vocation prométhéenne. Prométhée vola aux dieux le feu et la connaissance des arts et des savoir-faire, afin de permettre aux hommes de produire eux-mêmes leur existence, d'être en quelque sorte les auteurs de leur destinée. Émancipation radicale d'une liberté qui décide de l'*être*, et non seulement de l'*acte*. L'acte, ou l'action, est ici auto-engendrement, et,

dans sa tâche répétitive, l'homme absurde découvre une autre façon de faire exister le sens. Au lieu de le recevoir tout fait d'une divinité dont il dépendrait, l'homme libre l'invente : le savoir d'une telle tâche suffit alors à « remplir un cœur d'homme », à ouvrir la voie au bonheur. Il réconcilie d'ailleurs avec l'univers, senti et compris dans sa beauté, dans la plénitude de sa présence native, sans qu'un dieu soit nécessaire pour l'expliquer. Nulle indifférence aux questions métaphysiques, mais la décision d'user sans complexe du pouvoir propre de la conscience et de la pensée qui forge la lucidité agissante autant que le savoir spéculatif. L'humanisme athée se déploie ici avec la liberté ontologique, liberté de l'être qui se fait en faisant ; il libère le ciel et la terre des craintes idolâtres ; il réconcilie l'humanité avec elle-même en inaugurant une confiance nouvelle ; il s'ouvre à la poésie cosmique. L'homme tragique et absurde transfigure ainsi sa condition, sans orgueil ni fausse modestie (l'« humilité vicieuse » dont parle Descartes). Bref, il devient maître de son destin.

Le bonheur et l'absurde sont deux fils de la même terre. Ils sont inséparables. L'erreur serait de dire que le bonheur naît forcément de la découverte absurde. Il arrive aussi bien que le sentiment de l'absurde naisse du bonheur. « Je juge que tout est bien », dit Œdipe et cette parole est sacrée. Elle retentit dans l'univers farouche et limité de l'homme. Elle enseigne que tout n'est pas, n'a pas été épuisé. Elle chasse de ce monde un dieu qui y était entré avec l'insatisfaction et le goût des douleurs inutiles. Elle fait du destin une affaire d'homme, qui doit être réglée entre les hommes.

Toute la joie silencieuse de Sisyphe est là. Son destin lui appartient. Son rocher est sa chose. De même, l'homme absurde, quand il contemple son tourment, fait taire toutes les idoles. Dans l'univers soudain rendu à son silence, les mille petites voix émerveillées de la terre s'élèvent. Appels inconscients et secrets, invitations de tous les visages, ils sont l'envers nécessaire et le prix de la victoire. Il n'y a pas de soleil sans ombre, et il faut connaître la nuit. L'homme absurde dit oui et son effort n'aura plus de cesse. S'il y a un destin personnel, il n'y a point de destinée supérieure ou du moins il n'en est qu'une dont il juge qu'elle est fatale et méprisable. Pour le reste, il se sait le maître de ses jours. À cet instant subtil où l'homme se retourne sur sa vie, Sisyphe, revenant vers son rocher, contemple cette suite d'actions sans lien qui devient son destin, créé par lui, uni sous le regard de sa mémoire et bientôt scellé par sa mort. Ainsi, persuadé de l'origine tout humaine de tout ce qui est humain, aveugle qui désire voir et qui sait que la nuit n'a pas de fin, il est toujours en marche. Le rocher roule encore.

Je laisse Sisyphe au bas de la montagne ! On retrouve toujours son fardeau. Mais Sisyphe enseigne la fidélité supérieure qui nie les dieux et soulève les rochers. Lui aussi juge que tout est bien. Cet univers désormais sans maître ne lui paraît ni stérile ni futile. Chacun des grains de cette pierre, chaque éclat minéral de cette montagne pleine de nuit, à lui seul forme un monde. La lutte elle-même vers les sommets suffit à remplir un cœur d'homme. Il faut imaginer Sisyphe heureux.

VII

LUCRÈCE

PEUR DES DIEUX OU SAGESSE PHILOSOPHIQUE

Lucrèce, *De la nature*, trad. J. Kany-Turpin,
GF-Flammarion, 1993, livre V, p. 380-382.

Le spectacle de l'univers, sa disproportion manifeste par rapport à l'homme, l'incertitude liée au caractère apparemment aléatoire de ce qui advient, ont de quoi produire angoisse et tremblement. La décision philosophique est alors de relever le défi de cette condition simplement humaine, et de trouver dans l'homme les ressources du bonheur. Épicure, rappelle Lucrèce, a levé la tête vers les dieux menaçants qui habitent le ciel, et il a osé les dessaisir de leur pouvoir dominateur. C'est que celui-ci ne tient qu'à l'ignorance des hommes. « Vivre en dieu parmi les hommes » : la méditation épicurienne est un projet de sagesse qui articule une connaissance sereine de la nature et un art de vivre tourné vers le plaisir authentique. Dans le contexte hellénistique de cités déclinantes, d'un ordre politique incertain, l'ambition philosophique n'est pas celle d'un repli individualiste. C'est le vœu de donner à tous les hommes la possibilité d'accomplir le meilleur d'eux-mêmes grâce à l'*ataraxia* (l'absence de troubles) qui rend possible un plaisir (*hèdonè*) essentiel à l'humanité. Cet hédonisme ne présuppose ni l'intervention d'une providence divine ni la certitude d'un agencement cosmique définitif : il assume tout uniment le hasard initial des rencontres d'atomes et la nécessité des lois qui régissent les phénomènes naturels. Mais tant que les hommes ignorent tout cela, ils attribuent à des dieux anthropomorphiques le pouvoir effrayant de manier les forces naturelles, et de le faire pour agir sur les hommes. L'angoisse devant l'univers se tisse du finalisme résultant d'une projection naïve des attentes propres à l'agir humain et d'une incompréhension fondamentale des ressorts de la nature. Un des remèdes (*pharmakon*) à la religion de peur qui s'inscrit alors dans le quotidien de l'homme est l'élucidation rationnelle de ce qui est et advient. Dans le même temps, une éthique de vie fondée sur un hédonisme raisonné va permettre à l'humanité de se délivrer des passions tristes qui la rendent plus vulnérable encore à la frayeur qu'inspire l'ignorance. Plaisir authentique et raison aussi bien pratique que théorique se conjuguent alors dans une sorte de piété philosophique, aux antipodes d'une religion de peur et d'une superstition maladive. Le regard sur l'univers se dédramatise, et la sérénité conquise ouvre la voie au sens proprement humain de la vie, affranchie de ce qui la détournait de sa plénitude. L'homme peut enfin jouir des choses et de lui-même ; les hommes peuvent s'unir d'amitié désintéressée dès lors que leur indépendance éthique (*autarkeïa*) donne à toute convention sociale et politique le caractère d'un acte libre.

Le recours était donc de tout confier aux dieux
et de tout soumettre au signe de leur tête.
Dans le ciel ils placèrent demeures et séjours divins
parce que dans le ciel on voit rouler la nuit et la lune,
la lune, le jour et les ténèbres, les astres sévères de la nuit,
les flambeaux nocturnes du ciel, les flammes volantes,
les nues, le soleil, les pluies, neige, vent, éclairs et grêle,
les grondements soudains et les grands murmures de
{menace.
Ô race infortunée des hommes, dès lors qu'elle prêta
de tels pouvoirs aux dieux et les dota d'un vif courroux !
Que de gémissements avez-vous enfantés pour vous-mêmes,
que de plaies pour nous, de larmes pour nos descendants !
La piété, ce n'est pas se montrer souvent voilé
et, tourné vers une pierre, s'approcher de tous les autels,
ni se prosterner à terre, tendre ses mains ouvertes
devant les temples des dieux, inonder leurs autels
du sang des quadrupèdes, aux vœux enchaîner les vœux,
la piété, c'est tout regarder l'esprit tranquille.
Or, quand nous levons les yeux vers les régions célestes
du grand monde, l'éther clouté d'étoiles brillantes,
et que nous pensons au cours du soleil et de la lune,
une angoisse en nos cœurs sous d'autres maux étouffée
se réveille et commence à redresser la tête :
n'y aurait-il face à nous un pouvoir immense et divin
entraînant les rondes variées des astres candides ?
L'ignorance de la cause assaille notre esprit de doutes :
le monde eut-il une origine, aura-t-il une fin,
jusques à quand les murailles du monde pourront-elles
supporter la fatigue d'un mouvement inquiet
ou, dotées par les dieux d'une vie éternelle,
glisseront-elles toujours sous la traction du temps,
bravant les violents assauts des siècles immenses ?

VIII

FEUERBACH

LA MORALE ANTÉRIEURE À LA RELIGION

Feuerbach. *L'Essence du christianisme*,
trad. J.-P. Osier, Maspero, 1968, p. 429.

L'idée que la religion est le seul fondement possible de la morale a la vie dure. En une époque où l'on parle de perte des repères et où certains penseurs religieux s'empressent, sans fondement, d'imputer cette perte à la laïcisation des sociétés, il faut en revenir à une approche raisonnée des rapports entre l'exigence morale et la religion. Feuerbach a consacré une grande partie de son œuvre à une réflexion sur la signification humaine des religions. Avec l'idée première que les religions font sens en ce qu'elles expriment quelque chose de la réalité humaine qui se projette en elles. Ainsi, la théologie tend à se résoudre en anthropologie. Il ne s'agit pas alors de dénier la portée du phénomène religieux, mais de l'interpréter. Le naturalisme feuerbachien tient toute réalité culturelle pour une manifestation des potentialités inscrites dans l'homme, mais aussi du sort fait à ces potentialités par une situation déterminée. C'est dire que la richesse potentielle de l'accomplissement humain peut tout à fait déborder ce qui s'en actualise à un moment donné. L'écart peut rester inconscient dans les situations de conscience aliénée, comme dans la projection qui consiste à attri-

buer à un être transcendant et tout-puissant (Dieu) des perfections dont l'homme se dessaisit en les tenant pour étrangères à sa nature, ou inaccessibles. Ainsi de la moralité, à laquelle ce genre d'aliénation ôte son caractère humain, et qui est dite sainte, ou inspirée par Dieu. Bref, le meilleur de l'homme ne lui viendrait pas de lui-même. Tout au contraire, l'anthropologie feuerbachienne réinscrit le sentiment de la moralité et du droit dans la nature humaine, et fait de sa sanctification un processus *a posteriori*. La religion n'engendre pas un tel sentiment : elle ne fait que lui donner ce caractère sacré. C'est pourquoi il importe de ne pas renverser la cause et l'effet dans la généalogie. Et Feuerbach de signaler le danger que fait courir aux libertés humaines le fait de vouloir assujettir à un credo obligatoire le droit ou la morale. C'est qu'alors on dessaisit les hommes de leur autonomie, en leur déniant tout civisme et toute moralité intrinsèques. Il y a un cercle vicieux à prétendre que le droit et la morale se fondent sur la divinité. Cela atteste en effet toute la valeur qu'on leur reconnaît d'abord pour ensuite les faire dériver de l'être auquel on attribue toute perfection. Comme Kant précisant que la moralité ne dérive pas de l'imitation du saint de l'Évangile (Kant, *Fondements de la Métaphysique des mœurs*, section II) mais de la conscience autonome du devoir, Feuerbach souligne que, pour identifier un acte comme moral, il faut bien avoir en soi la norme qui permet de le faire.

Si à une époque où la religion était sainte, nous trouvons respectés le mariage, la propriété, les lois de l'État, ce phénomène n'a pas sa raison dans la religion, mais dans la conscience originaire et naturelle de la moralité et du droit, qui considère comme saints par eux-mêmes les *rapports juridiques et moraux.* Celui pour lequel le droit n'est pas saint *par lui-même,* ne le considérera jamais comme saint par l'effet de la religion. La propriété n'est pas devenue sacrée parce qu'on l'a représentée comme une institution divine, mais c'est parce qu'elle était considérée comme étant sacrée par elle-même, qu'on l'a considérée comme une institution divine. L'amour n'est pas saint parce qu'il est un prédicat de Dieu, mais il est un prédicat de Dieu parce que, pour lui-même et par lui-même, il est divin. Les païens n'honoraient pas la lumière, la source, parce qu'elle est un don de Dieu mais parce que par elle-même, elle se montre à l'homme comme bienfaisante, parce qu'elle réconforte celui qui souffre ; c'est pour cette qualité excellente qu'ils lui rendent des honneurs divins.

Là où l'on fonde la *morale* sur la *théologie,* le *droit* sur l'*institution divine,* on peut *justifier* et *fonder* les choses *les plus immorales, les plus injustes, les plus honteuses.* Je ne puis fonder la morale sur la théologie que si je détermine préalablement l'être divin *par la morale.* Sinon je n'ai pas de *critère* de la moralité et de l'immoralité, mais une base *arbitraire, immorale* d'où je peux déduire n'importe quoi. Donc, si je veux fonder la morale sur Dieu, je dois l'avoir déjà située *en Dieu,* c'est-à-dire que je ne peux *fonder* la morale, le droit, bref tous les rapports essentiels que *par eux-mêmes,* et je ne les fonde *véritablement,* conformément aux exigences de la vérité, que si je les fonde par eux-mêmes. Situer quelque chose en Dieu ou l'en déduire, ne signifie rien de plus que retirer quelque chose à l'examen de la raison, pour le poser comme indubitable, inattaquable et sacré *sans fournir de justifications,* c'est pourquoi au fond de toutes les fondations de la morale et du droit par la théologie, il y a sinon une intention mauvaise, insidieuse, du moins un auto-aveuglement. Là où le droit est chose sérieuse, nous n'avons aucun besoin d'un encouragement ou d'un appui célestes. Nous n'avons pas besoin d'un droit d'État *chrétien* ; nous n'avons besoin que d'un droit d'État rationnel, juste, humain. Le juste, le vrai, le bon, a partout le *fondement de sa sanctification en lui-même, dans sa qualité propre.*

II

RELIGION ET POLITIQUE :
UNE LIAISON DANGEREUSE

IX

KANT

LE LIVRE NOIR
DU CHRISTIANISME HISTORIQUE

Kant, *La Religion dans les limites de la simple raison*,
trad. Gibelin, Vrin, 1952, p. 172-173.

Chrétien, Kant ne peut être soupçonné d'hostilité de principe à la religion. Il faut donc comprendre le sens du réquisitoire qu'il dresse concernant non le christianisme comme tel, mais son incarnation historique repérable sous la forme d'un pouvoir théologico-politique mortifère pour les libertés. Ce livre noir est une sorte de démonstration par l'absurde de la laïcité, puisqu'il montre à quelles injustices peut conduire la confusion du pouvoir politique et de l'autorité religieuse. La critique est multiforme, et l'on y reconnaît parfois l'inspiration protestante, comme dans l'évocation en mauvaise part du célibat catholique ou de la papauté, ainsi que de la stérilisation de la vie civile sur le plan économique. L'oppression du peuple par le truchement d'une superstition entretenue, la mise sous tutelle par une hiérarchie, le recours obscurantiste aux « prétendus miracles », la définition d'une orthodoxie dominatrice, l'imposition d'une interprétation du texte sacré, l'assujettissement de l'ordre civil et politique, la censure de la science, l'organisation d'expéditions meurtrières (les croisades), entre autres, figurent parmi les méfaits de la religion convertie en politique. Le diagnostic est sans appel, qui convoque la fameuse remarque de Lucrèce au début de son livre *De la nature* : « *Tantum religio potuit suadere malorum !* » (« Tant la religion a pu inspirer de maux ! »). Et l'explication ne transige pas : « La racine de cet état de discorde dont aujourd'hui encore seul l'intérêt politique contient les manifestations violentes, se trouve caché dans le principe d'une foi d'église d'une autorité despotique. » Le second extrait souligne le danger du cléricalisme, à comprendre non comme l'activité du clergé dans les limites de l'association des fidèles qui lui reconnaissent librement son rôle, mais comme pratique effective d'une domination politique. Il y a une sorte d'exemplarité de ce texte, qui pourrait s'appliquer aussi, pour telle ou telle de ses parties, aux deux autres monothéismes lorsqu'ils prétendent également s'imposer par une politique.

Depuis que le christianisme a lui-même constitué un public savant ou depuis qu'il a fait du moins son entrée dans le grand public, son histoire, en ce qui concerne l'effet bienfaisant qu'on est en droit d'attendre d'une religion morale ne lui sert aucunement de recommandation. En effet, comment des rêveries mystiques dans la vie des ermites et des moines et la glorification de la sainteté du célibat, rendirent inutiles au monde un grand nombre d'hommes, comment de prétendus miracles qui s'y rattachaient, opprimèrent le peuple sous les lourdes chaînes d'une superstition aveugle, comment par le moyen d'une hiérarchie s'imposant à des hommes libres, s'éleva la terrible voix de l'orthodoxie dans la bouche d'exégètes prétentieux, seuls autorisés, et divisa le monde chrétien en partis exaspérés, au sujet d'opinions religieuses (où aucun accord universel ne peut se faire, si l'on n'en appelle à la raison pure, en qualité d'exégète) ; comment en Orient où l'État s'occupait ridiculement des statuts religieux des prêtres et des choses du clergé au lieu de maintenir ce clergé dans les bornes étroites d'une simple caste enseignante (dont il est en tout temps disposé à sortir pour passer dans une caste dirigeante), comment, dis-je, cet État devait enfin inévitablement devenir la proie d'ennemis extérieurs qui mirent un terme à sa croyance dominante ; et comment, en Occident, où la foi a érigé un trône particulier, indépendant du pouvoir temporel, l'ordre civil ainsi que les sciences (qui le conservent) furent bouleversés et privés de leur force ; comment les deux parties du monde chrétien, semblables aux plantes et aux animaux qui, près de se décomposer par suite de maladie, attirent des insectes destructeurs pour achever l'ouvrage, furent attaquées par les barbares ; comment dans le christianisme d'Occident le chef spirituel dominait et châtiait des rois ainsi que des enfants, grâce à la baguette magique de l'excommunication dont il les menaçait, les excitait à des guerres étrangères (les Croisades) qui dépeuplaient une autre partie du monde et à se combattre les uns les autres, fomentait la révolte des sujets contre l'autorité royale et inspirait des haines sanglantes contre des adeptes d'un seul et même christianisme prétendu universel, mais qui pensaient différemment, comment la racine de cet état de discorde dont aujourd'hui encore seul l'intérêt politique contient les manifestations violentes, se trouve caché dans le principe d'une foi d'Église d'une auto-rité despotique et fait toujours redouter des scènes sem-blables : cette histoire du christianisme, dis-je (qui ne pouvait se présenter autrement, puisque celui-ci devait s'édifier sur une croyance historique), quand on l'embrasse d'un seul coup d'œil, comme un tableau pourrait bien justifier l'excla-mation : « *Tantum religio potuit suadere malorum !* » si l'institu-tion du christianisme ne montrait pas toujours d'une façon suffisamment claire qu'il n'eut pas primitivement d'autre fin véritable que d'introduire une pure foi religieuse au sujet de laquelle il ne pouvait y avoir des opinions opposées et que tout ce tumulte, qui bouleversa le genre humain et qui le divise encore, provient uniquement de ceci que, par suite d'une tendance de la nature humaine, ce qui au début devait servir à l'introduction de cette foi, c'est-à-dire gagner la nation habituée à sa vieille croyance historique à la nouvelle au moyen même de ses propres préjugés, devint par la suite le fondement d'une religion mondiale universelle.

[…]

Quand les statuts de la foi font partie de la loi constitution-nelle, le *clergé* règne qui pense bien pouvoir se passer de la raison et même finalement de la science scripturaire parce que, seul conservateur et exégète autorisé de la volonté de l'invisible législateur, il a autorité pour administrer exclusive-ment ce que prescrit la foi et que, par suite, pourvu de cette puissance il a non à convaincre, mais seulement à *ordonner* – or, comme en dehors de ce clergé, tout le reste est laïque (sans en excepter le chef de l'organisation politique), l'Église gou-verne finalement l'État, non pas précisément par la force, mais par son influence sur les âmes, de plus aussi en faisant miroiter le profit que cet État doit soi-disant retirer d'une obéissance absolue à laquelle une discipline spirituelle a accoutumé la *pensée* même du peuple ; mais alors insensiblement l'habitude de l'hypocrisie sape la droiture et la fidélité des sujets, les dresse même à la simulation dans les devoirs civils et produit comme tous les principes erronés qu'on adopte, précisément le contraire de ce qu'on avait en vue.

X

HUGO

BILAN D'UNE TRADITION D'OPPRESSION

(1) – Hugo, Discours contre la loi Falloux
du 15 janvier 1850.
(2) – Hugo, *La Bible et l'Angleterre*
(version primitive de *William Shakespeare*).

Deux types d'asservissement au nom de la religion peuvent exister : celui des corps et celui des consciences. Le premier correspond historiquement au fait que l'Église, devenue puissance temporelle autant que spirituelle, s'est assuré le « bras séculier » de l'État pour réprimer toute dissidence et asseoir sa domination multiforme. Le second réside dans le pouvoir de conditionnement des consciences qu'assure notamment la maîtrise de l'enseignement. Avec comme conséquences fréquentes un conformisme éthico-religieux et un fidéisme obscurantiste. Les deux extraits présentés ci-dessous illustrent ces deux points.

Croyant qui à de multiples reprises a manifesté sa foi, Victor Hugo a toujours distingué clairement l'émancipation laïque par le rejet des prétentions du « parti clérical » et la lutte contre les religions. C'est qu'il s'oppose essentiellement à un projet politique, et le fait qu'il parle du « parti clérical » en dit long sur la portée de la distinction effectuée. En 1850, le poète a l'occasion de prononcer à la Chambre des députés un discours qui peut apparaître comme un véritable manifeste de la laïcité, et de l'idéal laïque d'émancipation par le savoir, facteur de conscience éclairée. Le projet de loi Falloux organise le contrôle méthodique du clergé sur l'enseignement, et signe la dérive cléricale de la seconde République, alors aux mains des conservateurs. Le long discours de Victor Hugo, après avoir posé la distinction entre la religion comme témoignage spirituel et le cléricalisme comme emprise politique de l'Église, énonce clairement le principe de séparation entre l'État et l'Église. Séparation saine pour les deux instances, car elle les délie réciproquement pour restituer chacune à son ordre propre. La question de l'école et de son caractère laïque, est liée à celle de l'émancipation humaine en général, telle que l'abordent notamment les grands romans de Victor Hugo, de *Notre-Dame de Paris* aux *Misérables* et à *Quatre-vingt-treize*. À l'instar de la domination cléricale plurséculaire sur la culture, avec les conséquences obscurantistes et les violences que rappelle Hugo, la domination cléricale sur l'école serait des plus néfastes. Et le poète ne mâche pas ses mots.

Quant au fidéisme à la parole biblique, il vise une figure répandue dans les pays protestants. On sait que Luther estime que seule compte l'Écriture, et qu'il se méfie de son exégèse critique. D'où une singulière limite à la thèse du sacerdoce universel, qui refuse tout intermédiaire entre le fidèle et le Dieu auquel il croit. Victor Hugo dépeint le recours sempiternel au principe d'autorité, opposé au principe de raison et de libre examen. L'évocation du fameux « *schiboleth* » fait elle-même référence à une expression inspirée d'un épisode biblique. Dans le livre des Juges (12, 5-6), le terme sert de mot de passe aux Galaadites qui combattent pour le Juge Jephté en guerre avec les Éphraïmites. Ces derniers pro-noncent le terme (qui veut dire « épi » ou « fleuve ») « *sibbole*t » et non « *chibbolet* », c'est-à-dire sans le chuintement qui permet d'identifier les habitants de Galaad. Ils trahissent ainsi eux-mêmes leur provenance. Les guerriers de Jephté auraient obligé les personnes qui s'approchaient du gué du Jourdain à prononcer le terme, tuant tous ceux qui ne le faisaient pas selon la manière des Galaadites (quarante-deux mille hommes massacrés selon la Bible). Terrible exemple de discrimination linguistique et de meurtre xénophobe. Le *chibbolet* ou *sibbolet*, c'est la pierre de touche de l'appartenance exclusive, le signe de reconnaissance qui vaut test pour savoir si on est bien entre soi.

(1) Discours contre la loi Falloux

Je considère comme une dérision de faire surveiller, au nom de l'État, par le clergé, l'enseignement du clergé. En un mot, je veux, je le répète, ce que voulaient nos pères, l'Église chez elle et l'État chez lui. [...]

Nous connaissons le parti clérical. C'est un vieux parti qui a des états de service. C'est lui qui monte la garde à la porte de l'orthodoxie. C'est lui qui a trouvé pour la vérité ces deux étais merveilleux, l'ignorance et l'erreur. C'est lui qui fait défense à la science et au génie d'aller au-delà du missel et qui veut cloîtrer la pensée dans le dogme. Tous les pas qu'a faits l'intelligence de l'Europe, elle les a faits malgré lui. Son histoire est écrite dans l'histoire du progrès humain, mais elle est écrite au verso. Il s'est opposé à tout.

C'est lui qui a fait battre de verges Prinelli pour avoir dit que les étoiles ne tomberaient pas. C'est lui qui a appliqué Campanella vingt-sept fois à la question pour avoir affirmé que le nombre des mondes était infini et entrevu le secret de la création. C'est lui qui a persécuté Harvey pour avoir prouvé que le sang circulait. De par Josué, il a enfermé Galilée ; de par saint Paul, il a emprisonné Christophe Colomb. *(Sensation.)* Découvrir la loi du ciel, c'était une impiété ; trouver un monde, c'était une hérésie. C'est lui qui a anathématisé Pascal au nom de la religion, Montaigne au nom de la morale, Molière au nom de la morale et de la religion. Oh ! oui, certes, qui que vous soyez, qui vous appelez le parti catholique et qui êtes le parti clérical, nous vous connaissons. Voilà longtemps déjà que la conscience humaine se révolte contre vous et vous demande : Qu'est-ce que vous me voulez ? Voilà longtemps déjà que vous essayez de mettre un bâillon à l'esprit humain.

Et vous voulez être les maîtres de l'enseignement ! Et il n'y a pas un poète, pas un écrivain, pas un philosophe, pas un penseur, que vous acceptiez ! Et tout ce qui a été écrit, trouvé, rêvé, déduit, illuminé, imaginé, inventé par les génies, le trésor de la civilisation, l'héritage séculaire des générations, le patrimoine commun des intelligences, vous le rejetez ! Si le cerveau de l'humanité était là devant vos yeux, à votre discrétion, ouvert comme la page d'un livre, vous y feriez des ratures !

[...] L'Inquisition, que certains hommes du parti essayent aujourd'hui de réhabiliter avec une timidité pudique dont je les honore. L'Inquisition, qui a brûlé sur le bûcher ou étouffé dans les cachots cinq millions d'hommes ! Lisez l'histoire ! L'Inquisition, qui exhumait les morts pour les brûler comme hérétiques, témoin Urgel et Arnault, comte de Forcalquier. L'Inquisition, qui déclarait les enfants des hérétiques, jusqu'à la deuxième génération, infâmes et incapables d'aucuns honneurs publics, en exceptant seulement, ce sont les propres termes des arrêts, *ceux qui auraient dénoncé leur père !* L'Inquisition, qui, à l'heure où je parle, tient encore dans la bibliothèque vaticane les manuscrits de Galilée clos et scellés sous le scellé de l'index ! Il est vrai que, pour consoler l'Espagne de ce que vous lui ôtiez et de ce que vous lui donniez, vous l'avez surnommée la Catholique !

(2) La Bible et l'Angleterre

La Bible en Angleterre, c'est l'oracle à Delphes. Le progrès se présente, on consulte la Bible. Dans la Chambre des lords, un pair se lève et dit : « Je suis pour le *bill* du divorce, mais si la Bible est contre, je voterai contre. » Qui protège la royauté ? la Bible. Rends à César ce qu'on doit à César. Qui protège la peine de mort ? la Bible. Œil pour œil. Dent pour dent. Qui consacre la misère ? la Bible. Il y aura toujours des pauvres parmi vous. Qui autorise l'esclavage ? la Bible.

Si tu frappes ton esclave, on ne te fera rien, car c'est ton argent. La Bible a parlé, tout est dit. C'est le texte indiscutable. Une syllabe est un verdict, un mot est une loi. On s'est égorgé pour *Siboleth* contre *Schiboleth*. Les purs croyants bibliques rejettent les idoles. À bas les idoles de bois, les idoles de pierre, les idoles d'airain. Ils en ont une. En quoi ? en papier. Le Livre. [...]

Nous venons de dire, il sort de ce livre des pénalités. Ajoutons, il en sort des préjugés. Le plus irréductible de ces préjugés pèse sur l'art, et dans l'art, la haine de ce préjugé choisit le théâtre. La désagrégation du protestantisme en sectes met en poussière l'anglicanisme, mais non le préjugé. Loin de là. La haute église est relativement tolérante. Les dissidents, calvinistes, presbytériens, méthodistes, wesleyens, anabaptistes, baptistes, sont hérissés devant le théâtre, devant le concert, devant le bal, jusqu'à l'indignation. Rien hors de l'Écriture. Tout le protestantisme est le captif de ce livre. Plus on s'intitule indépendant, plus on est enchaîné. À mesure que le cercle des sectes s'élargit, ce qu'on pourrait nommer le judaïsme de la Bible se rétrécit.

XI

LES RELIGIONS DU LIVRE

DES SOURCES AMBIGUËS

(1) – Ancien Testament, trad. E. Dhorme,
Gallimard, coll. « La Pléiade », 1956.
(2) – Nouveau Testament, trad. J. Grosjean,
Gallimard, coll. « La Pléiade », 1971.
(3) – Le Coran, trad. J. Berque,
Albin Michel, 1995.

La sélection présentée ici concerne d'abord l'attitude des adeptes d'une religion à l'égard de ceux qui ne partagent pas leur credo. Sur ce point le premier Testament, appelé aussi Ancien Testament, est contradictoire si l'on s'en tient à la littéralité. Le respect de la vie des Tables de la Loi (« Tu ne tueras point »), l'incitation à l'amour du prochain, y sont d'emblée contredits par l'ordre de Moïse qui appelle à massacrer les infidèles, comme s'il allait de soi qu'une sanction temporelle (la mort) intervienne en cas d'infidélité spirituelle à une religion. Les Évangiles attestent une certaine atténuation de la contradiction, mais témoignent malgré tout de sa ténacité, puisque le principe de la contrainte y reçoit une formulation littérale (« *Compelle intrare* » : « Contrains-les d'entrer ») qui contraste avec la loi d'amour du Sermon sur la Montagne. Même constat pour le Coran, qui refuse la contrainte en matière de religion (Sourate II, verset 256) mais prévoit des sévices divers pour l'apostasie, le polythéisme ou l'incroyance. Quant à l'inéga-

lité de principe des femmes et des hommes, elle figure apparemment aussi bien dans les Évangiles que dans l'Ancien Testament et dans le Coran. L'Ancien Testament met dans la parole de Dieu s'adressant explicitement à Ève l'annonce d'une domination de l'homme : « Lui dominera sur toi. » Saint Paul, quant à lui, écrit : « Femmes, soyez soumises à vos maris » (Épître aux Éphésiens, 5, 22). Le choix d'extraits évoque ensuite les normes qu'une certaine lecture du Coran croit pouvoir tirer de la foi pour la régulation des rapports entre les êtres, et notamment entre les hommes et les femmes. Question particulièrement sensible, puisque la reconnaissance de l'égalité de droit des deux sexes se heurte depuis longtemps à une représentation religieuse, commune aux trois monothéismes, de l'infériorité supposée de la femme. Certes, de tels textes peuvent être relativisés, notamment par référence au contexte historique de leur rédaction, souvent patriarcal. Mais alors il faut dire que par eux les hommes d'une époque ont attribué leurs préjugés à leur Dieu, et que par conséquent de tels écrits n'ont nulle valeur normative en dehors d'un tel contexte. C'est ce qu'une exégèse critique serait sans doute prête à admettre, donnant à la raison humaine le droit de distinguer et de juger (cf. textes XX à XXII).

(1) ANCIEN TESTAMENT

Exode, 5, 21-29. Le massacre des Infidèles.

Alors Moïse dit à Aaron : « Que t'a fait ce peuple pour que tu lui aies fait encourir ce grand péché ? »

Aaron dit : « Que la colère de mon seigneur ne s'enflamme pas ! Tu connais le peuple, comme il est dans le mal ! Ils m'ont dit : "Fais-nous des dieux qui aillent devant nous, car ce Moïse, l'homme qui nous a fait monter du pays d'Égypte, nous ne savons ce qui lui est arrivé !" Alors je leur ai dit : "Qui a de l'or ?" Ils s'en dessaisirent et me le donnèrent, je le jetai au feu et il en sortit ce veau ! »

Moïse vit combien le peuple était débridé, car Aaron l'avait débridé, au point qu'ils ne seraient plus que peu de chose pour leurs adversaires !

Alors Moïse se tint debout, à la porte du camp, et il dit : « À moi quiconque est pour Iahvé ! » et vers lui se rassemblèrent tous les fils de Lévi.

Il leur dit : « Ainsi a parlé Iahvé, le Dieu d'Israël : "Mettez chacun l'épée à la hanche ! Passez et repassez de porte en porte dans le camp, tuez, qui son frère, qui son compagnon, qui son proche !" »

Les fils de Lévi agirent selon la parole de Moïse et il tomba du peuple, en ce jour, environ trois mille hommes.

Puis Moïse dit : « Recevez investiture aujourd'hui de par Iahvé car chacun fut contre son fils et contre son frère, pour qu'il vous donne aujourd'hui bénédiction ! »

Deutéronome, 7. La conquête de la Terre promise.

Lorsque Yahvé ton Dieu t'aura fait entrer dans le pays dont tu vas prendre possession, des nations nombreuses tomberont devant toi : les Hittites, les Girgashites, les Amorites, les Cananéens, les Perizzites, les Hivvites, les Jébuséens, sept nations plus nombreuses et plus puissantes que toi. Yahvé ton Dieu te les livrera et tu les battras. Tu les dévoueras par anathème. Tu ne concluras pas d'alliance avec elles, tu ne leur feras pas grâce. Tu ne contracteras pas de mariage avec elles, tu ne donneras pas ta fille à leur fils, ni ne prendras leur fille pour ton fils. Car ton fils serait détourné de me suivre ; il servirait d'autres dieux ; et la colère de Yahvé s'enflammerait contre vous et il t'exterminerait promptement. Mais voici comment vous devrez agir à leur égard : vous démolirez leurs autels, vous briserez leurs stèles, vous couperez leurs pieux sacrés et vous brûlerez leurs idoles. Car tu es un peuple consacré à Yahvé ton Dieu ; c'est toi que Yahvé ton Dieu a choisi pour son peuple à lui, parmi toutes les nations qui sont sur la terre.

Genèse, 3. La femme dominée.

« La femme que tu as mise auprès de moi, c'est elle qui m'a donné de l'arbre et j'ai mangé. » Iahvé Élohim dit à la femme : « Qu'est-ce que tu as fait ? » La femme dit : « Le serpent m'a dupée et j'ai mangé. »

Iahvé Élohim dit au serpent : « Puisque tu as fait cela, maudit sois-tu entre tous les bestiaux et entre tous les animaux des champs ! Sur ton ventre tu marcheras et tu mangeras de la poussière tous les jours de ta vie ! J'établirai une inimitié entre toi et la femme, entre ta race et sa race : celle-ci t'écrasera la tête et, toi, tu la viseras au talon. » À la femme il dit : « Je vais multiplier tes souffrances et tes grossesses : c'est dans la souffrance que tu enfanteras des fils. Ton élan sera vers ton mari et, lui, il te dominera. »

Lévitique, 20. L'adultère
et l'homosexuel mis à mort.

L'homme qui commet l'adultère avec la femme d'un homme, celui qui commet l'adultère avec la femme de son prochain, il sera mis à mort, l'homme adultère et la femme adultère.

L'homme qui couche avec un mâle comme on couche avec une femme, tous deux ont fait une abomination, ils seront mis à mort, leur sang est sur eux.

(2) NOUVEAU TESTAMENT

Évangile selon saint Matthieu, 13, 24-30 ; 37-43. Une
parabole dangereuse : le bon grain et l'ivraie.

Le règne des cieux est pareil à un homme qui a semé de la
bonne semence dans son champ. Mais pendant que les gens
dormaient son ennemi est venu, a semé de l'ivraie au milieu
du blé et s'en est allé. Quand l'herbe a germé et fait du fruit,
l'ivraie aussi s'est montrée. [...]

Les esclaves du maître de maison s'approchent et lui
disent : « Veux-tu que nous allions la récolter ? » Il dit :
« Non, de peur qu'en récoltant l'ivraie vous ne déraciniez le
blé avec elle. Laissez-les croître jusqu'à la moisson ; au
temps de la moisson, je dirai aux moissonneur : "Récoltez
l'ivraie d'abord et liez-la en bottes pour la brûler ; quant au
blé ramassez-le dans ma grange." » [...]

Et ses disciples s'approchèrent de lui en disant :
« Explique-nous la parabole de l'ivraie dans le champ. »

Il leur répondit : « Celui qui sème la bonne semence c'est
le fils de l'homme, le champ c'est le monde, la bonne
semence ce sont les fils du Règne, l'ivraie ce sont les fils du
mauvais, l'ennemi qui l'a semée, c'est le diable, la moisson
c'est la fin des âges, et les moissonneurs sont les anges. Tout
comme l'ivraie est récoltée et brûlée au feu, ainsi en sera-
t-il à la fin des âges : le fils de l'homme enverra ses anges
dans son règne et ils y récolteront tous les scandales et les
faiseurs d'iniquité, et ils les jetteront au feu de la fournaise ;
là il y aura le sanglot et le grincement de dents. »

Évangile selon saint Luc, 14, 23.
Une démarche contraignante.

Et le maître dit au serviteur : « Va par les chemins et par
les haies, et contrains-les d'entrer, afin que ma maison soit
remplie. »

Évangile selon saint Matthieu, 22. Dieu et César :
quand Paul contredit Jésus.

« Rendez à César ce qui est à César, et à Dieu ce qui est à
Dieu. »

Évangile selon saint Jean, 17, 36.

« Mon règne n'est pas de ce monde. Si mon règne était de ce monde, mes gardes auraient combattu pour que je ne sois pas livré aux Juifs. Mais voilà, mon règne n'est pas d'ici. »

Paul, Épître aux Romains, 13.

Que toute âme se soumette aux pouvoirs établis car il n'est de pouvoir que de Dieu et ceux qui existent sont imposés par Dieu, si bien que celui qui s'oppose aux pouvoirs s'oppose à la disposition de Dieu et les opposants seront condamnés. Car les chefs ne sont pas à craindre quand on agit bien mais quand on agit mal. Veux-tu ne pas craindre le pouvoir ? agis bien, et il te louera. Car il est au service de Dieu pour ton bien. Si tu agis mal, crains-le, car ce n'est pas pour rien qu'il porte le sabre, il est au service de la colère de Dieu pour châtier si l'on agit mal. D'où la nécessité de se soumettre non seulement à cause de la colère mais aussi à cause de la conscience. Et c'est pourquoi vous payez des impôts car ces fonctionnaires de Dieu sont fermes dans leur office.

Paul, Épître aux Éphésiens, 5, 22 à 33.
La soumission de la femme.

Que les femmes soient soumises à leurs maris, comme au Seigneur ; car le mari est le chef de la femme comme le Christ est le chef de l'Église, lui, le sauveur du corps. Mais comme l'Église est soumise au Christ, qu'ainsi les femmes le soient aussi en tout à leurs maris. [...]

Que chacun de vous aime aussi sa femme comme soi-même, et que la femme craigne son mari.

Paul, Épître aux Galates, 5, 19.
L'amalgame des hérésies et des délits temporels.

Or les œuvres de la chair sont manifestes, ce sont fornication, impureté, débauche, idolâtrie, drogue, haines, querelle, jalousie, fureurs, rébellions, dissensions, scissions.

Évangile selon saint Jean, 8, 3-16.
Le refus christique de « juger selon la chair ».

Les scribes et les pharisiens amènent une femme surprise en adultère, la placent au milieu et disent : « Maître, cette femme a été surprise en flagrant adultère. Dans la loi, Moïse nous ordonne de lapider ces femmes-là. Alors toi, que dis-tu ? » Ils disaient cela pour l'éprouver, pour avoir à l'accuser. Jésus qui s'était penché écrivait du doigt sur la terre. Comme ils persistaient à le questionner, il se redressa et leur dit : « Que celui de vous qui est sans péché lui jette la première pierre. » Et, penché de nouveau, il écrivait sur la terre. À ces mots, ils se retirèrent un à un, à commencer par les plus vieux. Il resta seul. Et la femme était toujours là. Jésus se redressa et lui dit : « Femme, où sont-ils ? personne ne t'a condamnée ? » Elle dit : « Personne, Seigneur ». Jésus lui dit : « Moi non plus je ne te condamne pas. Va, et maintenant ne pèche plus. »

[…] Les pharisiens lui dirent : « Tu témoignes de toi, ton témoignage n'est pas vrai. Jésus répondit : « Bien que je témoigne de moi mon témoignage est vrai parce que je sais d'où je suis venu et où je vais, mais vous ne savez d'où je viens ni où je vais. Vous jugez selon la chair, moi je ne juge personne. »

(3) LE CORAN

Sourate II, 256. La liberté de conscience esquissée…

Point de contrainte en matière de religion : droiture est désormais bien distincte d'insanité. Dénier l'idole, croire en Dieu, c'est se saisir de la ganse solide, que rien ne peut rompre.

Sourate IX, 29. La liberté de conscience stigmatisée…

– Combattez ceux qui ne croient pas en Dieu ni au Jour dernier, ni n'interdisent ce qu'interdisent Dieu et Son Envoyé, et qui, parmi ceux qui ont reçu l'Écriture, ne suivent pas la religion du Vrai – et cela jusqu'à ce qu'ils paient d'un seul mouvement une capitation en signe d'humilité.

Sourate II, 221-223. Femmes et polythéistes : la stigmatisation.

– N'épousez pas des associantes, qu'elles ne croient. Une esclave croyante vaut assurément mieux qu'une associante, cette dernière vous plût-elle. Ne donnez pas en mariage vos filles à des associants, qu'ils ne croient. Un esclave croyant vaut assurément mieux qu'un associant, ce dernier vous plût-il. Ceux-là convient au Feu ; alors que Dieu convie au Jardin, à la rémission par Lui permise. Il explicite Ses signes pour les hommes, dans l'attente que les hommes méditent.

Ils t'interrogent sur les menstrues. Dis : « C'est une affection. » Isolez-vous des femmes en cours de menstruation. N'approchez d'elles qu'une fois purifiées. Quand elles seront en état, allez à elles par où Dieu l'a pour vous décrété.

– Dieu aime les enclins au repentir. Il aime les scrupuleux de pureté.

Vos femmes sont votre semaille. Allez à votre semaille de la façon que vous voulez. Tirez-en une avance pour vous-mêmes, en vous prémunissant envers Dieu ; sachez que vous Le rencontrerez : de cela porte la bonne nouvelle aux croyants...

Sourate II, 229-231.
La femme à disposition de l'homme.

Pour ceux qui s'abstiennent par imprécation de leurs femmes, mises en observation de quatre mois. S'ils se reprennent...

– Dieu est Tout pardon, Miséricordieux.

S'ils persistent dans la répudiation, Dieu est Entendant, Connaissant.

Quant aux répudiées, mises en observation de leur personne pour une durée de trois menstruations. Il ne leur est pas licite de celer ce que Dieu crée en leur matrice pour autant qu'elles croient en Dieu et au Jour dernier. Leur mari aura priorité pour les reprendre, s'il préfère une réconciliation.

Les femmes ont droit à l'équivalent de ce qui leur incombe selon les convenances. Les hommes ont toutefois sur elles préséance d'un degré.

– Dieu est Puissant et Sage.

La répudiation, même redoublée, laisse faculté soit de retenir l'épouse selon les convenances, soit de la libérer généreusement. Il ne vous est permis de rien récupérer sur elles de vos dons, à moins que tous deux ne craignent de ne pas satisfaire aux normes expresses de Dieu. Si vous craignez de la part de vous deux le non-respect de ces normes, point de faute pour eux à ce qu'elle se libère par rançon.

— Telles sont les normes de Dieu. Ne les transgressez pas. Qui transgresse les normes de Dieu, ce sont eux les iniques.

Une fois répudiée, l'épouse n'est plus licite à l'ancien mari, qu'elle n'ait épousé un autre mari. Si ce tiers la répudiait, nulle faute pour les deux premiers à se marier derechef, s'ils s'estiment capables de satisfaire aux normes de Dieu.

— Telles sont les normes de Dieu. Il les explicite à un peuple capable de connaissance.

Si vous répudiez des femmes, et qu'elles aient rempli leur délai, ou bien retenez-les selon les convenances, ou bien libérez-les selon les mêmes convenances. Ne les retenez pas en vue de leur nuire, en purs transgresseurs : qui le ferait serait inique envers lui-même.

Sourate II, 177-179. Religion et normes.

La piété ne consiste pas à tourner votre tête du levant au couchant. Mais la piété consiste à croire en Dieu, au Jour dernier, aux anges, à l'Écrit, aux prophètes, à donner de son bien, pour attaché qu'on y soit, aux proches, aux orphelins, aux miséreux, aux enfants du chemin, aux mendiants, et pour (l'affranchissement) de nuques (esclaves), à accomplir la prière, à acquitter la purification, à remplir les pactes une fois conclus, à prendre patience dans la souffrance et l'adversité au moment du malheur : ceux-là sont les véridiques, ce sont eux qui se prémunissent.

Vous qui croyez, le talion vous est prescrit en cas de meurtre : « Libre pour libre, esclave pour esclave, femme pour femme. » Si l'on bénéficie toutefois de mansuétude de la part d'un frère (en religion), alors qu'à (revendication bornée) aux convenances réponde paiement fait de bonne grâce. C'est là un allégement édicté par votre Seigneur, une miséricorde. Quiconque outrepasse après ces dispositions-là, court à un douloureux châtiment.

Dans l'exercice du talion, vous pouvez gagner une vie, ô dotés de moelles ! Peut-être allez-vous vous prémunir...

Sourate III, 19-20.
Communiquer sans contraindre.

La religion en Dieu est l'Islam. Ceux qui avaient déjà reçu l'Écriture ne divergèrent qu'après avoir reçu la connaissance, et par mutuelle impudence.

— Quiconque dénie les signes de Dieu, Dieu est prompt à en demander compte.

— S'ils argumentent contre toi, dis : « Je soumets ma face à Dieu, moi et quiconque me suit. » Et dis à ceux qui ont reçu l'Écriture et aux incultes : « Est-ce que vous vous soumettez ? » S'ils le font, c'est qu'ils se dirigent bien. S'ils se dérobent, seule t'incombait la communication.

Sourate V, 69-72. La solidarité des monothéismes
et ses limites.

Ceux qui croient, et les tenants du Judaïsme, et les Sabéens aussi, et les Chrétiens, à condition de croire en Dieu et au Jour dernier, et d'effectuer l'œuvre salutaire, point de crainte à nourrir sur eux, non plus qu'ils n'auront regret...

Oui, Nous avons reçu l'engagement des Fils d'Israël et Nous leur envoyâmes des envoyés. Chaque fois qu'il leur en venait pour réfréner leurs passions, ils démentaient les uns, en tuaient d'autres ne pensant pas qu'il en résultât pour eux tribulation : ils furent aveugles et sourds. Malgré cela Dieu se repentit en leur faveur. Derechef beaucoup d'entre eux se montrèrent aveugles et sourds, alors que Dieu est Clairvoyant sur leurs actions.

Dénégateurs sont bien ceux qui disent que Dieu serait le Messie fils de Marie ; alors que le Messie a dit : « Fils d'Israël, adorez Dieu, mon Seigneur et Le vôtre. » Quiconque associe à Dieu, Dieu lui interdira le Jardin, il n'aura pour asile que le Feu.

— Aux iniques, point de secourant !

Sourate II, 183 -185 ; Sourate V, 87-89.
Rites et recommandations. L'aisé seul exigible...

Vous qui croyez, le jeûne vous a été prescrit, comme à vos devanciers, dans l'attente que vous vous prémunissiez durant un nombre limité de jours. À quiconque d'entre vous serait malade, ou se trouverait en voyage, incombe un même nombre de jours pris ailleurs. À ceux qui en sont capables (mais le rompent), incombe comme rançon de nourrir un pauvre.

– Quiconque fait mieux, spontanément, c'est pour lui meilleur.

– Si vous jeûnez, c'est parce que le jeûne est meilleur pour vous, pour autant que vous sachiez.

– Le mois de ramadan est celui pendant lequel fut commencée la descente du Coran, en tant que guidance pour les hommes et que preuves ressortissant de la guidance et de la démarcation (entre le bien et le mal). Quiconque parmi vous sera témoin de la naissance de ce mois, le jeûnera. À qui serait malade, ou se trouverait en voyage, incombe un même nombre de jours pris ailleurs. Dieu n'exige de vous que l'aisé, Il n'exige pas de vous le malaisé. À vous de parfaire le nombre imparti, en glorifiant Dieu de Sa guidance…

[…]

Vous qui croyez, ne tenez pas pour interdites des choses bonnes parmi celles que Dieu vous rend licites ; ne commettez point pour autant de transgression. – Dieu n'aime pas les transgresseurs.

Mangez de ce que Dieu vous attribue de licite et de bon, tout en vous prémunissant de Dieu, puisqu'en Lui vous croyez…

Dieu ne vous tient pas grief du verbiage de vos serments, mais bien de faillir à vos engagements. De quoi l'expiation consisterait à assurer à dix pauvres une nourriture de la moyenne dont vous nourrissez votre famille ; ou bien leur vêtement ; ou encore à affranchir une nuque d'esclave ; pour qui n'en aurait pas le moyen, un jeûne de trois jours : cela pour l'expiation (d'avoir violé) vos serments ; donc, restez-y fidèles.

Sourate XXIV, 30-33.
La pudeur recommandée aux deux sexes.

– Dis aux croyants de baisser les yeux et de contenir leur sexe : ce sera de leur part plus net.

– Dieu est de leurs pratiques Informé.

– Dis aux croyantes de baisser les yeux et de contenir leur sexe ; de ne pas faire montre de leurs agréments, sauf ce qui en émerge, de rabattre leur fichu sur les échancrures de leur vêtement. Elles ne laisseront voir leurs agréments qu'à leur mari, à leurs enfants, à leurs pères, beaux-pères, fils, beaux-fils, frères, neveux de frères ou de sœurs, aux femmes (de leur communauté), à leurs captives, à leurs dépendants hommes incapables de l'acte, ou garçons encore ignorants de l'intimité des femmes. Qu'elles ne piaffent pas pour révéler ce qu'elles cachent de leurs agréments.

— Par-dessus tout, repentez-vous envers Dieu, vous tous les croyants, dans l'espoir d'être des triomphants...

— Mariez les femmes de votre communauté, et les vertueux parmi vos esclaves hommes et femmes ; s'ils sont dans le besoin, Dieu leur suffira par Sa grâce.

— Dieu est Libéral, Connaissant.

Que ceux qui ne trouvent pas de quoi se marier s'efforcent à la chasteté jusqu'à ce que Dieu leur suffise par Sa grâce.

Sourate V, 90-95.
La nature des sanctions dépend de Dieu seul.

Vous qui croyez, l'alcool, le jeu d'argent, les bétyles, les flèches (divinatoires) ne sont que souillure machinée de Satan... Écartez-vous-en, dans l'espoir d'être des triomphants.

Satan ne veut qu'embusquer parmi vous la haine et l'exécration sous forme d'alcool et de jeux d'argent, vous empêcher de rappeler Dieu et de prier. N'allez-vous pas en finir ?

Obéissez à Dieu, obéissez à l'Envoyé, prenez garde ; si vous faites volte-face... alors sachez qu'à Notre Envoyé n'incombe que la communication explicite.

À ceux qui croient, effectuent l'œuvre salutaire, nulle faute n'est imputable en matière d'alimentation tant qu'ils se prémunissent et croient, effectuent l'œuvre salutaire, et derechef se prémunissent et croient, et derechef se prémunissent et bellement agissent.

— Dieu aime les bel-agissants.

Vous qui croyez, Dieu vous met certainement à l'épreuve par ce peu de gibier qu'attrapent vos mains ou vos lances, pour savoir qui Le craint dans le secret. Qui passe outre à l'avertissement subira un châtiment douloureux.

Vous qui croyez, ne tuez pas de gibier en état d'interdit. Qui d'entre vous le ferait délibérément, sa rétribution équivaudra en bêtes de troupeau à ce qu'il aura tué, au jugement de justes de parmi vous et sous forme d'offrande directe à la Kaba. Ou bien une expiation, à savoir d'assurer la nourriture de pauvres ; ou encore l'équivalent de cela en jeûne : cela de sorte que (le fautif) goûte les tristes effets de son acte. Dieu efface alors ce qui a précédé.

XII

SAINT AUGUSTIN

LA PERSÉCUTION LÉGITIMÉE

Saint Augustin, *Traité contre Parménien*
(I, X, 16 ; III, II, 13) et *Lettres* (93 et 185)
cités dans J. Lecler, *Histoire de la tolérance
au siècle de la Réforme*, Albin Michel, 1994
(1re éd., Aubier 1955), p. 84-87.

Si les textes des livres sacrés sont ambigus, il reste que certains théologiens, comme saint Augustin ont cru pouvoir en tirer une justification des persécutions au nom d'une religion. Paradoxe, sans doute, mais le fait est là. La parabole du bon grain et de l'ivraie n'impliquait sans doute pas que le bras séculier de l'Église soit utilisé contre les « hérétiques » ou tout simplement les tenants d'une autre religion ou conviction spirituelle. Mais elle a été lue de telle façon qu'elle semble légitimer une telle répression. Le feu promis à l'ivraie est sans doute métaphorique ; mais les bûchers de l'Inquisition ne le furent pas. La sanction doit intervenir « à la fin des temps », selon Jésus, c'est-à-dire ne pas avoir de nature temporelle. Mais les tribunaux ecclésiastiques furent bien réels, et ordonnèrent des châtiments corporels. Saint Augustin précise que seule l'incertitude dans le tri entre les « bons chrétiens » et les autres doit retenir le bras séculier. Mais il ajoute qu'en cas de certitude l'usage de la force est légitime. Bref, le respect de l'humanité n'est pas un impératif inconditionnel, mais il est soumis à la croyance conforme. Quant à la contrainte pour faire entrer les hommes dans l'Église (« *Compelle intrare* » : « Contrains-les d'entrer »), dans la parabole du banquet, elle est également justifiée. Les Rois Catholiques espagnols (Isabelle de Castille et Ferdinand d'Aragon) ne se prive-

ront pas de pratiquer la conver- des « païens » contre les chré-
sion forcée des juifs et des mu- tiens, et justifie celle des chré-
sulmans. Pour finir, cet étonnant tiens contre les païens.
texte qui récuse la persécution

Pourquoi dès lors, conclut-il, les Donatistes trouvent-ils
juste que l'on exerce la rigueur des lois contre les empoison-
neurs, et injuste que l'on sévisse contre les hérésies et les dissensions impies, puisque ces derniers crimes sont mis par
l'apôtre au rang des autres fruits d'iniquité ? Est-ce qu'il
serait interdit par hasard aux puissances humaines de
s'occuper de ces crimes ?

[...]

Lorsque le Seigneur dit à ses serviteurs qui voulaient
ramasser l'ivraie : « Laissez-la croître jusqu'à la moisson », il
en donna la raison en ajoutant : « De peur qu'en voulant
arracher l'ivraie, vous n'arrachiez en même temps le bon
grain. » Il montre assez par là que si cette crainte n'existe
pas, si l'on est bien assuré de la solidité du bon grain, c'est-
à-dire quand le crime d'un particulier est connu et apparaît
si exécrable à tous qu'il ne trouve aucun défenseur (ou des
défenseurs tels qu'un schisme n'est pas à redouter), alors la
sévérité de la discipline ne doit pas dormir, car plus dili-
gente est la conservation de la charité, plus efficace est la
correction de la perversité.

[...]

Vous ne devez pas considérer la contrainte en elle-même,
mais la qualité de la chose à laquelle on est contraint, si elle
est bonne ou mauvaise. Non pas que quelqu'un puisse
devenir bon malgré lui, mais la crainte de souffrir ce qu'il ne
veut pas ou bien le fait renoncer à l'opiniâtreté qui le rete-
nait ou bien le pousse à reconnaître la vérité qu'il ignorait.
Par suite, cette crainte le conduit à rejeter le faux qu'il
défendait ou à chercher le vrai qu'il ne connaissait pas ; il en
arrive ainsi à s'attacher volontairement à ce dont il ne voulait pas tout d'abord.

[...]

C'est pourquoi, si en vertu du pouvoir que Dieu lui a
conféré, au temps voulu, par le moyen des rois religieux et
fidèles, l'Église force à entrer dans son sein ceux qu'elle

trouve dans les chemins et les haies, c'est-à-dire parmi les schismes et les hérésies, que ceux-ci ne se plaignent pas d'être forcés, mais qu'ils considèrent où on les pousse. Le banquet du Seigneur, c'est l'unité du corps du Christ, non seulement dans le sacrement de l'autel, mais encore dans le lieu de la paix. Des Donatistes au contraire, nous pouvons dire qu'ils ne forcent personne au bien ; tous ceux qu'ils contraignent, c'est vers le mal qu'ils les entraînent. [....] Il y a une persécution injuste, celle que font les impies à l'Église du Christ ; et il y a une persécution juste, celle que font les Églises du Christ aux impies... l'Église persécute par amour et les impies par cruauté.

XIII

THOMAS D'AQUIN

CONTRAINDRE LES INFIDÈLES ?

Thomas d'Aquin, *Somme théologique*, question 10, article 8, Cerf, 1985.

Voici un bel exemple d'examen raisonné de la légitimité du recours à la contrainte en matière religieuse. Comme à son habitude, Thomas d'Aquin expose le pour et le contre, selon les exigences de la *disputatio* médiévale, ancêtre de la dissertation philosophique en ce que les thèses ne sont pas seulement exposées selon un mode doxographique, mais assorties d'une argumentation propre à les fonder en raison. Devant le problème posé, l'embarras du philosophe théologien est grand. D'abord, il rappelle de façon appuyée les raisons qui militent contre le recours à la violence. La fameuse parabole du bon grain et de l'ivraie (cf. texte XI) est ainsi interprétée

dans le sens de la clémence. Mais, là encore, c'est plutôt l'incertitude du jugement humain qui est évoquée qu'un principe absolu de refus de la contrainte. L'auteur évoque malgré tout l'idée que la conscience ne saurait vraiment être forcée, et qu'en ce cas son engagement religieux n'aurait pas de véritable valeur. C'est alors que sont évoqués les textes susceptibles d'être interprétés en sens contraire, ou même d'autres interprétations des textes déjà cités. La différence entre simple sanction spirituelle (par exemple l'excommunication), homogène à la faute spirituelle supposée, et le châtiment corporel est évoquée comme un véritable problème, que le théologien doit prendre en compte. On retrouve ici le parti déjà évoqué à propos de saint Augustin concernant la possibilité d'user du bras séculier quand la prétendue « faute » du mécréant ou de l'hérétique est établie de façon certaine. Enfin, dernière distinction, d'une étrange logique : si l'engagement dans une religion doit être libre et volontaire, l'abandon de la religion (appelée « apostasie » avec une connotation péjorative) est tenu pour inacceptable. Étrange distinction, car d'un tel point de vue l'abandon par Augustin du paganisme et sa conversion au christianisme est une apostasie. Mais il est vrai que le christianisme, comme les autres monothéismes, ne tient pour apostasie que l'abandon de sa propre foi.

Faut-il contraindre les infidèles à la foi ?

Objections : 1. Aucunement, semble-t-il. On lit en effet en saint Matthieu (13, 28) que les serviteurs du père de famille dans le champ duquel avait été semée l'ivraie, lui demandèrent : « Veux-tu que nous allions la ramasser ? » et il répondit : « Non, de peur qu'en ramassant l'ivraie vous n'arrachiez en même temps le froment. » Saint Jean Chrysostome[1] commente ainsi : « Le Seigneur a voulu par là défendre de tuer. Car il ne faut pas tuer les hérétiques, pour cette raison que, si on les tuait, il serait fatal que beaucoup de saints soient détruits en même temps. » Il semble donc, pour la même raison, qu'on ne doit pas contraindre à la foi certains infidèles.

2. On dit dans les *Décrétâtes*[2] : « Pour ce qui est des juifs, le saint synode a prescrit de n'en forcer aucun à croire désormais. » Pour la même raison, on ne doit pas non plus contraindre les autres infidèles à la foi.

3. Saint Augustin dit[3] : « L'on peut tout faire sans le vouloir, mais croire, seulement si on le veut. » Mais la volonté ne peut pas être forcée. Il semble donc que les infidèles ne doivent pas être contraints à la foi.

4. Dieu dit dans Ézéchiel (18, 23) : « Je ne veux pas la mort du pécheur. » Mais nous devons conformer notre volonté à la volonté divine, nous l'avons déjà dit[4]. Nous ne devons donc pas non plus vouloir le meurtre des infidèles.

---

1. *In Matth.* hom. 46. PG 58, 477.
2. GRATIEN, *Décret.* P. I, dist. 45, can. 5.
3. *In Ioan.* tr. 26, sur 6, 44. PL 35, 1607.
4. I-II, Q. 19, a. 9 et 10.

En sens contraire, il est dit en saint Luc (14, 23) : « Va sur les routes et les sentiers, et force à entrer pour que ma maison soit pleine. » Mais c'est par la foi que les hommes entrent dans la maison de Dieu, c'est-à-dire dans l'Église. Il y a donc des gens qu'on doit contraindre à la foi.

Réponse : Parmi les infidèles il y en a, comme les païens et les juifs, qui n'ont jamais reçu la foi. De tels infidèles ne doivent pas être poussés à croire, parce que croire est un acte de volonté. Cependant, ils doivent être contraints par les fidèles, s'il y a moyen, pour qu'ils ne s'opposent pas à la foi par des blasphèmes, par des suggestions mauvaises, ou encore par des persécutions ouvertes. C'est pour cela que souvent les fidèles du Christ font la guerre aux infidèles ; ce n'est pas pour les forcer à croire puisque, même si après les avoir vaincus ils les tenaient prisonniers, ils leur laisseraient la liberté de croire ; ce qu'on veut, c'est les contraindre à ne pas entraver la foi chrétienne. Mais il y a d'autres infidèles qui ont un jour embrassé la foi et qui la professent, comme les hérétiques et certains apostats. Ceux-là, il faut les contraindre même physiquement à accomplir ce qu'ils ont promis et à garder la foi qu'ils ont embrassée une fois pour toutes [1].

Solutions : 1. Certains ont compris que cette autorité patristique interdisait non l'excommunication des hérétiques, mais leur mise à mort : c'est clair dans ce texte de S. Jean Chrysostome. Et saint Augustin [2] parle ainsi de lui-même : « Mon avis était d'abord qu'on ne doit forcer personne à l'unité du Christ, qu'il fallait agir par la parole, combattre par la discussion. Mais ce qui était mon opinion est vaincu non par les paroles des contradicteurs, mais par la démonstration des faits. Car la crainte des lois a été si utile que beaucoup, disent : "Rendons grâce au Seigneur qui a brisé nos liens !". » Si le Seigneur dit : « Laissez-les croître ensemble jusqu'à la moisson », nous voyons comment il faut le prendre, grâce à ce qui suit : « De peur qu'en ramassant l'ivraie vous n'arrachiez en même temps le froment. » Cela le montre suffisamment, dit saint Augustin [3] : « Lorsqu'il

---

1. 16 PL 33, 803.
2. *Lettre* 93, 5. PL 33, 329.
3. *Contra Epist. Parmeniani* III, 2. PL 43, 92

n'y a pas cette crainte, c'est-à-dire quand le crime de chacun est assez connu de tous et apparaît abominable au point de n'avoir plus aucun défenseur, ou de ne plus en avoir qui soient capables de susciter un schisme, la sévérité de la discipline ne doit pas s'endormir. »

2. Les juifs, s'ils n'ont nullement reçu la foi, ne doivent nullement y être forcés. Mais, s'ils ont reçu la foi, « Il faut qu'on les mette de force dans la nécessité de la garder », dit le même chapitre des *Décrétâtes*.

3. « Faire un vœu, dit-on, est laissé à la volonté, mais le tenir est une nécessité. » De même, embrasser la foi est affaire de volonté, mais la garder quand on l'a embrassée est une nécessité. C'est pourquoi les hérétiques doivent être contraints à garder la foi. Saint Augustin écrit en effet au comte Boniface [1] : « Là où retentit la clameur accoutumée de ceux qui disent : "On est libre de croire ou de ne pas croire ; à qui le Christ a-t-il fait violence ?" – Qu'ils découvrent chez Paul le Christ qui commence par le forcer et qui dans la suite l'instruit. »

4. Comme dit saint Augustin dans la même lettre [2] : « Personne d'entre nous ne veut la perte d'un hérétique, mais David n'aurait pas eu la paix dans sa maison si son fils Absalon n'était mort à la guerre qu'il lui faisait. » De même l'Église catholique : lorsque par la ruine de quelques-uns elle rassemble tout le reste de ses enfants, la délivrance de tant de peuples guérit la douleur de son cœur.

---

1. *Lettre* 185, 6. PG 63, 176.
2. *Ibid.* 8. PL 33, 807.

XIV

PIE IX ET PIE X

CONDAMNATION DES DROITS DE L'HOMME

(1) – Pie IX, Encyclique *Quanta Cura*,
Syllabus de 1864.
(2) – Pie X, Encyclique de décembre 1903.

Tenant pour peu de chose les apports de la civilisation grecque, préchrétienne, certains dignitaires catholiques prétendent aujourd'hui que le christianisme est l'origine des droits de l'homme. Généalogie discutable, qu'il convient de mettre en débat. Les Grecs ont inventé l'idée de liberté, celle d'égalité, la philosophie comme pensée libre, l'universalisme qui faisait dire à Socrate qu'il n'était ni d'Athènes ni de Corinthe mais du monde, et à Marc Aurèle qu'en tant qu'Antonin il était citoyen de Rome, mais qu'en tant qu'homme il était citoyen du monde. Le christianisme a bien pensé l'égalité en quelque sorte métaphysique des hommes, tous fils du dieu des chrétiens, et tous égaux par leur finitude. Mais a-t-il transposé cette matrice dans le champ juridico-politique ? Rien n'est moins sûr. L'attitude de l'Église face aux inégalités de droit et de condition a plutôt été de justification que de contestation, voire de sacralisation des hiérarchies de l'heure. Les tentatives des compagnons de Jean de Leyde et de Thomas Münzer, lors de la révolte des paysans d'Allemagne au nom d'une égalité terrestre qui devrait s'inspirer de l'égalité céleste ont été réprimées avec l'assentiment de Luther. Plus près de nous, la théologie de la libération, d'Amérique latine, incarnée notamment par le prêtre révolutionnaire Camilo Torrès, a été explicitement condamnée par le pape Jean-Paul II. Bref, si l'Église présente aujourd'hui le christianisme comme une source des droits de l'homme, il est clair qu'elle a tardé à s'en apercevoir, puisque *de facto* elle n'a cessé de les bafouer dans la pratique par son refus de la liberté de conscience, de l'égalité de principe de tous les croyants et des athées, de l'idée que la loi commune doit exclure tout privilège accordé en fonction de l'option spirituelle adoptée par les hommes. On lira la série d'anathèmes (c'est-à-dire de condamnations sans appel) qui suit comme une preuve de la ténacité du refus des droits de l'homme. D'ailleurs, là où aujourd'hui l'Église dispose encore d'un réel pouvoir temporel, comme en Espagne ou en Alsace-Moselle, il ne semble pas qu'elle applique spontanément le principe d'égalité des droits des croyants et des athées, puisqu'elle accepte qu'il y ait des cours de religion dans les écoles, mais ne propose pas qu'il y ait également, pour la bonne justice, des cours d'humanisme athée. Un autre bref extrait, de Pie X, met en évidence la justification religieuse des hiérarchies sociales, ce qui s'accorde mal avec les droits de l'homme.

(1) PIE IX

Anathème à qui dira :

Art. XI : Il est libre à chaque homme d'embrasser et de professer la religion qu'il aura réputée vraie d'après les lumières de sa raison.

Anathème à qui dira :

Art. LXXVII : À notre époque, il n'est plus utile que la religion catholique soit considérée comme l'unique religion de l'État, à l'exclusion de tous les autres cultes.

Anathème à qui dira :

Art. LXXVIII : Aussi c'est avec raison que, dans quelques pays catholiques, la loi a pourvu à ce que les étrangers qui s'y rendent, y jouissent de l'exercice public de leurs cultes particuliers.

Anathème à qui dira :

Art. V proposition 24 : L'Église n'a pas le droit d'employer la force.

Anathème à qui dira :

Art. LXXIX : En effet, il est faux que la liberté civile de tous les cultes, et le plein pouvoir accordé à tous de manifester ouvertement et publiquement toutes leurs idées et toutes leurs opinions, contribuent à corrompre les mœurs, à pervertir l'esprit des peuples, et à propager le fléau de l'indifférentisme.

(2) PIE X

La société humaine, telle que Dieu l'a établie, est composée d'éléments inégaux. En conséquence, il est conforme à l'ordre établi par Dieu qu'il y ait dans la société humaine des princes et des sujets, des patrons et des prolétaires, des riches et des paumes, des savants et des ignorants, des nobles et des plébéiens.

XV

LAS CASES

LA COLLUSION INTÉRESSÉE DU RELIGIEUX ET DU POLITIQUE

Las Cases, *Mémorial de Sainte-Hélène*, chap. IX, 8 juin 1814, La Pléiade, Gallimard, 1960, p. 620.

Une certaine historiographie de la laïcité présente le Concordat de Bonaparte du 15 juillet 1801, assorti des articles organiques d'avril 1802, comme un « seuil de laïcisation », voire comme une œuvre de pacification. En réalité, c'est bien plutôt une régression de la laïcisation qui s'est accomplie alors. Les Églises catholique, réformée et luthérienne, ont alors reçu en effet la jouissance d'emprises publiques, de financement de leurs ministres du culte, de droit d'intervention prosélyte dans les écoles. Le système fut ensuite étendu au judaïsme par les décrets de mars 1808. Bref, tout le contraire de la laïcisation, auparavant entamée sous la forme d'une loi de séparation laïque, le 18 septembre 1795, qui stipulait à propos des cultes : « La République n'en salarie aucun. » Les épisodes du sacre de l'empereur, puis du catéchisme impérial, institué en 1806, ne peuvent être séparés du système concordataire. Ils attestent l'instrumentalisation réciproque de la politique et de la religion, dans un écho assez saisissant, malgré les conquêtes révolutionnaires au système théologico-politique de l'Ancien Régime. Le catéchisme impérial et le sacre font obligation aux ecclésiastiques de sanctifier le pouvoir de l'Empereur, nouvel envoyé de Dieu et, en contrepartie, le pouvoir temporel confère à la religion la maîtrise d'un certain nombre d'emprises institutionnelles sur la sphère publique. Certes, c'est davantage la figure gallicane d'un contrôle des instances religieuses par les instances politiques qui prévaut, mais l'avantage reste mutuel. Dans les confidences qui suivent, Napoléon ne se cache pas, malgré sa méfiance à l'égard des institutions religieuses, de vouloir leur faire jouer un rôle de soumission politique. De la religion, il dit se « servir comme base et comme racine », et lui confère un rôle moral autant que politique, facteur de conformisme et d'ordre. Cynisme politique assorti d'un regard sans illusion sur le pape, « chef de la religion du ciel », mais qui « ne s'occupe que de la terre ». Belle dénonciation du quiproquo théologico-politique.

Le soir, après le dîner, la conversation tomba sur la religion. [...] L'Empereur, après un mouvement très vif et très chaud, a dit : « Tout proclame l'existence d'un Dieu, c'est indubitable ; mais toutes nos religions sont évidemment les enfants des hommes. Pourquoi y en avait-il tant ? pourquoi la nôtre n'avait-elle pas toujours existé ? pourquoi était-elle exclusive ? que devenaient les hommes vertueux qui nous avaient devancés ? pourquoi ces religions se décriaient-elles, se combattaient-elles, s'exterminaient-elles ? pourquoi cela a-t-il été de tous les temps, de tous les lieux ? C'est que les hommes sont toujours les hommes, c'est que les prêtres ont toujours glissé partout la fraude et le mensonge. Toutefois, disait l'Empereur, dès que j'en ai eu le pouvoir, je me suis empressé de rétablir la religion. Je m'en servais comme de base et de racine. Elle était à mes yeux l'appui de la bonne morale, des vrais principes, des bonnes mœurs. Et puis, l'inquiétude de l'homme est telle qu'il lui faut ce vague et ce merveilleux qu'elle lui présente. [...] Mais comment pouvoir être convaincu par la bouche absurde, par les actes iniques de la plupart de ceux qui nous prêchent ? Je suis entouré de prêtres qui me répètent sans cesse que leur règne n'est pas de ce monde, et ils se saisissent de tout ce qu'ils peuvent. Le pape est le chef de cette religion du ciel, et il ne s'occupe que de la terre. »

III

LA RAISON CONTRE L'OPPRESSION

XVI

BAYLE

NON-SENS DU CREDO OBLIGÉ

(1) – Bayle, *De la tolérance, Commentaire philosophique*,
Pocket, 1992, p. 100-101.
(2) – Bayle, *Pensées diverses sur la comète*, t. II,
Nizet, 1984, p. 102-109.

Le rejet de la contrainte en matière religieuse découle de la nature même de la religion. Persuasion intime, dit Bayle, celle-ci ne saurait véritablement être introduite de force dans la conscience humaine. La condamnation de tout credo obligé, comme de tout credo interdit, est ici sans appel. Elle est solidaire d'une problématique de la tolérance civile et ecclésiastique. Ces lignes sont écrites dans le contexte de la révocation de l'édit de Nantes, édit de tolérance promulgué le 13 avril 1598 par Henri IV afin de sortir des guerres de Religion : les protestants peuvent pratiquer librement leur culte et se voient octroyer 144 places fortes. Louis XIV, par l'édit de Fontainebleau du 17 octobre 1685, relance les persécutions contre les protestants et prétend rétablir l'unité religieuse du royaume (« Un roi, une loi, une foi »). Le frère de Pierre Bayle, le pasteur Jacob Bayle, meurt en prison la même année. Bayle s'en prend ici à toute une tradition de persécution au nom de la religion, et notamment à l'interprétation augustinienne du fameux « Contrains-les d'entrer » attribué au Christ

dans la parabole du banquet (cf. textes XI, XII, XIII). Le titre complet de l'œuvre dont est tiré l'extrait est d'ailleurs très significatif : *Commentaire philosophique sur ces paroles de Jésus-Christ, « Contrains-les d'entrer » ; où l'on prouve, par plusieurs raisons démonstratives, qu'il n'y a rien de plus abominable que de faire des conversions par la contrainte ; et où l'on réfute tous les sophismes des convertisseurs à contrainte, et l'apologie que saint Augustin a faite des persécutions.*

Le second extrait met en cause l'idée qu'un conformisme religieux est nécessaire aux sociétés humaines. Et Bayle de rappeler que si l'on a vu des chrétiens criminels on peut bien voir des athées vertueux, ce que soulignera également Hume en faisant parler Épicure, qui ne reconnaît pas les dieux anthropomorphiques du polythéisme grec, mais n'en agit pas moins selon la vertu que procure une vie de plaisir accomplie et sereine. La déliaison de la morale et de la religion amorce une véritable laïcisation des esprits. Elle va de pair avec la contestation radicale du recours à la violence pour imposer une confession. Il faut noter que Bayle fait de la raison, ou lumière naturelle de l'homme, l'instance qui peut juger de la légitimité d'une exigence : ainsi, l'autorité des Écritures elle-même ne saurait être opposée à ce que la lumière naturelle de l'homme lui indique, et il est clair que la liberté de conscience en matière religieuse a une telle évidence rationnelle qu'elle ne saurait être contredite par un quelconque principe d'autorité. Il parlera du « parlement suprême de la raison et de la lumière naturelle ».

(1) DE LA TOLÉRANCE

La nature de la religion est d'être une certaine persuasion de l'âme par rapport à Dieu, laquelle produise dans la volonté l'amour, le respect et la crainte que mérite cet Être suprême, et dans les membres du corps les signes convenables à cette persuasion, et à cette disposition de la volonté ; de sorte que si les signes externes sont sans un état intérieur de l'âme qui y réponde, ou avec un état intérieur de l'âme qui leur soit contraire, ils sont des actes d'hypocrisie et de mauvaise foi, ou d'infidélité et de révolte contre la conscience.

Donc si l'on veut agir selon la nature des choses, et selon cet ordre que la droite raison, et la souveraine raison que Dieu même doit consulter, on ne doit jamais se servir, pour l'établissement de la religion, de ce qui n'étant pas capable d'un côté de persuader l'esprit, et d'imprimer dans le cœur l'amour et la crainte de Dieu, est très capable de l'autre de produire dans les membres du corps des actes externes qui ne soient point le signe d'une disposition religieuse d'âme, ou qui soit le signe opposé d'une disposition intérieure d'une âme.

[*La contrainte est incapable d'inspirer la religion.*] Or est-il que la violence est incapable d'un côté de persuader l'esprit, et d'imprimer dans le cœur l'amour et la crainte de Dieu, et est très capable de l'autre de produire dans nos corps des actes externes qui ne soient accompagnés d'aucune réalité intérieure, ou qui soient les signes d'une disposition intérieure très différente de celle qu'on a véritablement ; c'est-à-dire, que ces actes externes sont, ou hypocrisie et mauvaise foi, ou révolte contre la conscience.

C'est donc une chose manifestement opposée au bon sens et à la lumière naturelle, aux principes généraux de la raison, en un mot à la règle primitive et originale du discernement du vrai et du faux, du bon et du mauvais, que d'employer la violence à inspirer une religion à ceux qui ne la professent pas.

(2) PENSÉES DIVERSES SUR LA COMÈTE

On voit à cette heure, combien il est apparent qu'une société d'athées pratiquerait les actions civiles et morales, aussi bien que les pratiquent les autres sociétés, pourvu qu'elle fît sévèrement punir les crimes, et qu'elle attachât de l'honneur et de l'infamie à certaines choses. Comme l'ignorance d'un premier Être créateur et conservateur du monde, n'empêcherait pas les membres de cette société d'être sensibles à la gloire et au mépris, à la récompense et à la peine, et à toutes les passions qui se voient dans les autres hommes, et n'étoufferait pas toutes les lumières de la raison ; on verrait parmi eux des gens qui auraient de la bonne foi dans le commerce, qui assisteraient les pauvres, qui s'opposeraient à l'injustice, qui seraient fidèles à leurs amis, qui mépriseraient les injures, qui renonceraient aux voluptés du corps, qui ne feraient tort à personne, soit parce que le désir d'être loués les pousserait à toutes ces belles actions, qui ne sauraient manquer d'avoir l'approbation publique, soit parce que le dessein de se ménager des amis et des protecteurs, en cas de besoin, les y porterait. Les femmes s'y piqueraient de pudicité, parce que infailliblement cela leur acquerrait l'amour et l'estime des hommes. Il s'y ferait des crimes de toutes les espèces, je n'en doute point ; mais il ne s'y en ferait pas plus que dans les sociétés idolâtres, parce que tout ce qui a fait agir les païens, soit pour le bien soit pour le mal, se trouverait dans une société d'athées, savoir les peines et les récompenses, la gloire et l'ignominie, le tempérament et l'éducation. Car pour cette grâce sanctifiante, qui nous remplit de l'amour de Dieu, et qui nous fait triompher de nos mauvaises habitudes, les païens en sont aussi dépourvus que les athées.

Qui voudra se convaincre pleinement, qu'un peuple destitué de la connaissance de Dieu, se ferait des règles d'honneur, et une grande délicatesse pour les observer, n'a qu'à
prendre garde, qu'il y a parmi les chrétiens un certain honneur du monde, qui est directement contraire à l'esprit de
l'Évangile. Je voudrais bien savoir, d'après quoi on a tiré ce
plan d'honneur, duquel les chrétiens sont si idolâtres,
qu'ils lui sacrifient toutes choses. Est-ce parce qu'ils savent
qu'il y a un Dieu, un Évangile, une Résurrection, un
Paradis et un Enfer, qu'ils croient que c'est déroger à son
honneur, que de laisser un affront impuni, que de céder la
première place à un autre, que d'avoir moins de fierté et
moins d'ambition que ses égaux ? On m'avouera que non.
Que l'on parcoure toutes les idées de bienséance qui ont
lieu parmi les chrétiens, à peine en trouvera-t-on deux qui
aient été empruntées de la religion ; et quand les choses
deviennent honnêtes, de malséantes qu'elles étaient, ce
n'est nullement parce que l'on a mieux consulté la morale
de l'Évangile. Les femmes se sont avisées depuis quelque
temps, qu'il était d'un plus grand air de qualité de
s'habiller en public, et devant le monde, d'aller à cheval,
de courir à toute bride après une bête, etc., et elles ont tant
fait, qu'on ne regarde plus cela comme éloigné de la
modestie. Est-ce la religion qui a changé nos idées à cet
égard ? Comparez un peu les manières de plusieurs nations
qui professent le christianisme, comparez-les, dis-je, les
unes avec les autres, vous verrez que ce qui passe pour mal-
honnête dans un pays, ne l'est point du tout ailleurs. Il faut
donc que les idées d'honnêteté qui sont parmi les chrétiens
ne viennent pas de la religion qu'ils professent. Il y en a
quelques-unes de générales, je l'avoue, car nous n'avons
point de nations chrétiennes où il soit honteux à une
femme d'être chaste. Mais pour agir de bonne foi, il faut
confesser que cette idée est plus vieille, ni que l'Évangile,
ni que Moïse : c'est une certaine impression qui est aussi
vieille que le monde, et je vous ferai voir tantôt, que les
païens ne l'ont pas empruntée de leur religion. Avouons
donc, qu'il y a des idées d'honneur parmi les hommes, qui
sont un pur ouvrage de la Nature, c'est-à-dire de la Provi-

dence générale. Avouons-le sur tout de cet honneur dont nos braves sont si jaloux, et qui est si opposé à la loi de Dieu. Et comment douter après cela, que la Nature ne peut faire parmi des athées, où la connaissance de l'Évangile ne la contrecarrerait pas, ce qu'elle fait parmi les chrétiens ?

XVII

LAMENNAIS

LA PERSÉCUTION EN MÉMOIRE

Lamennais, *Paroles d'un croyant*, Pocket, 1996, chap. XXVIII, p. 95-97.

Dans le texte qui suit, Lamennais, déjà cité plus haut (texte V), ne se contente pas de dénoncer les crimes commis au nom de la religion ; il stigmatise également l'injustice sociale. Ami de Victor Hugo, il solidarise comme lui l'émancipation sociale et l'émancipation politique. Et il dissocie clairement la religion comme témoignage spirituel du cléricalisme politique, qui entend fonder une logique théologico-politique de domination. Dès la parution de son ouvrage, on l'a vu, Lamennais est violemment critiqué par les milieux cléricaux. La condamnation la plus vive vient du pape qui, le 7 juillet 1834, adresse à l'ensemble des évêques une encyclique véhémente, *Singulari nos*, dans laquelle il dénonce *Paroles d'un croyant* « où par un abus impie de la parole de Dieu, les peuples sont criminellement poussés à rompre les liens de tout ordre public, à renverser l'une et l'autre autorité, à exciter, à nourrir, étendre et fortifier les séditions dans les empires, les troubles et les rébellions ; livre renfermant, par conséquent, des propositions respectivement fausses, calomnieuses, téméraires, conduisant à l'anarchie, contraires à la parole de Dieu, impies, scandaleuses, erronées, déjà condamnées par l'Église, spécialement dans les vaudois, les wyclifistes, les hussites et autres hérétiques de cette espèce ». Comme on le voit, la condamnation ne s'effectue pas uniquement dans le registre théologique, mais aussi dans celui de l'ordre social et politique, dont très significativement l'Église s'estime garante. La fonction idéologique de justification de l'ordre établi va de pair, en l'occurrence, avec la confusion du politique et du religieux.

On a vu des temps où l'homme, en égorgeant l'homme dont les croyances différaient des siennes, se persuadait offrir un sacrifice agréable à Dieu[1].

Ayez en abomination ces meurtres exécrables.

Comment le meurtre de l'homme pourrait-il plaire à Dieu, qui a dit à l'homme : « Tu ne tueras point[2] » ?

Lorsque le sang de l'homme coule sur la terre, comme une offrande à Dieu, les démons accourent pour le boire et entrent dans celui qui l'a versé.

On ne commence à persécuter que quand on désespère de convaincre, et qui désespère de convaincre, ou blasphème en lui-même la puissance de la vérité, ou manque de confiance dans la vérité des doctrines qu'il annonce.

Quoi de plus insensé que de dire aux hommes : « Croyez ou mourez ! »

La foi est fille du Verbe : elle pénètre dans les cœurs avec la parole, et non avec le poignard.

Jésus passa en faisant le bien, attirant à lui par sa bonté, et touchant par sa douceur les âmes les plus dures.

Ses lèvres divines bénissaient et ne maudissaient point, si ce n'est les hypocrites. Il ne choisit pas des bourreaux pour apôtres.

Il disait aux siens : « Laissez croître ensemble, jusqu'à la moisson, le bon et le mauvais grain, le père de famille en fera la séparation sur l'aire. »

Et à ceux qui le pressaient de faire descendre le feu du ciel sur une ville incrédule : « Vous ne savez pas de quel esprit vous êtes[3]. »

L'esprit de Jésus est un esprit de paix, de miséricorde et d'amour.

Ceux qui persécutent en son nom, qui scrutent les consciences avec l'épée, qui torturent le corps pour convertir l'âme, qui font couler les pleurs au lieu de les essuyer ; ceux-là n'ont pas l'esprit de Jésus.

----

1. V. Jean, XVI, 2 : « Le temps va venir où quiconque vous fera mourir croira faire un sacrifice agréable à Dieu. » Lamennais évoque ici les heures sombres de l'Inquisition.
2. Exode, XX, 13.
3. Luc, IX, 54, 55.

Malheur à qui profane l'Évangile, en le rendant pour les hommes un objet de terreur ! Malheur à qui écrit la bonne nouvelle sur une feuille sanglante !

Ressouvenez-vous des catacombes.

En ce temps-là, on vous traînait à l'échafaud, on vous livrait aux bêtes féroces dans l'amphithéâtre pour amuser la populace, on vous jetait à milliers au fond des mines et dans les prisons, on confisquait vos biens, on vous foulait aux pieds comme la boue des places publiques : vous n'aviez, pour célébrer vos mystères proscrits, d'autre asile que les entrailles de la terre.

Que disaient vos persécuteurs ? Ils disaient que vous propagiez des doctrines dangereuses ; que votre secte, ainsi qu'ils l'appelaient, troublait l'ordre et la paix publique : que, violateurs des lois et ennemis du genre humain, vous ébranliez l'empire en ébranlant la religion de l'empire.

Et dans cette détresse, sous cette oppression, que demandiez-vous ? La liberté. Vous réclamiez le droit de n'obéir qu'à Dieu, de le servir et de l'adorer selon votre conscience.

Lorsque, même en se trompant dans leur foi, d'autres réclameront de vous ce droit sacré, respectez-le en eux, comme vous demandiez que les païens le respectassent en vous.

Respectez-le pour ne pas flétrir la mémoire de vos confesseurs et ne pas souiller les cendres de vos martyrs.

La persécution a deux tranchants : elle blesse à droite et à gauche.

Si vous ne vous souvenez plus des enseignements du Christ, ressouvenez-vous des catacombes.

XVIII

ROUSSEAU

LE CONFLIT DES « RÉVÉLATIONS »

Rousseau, *Émile ou l'Éducation*, GF-Flammarion, 1966,
livre IV, p. 397-398.

Rousseau n'a jamais transigé sur la question de la liberté de conscience et la nécessité de ne rien imposer en matière religieuse. Ce passage remarquable de l'*Émile*, œuvre rédigée au cours des mêmes années que le *Contrat social* et publiée en 1762 ose mettre sur le même plan les trois religions du Livre, et montrer que chacune peut être tentée par la voie autoritaire et répressive. Ainsi, là où il domine, un monothéisme tente d'étouffer les deux autres, qu'il range dans la catégorie de superstition, et s'attache à en empêcher la libre expression. Les catholiques, d'abord, sont dénoncés en raison de l'usage obscurantiste qu'ils font du principe d'autorité. Rousseau évoque alors la stigmatisation usuelle du judaïsme pour en dénoncer l'arbitraire. L'Église a longtemps insisté sur le thème du « peuple déicide » fondant en grande partie l'antisémitisme, et l'on peut remarquer qu'ici Rousseau prend nettement le contrepied d'une telle attitude. Il dé-

nonce sans ambages la peur infligée aux juifs, et les préjugés dont ils sont d'autant plus victimes qu'une telle peur les prive de la possibilité d'argumenter. La perspective d'un statut pleinement libre, tant sur le plan politique, social, que confessionnel, qui permettrait aux juifs de disposer de droits égaux et de libertés réelles, est alors évoquée avec des accents tout à fait modernes. Condorcet, au cours de la Révolution, militera également pour cette émancipation des juifs. Évoquant enfin les musulmans, Rousseau développe un raisonnement du même type, en faisant remarquer que là où ils dominent les musulmans font subir le même sort aux chrétiens que celui que ceux-ci leur infligent là où ils sont en position de force. Bref, chacun entend imposer sa « révélation », et le conflit des « révélations » montre suffisamment l'impasse à laquelle conduit l'intolérance réciproque.

Nos catholiques font grand bruit de l'autorité de l'Église ; mais que gagnent-ils à cela, s'il leur faut un aussi grand appareil de preuves pour établir cette autorité, qu'aux autres sectes pour établir directement leur doctrine ? L'Église décide que l'Église a droit de décider. Ne voilà-t-il pas une autorité bien prouvée ? Sortez de là, vous rentrez dans toutes nos discussions.

Connaissez-vous beaucoup de chrétiens qui aient pris la peine d'examiner avec soin ce que le judaïsme allègue contre eux ? Si quelques-uns en ont vu quelque chose, c'est dans les livres des chrétiens. Bonne manière de s'instruire des raisons de leurs adversaires ! Mais comment faire ? Si quelqu'un osait publier parmi nous des livres où l'on favoriserait ouvertement le judaïsme, nous punirions l'auteur, l'éditeur, le libraire. Cette police est commode et sûre, pour avoir toujours raison. Il y a plaisir à réfuter des gens qui n'osent parler.

Ceux d'entre nous qui sont à portée de converser avec des juifs ne sont guère plus avancés. Les malheureux se sentent à notre discrétion ; la tyrannie qu'on exerce envers eux les rend craintifs ; ils savent combien peu l'injustice et la cruauté coûtent à la charité chrétienne : qu'oseront-ils dire sans s'exposer à nous faire crier au blasphème ? L'avidité nous donne du zèle, et ils sont trop riches pour n'avoir pas tort. Les plus savants, les plus éclairés sont toujours les plus circonspects. Vous convertirez quelque misérable, payé pour calomnier sa secte ; vous ferez parler quelques vils fripiers, qui céderont pour vous flatter ; vous triompherez de leur ignorance ou de leur lâcheté, tandis que leurs docteurs souriront en silence de votre ineptie. Mais croyez-vous que dans des lieux où ils se sentiraient en sûreté l'on eût aussi bon marché d'eux ? En Sorbonne, il est clair comme le jour que les prédictions du Messie se rapportent à Jésus-Christ. Chez les rabbins d'Amsterdam, il est tout aussi clair, qu'elles n'y ont pas le moindre rapport. Je ne croirai jamais avoir bien entendu les raisons des juifs, qu'ils n'aient un État libre, des écoles, des universités, où ils puissent parler, et disputer sans risque. Alors seulement nous pourrons savoir ce qu'ils ont à dire.

À Constantinople les Turcs disent leurs raisons, mais nous n'osons dire les nôtres ; là c'est notre tour de ramper. Si les Turcs exigent de nous pour Mahomet, auquel nous ne croyons point, le même respect que nous exigeons pour Jésus-Christ des Juifs qui n'y croient pas davantage, les Turcs ont-ils tort ? avons-nous raison ? sur quel principe équitable résoudrons-nous cette question ?

XIX

VOLTAIRE

L'INTOLÉRANCE DÉSACRALISÉE

Voltaire, *Traité sur la tolérance*, GF-Flammarion, 1989, chap. X, p. 80-81 ; chap. XIV, p. 101-104.

Le 10 mars 1762, à Toulouse, le protestant Jean Calas est exécuté après avoir été torturé : membres étirés par des palans (« question ordinaire »), puis absorption forcée de dix cruches d'eau (« question extraordinaire »). Il est accusé d'avoir assassiné son fils, Marc Antoine Calas, pour l'empêcher de se convertir au catholicisme. Aucune preuve tangible n'existe, mais la rumeur populaire a vite lancé la calomnie, reflet des préjugés et de l'intolérance religieuse. Les juges ont suivi la rumeur, et négligé les exigences élémentaires d'un procès équitable. Bref, la persécution religieuse vient de prendre la forme d'une monstrueuse erreur judiciaire. Voltaire interroge longuement un des jeunes Calas, Donat, et s'informe au mieux de l'affaire. Il acquiert l'« intime conviction » de l'innocence de Jean Calas, et décide alors de militer pour sa réhabilitation, tout en donnant à cet engagement la dimension d'un combat plus général pour la tolérance. Il écrit : « La fureur de la faction et la singularité de la destinée ont concouru à faire assassiner juridiquement sur la roue le plus innocent et le plus malheureux des hommes, à disperser sa famille, à la réduire à la mendicité » (Lettre à Audibert du 9 juillet 1762). Voltaire entreprend de nombreuses démarches, et sollicite même Versailles. Il obtiendra gain de cause le 9 mars 1765 : Jean Calas est réhabilité. Parallèlement, Voltaire entreprend la rédaction du *Traité sur la tolérance* en octobre 1763, alors qu'il vient déjà d'obtenir la possibilité d'un appel contre le jugement du parlement de Toulouse. Les deux extraits présentés sont complémentaires. Le premier évoque les crimes commis au nom de la religion chrétienne, et il le fait en se plaçant du point de vue d'un chrétien mesurant les méfaits de l'utilisation de sa foi pour persécuter. Le second entend démontrer l'illégitimité du recours aux Évangiles pour les justifier. Il reprend une herméneutique simple, convoquant surtout le bon sens. Voltaire considère qu'il faut une malveillance *a priori*, ou une interprétation hâtive, pour soutenir des lectures qui entendent attribuer au Christ la justification anticipée des violences commises en son nom. On a vu avec Augustin et Thomas d'Aquin l'ambiguïté des textes en question. Mais Voltaire, dans son combat pour la tolérance, use des armes mêmes des religieux qui se prévalent des textes sacrés pour légitimer la persécution : il tente ainsi de les mettre en contradiction avec leurs propres références.

CHAPITRE X

Je le dis avec horreur, mais avec vérité : c'est nous, chrétiens, c'est nous qui avons été persécuteurs, bourreaux, assassins ! Et de qui ? de nos frères. C'est nous qui avons détruit cent villes, le crucifix ou la Bible à la main, et qui n'avons cessé de répandre le sang et d'allumer des bûchers, depuis le règne de Constantin jusqu'aux fureurs des cannibales qui habitaient les Cévennes : fureurs qui, grâces au ciel, ne subsistent plus aujourd'hui.

Nous envoyons encore quelquefois à la potence de pauvres gens du Poitou, du Vivarais, de Valence, de Montauban. Nous avons pendu, depuis 1745, huit personnages de ceux qu'on appelle *prédicants* ou *ministres de l'Évangile*, qui n'avaient d'autre crime que d'avoir prié Dieu pour le roi en patois, et d'avoir donné une goutte de vin et un morceau de pain levé à quelques paysans imbéciles. On ne sait rien de cela dans Paris, où le plaisir est la seule chose importante, où l'on ignore tout ce qui se passe en province et chez les étrangers. Ces procès se font en une heure, et plus vite qu'on ne juge un déserteur. Si le roi en était instruit, il ferait grâce.

On ne traite ainsi les prêtres catholiques en aucun pays protestant. Il y a plus de cent prêtres catholiques en Angleterre et en Irlande ; on les connaît, on les a laissés vivre très paisiblement dans la dernière guerre.

Serons-nous toujours les derniers à embrasser les opinions saines des autres nations ? Elles se sont corrigées : quand nous corrigerons-nous ? Il a fallu soixante ans pour nous faire adopter ce que Newton avait démontré ; nous commençons à peine à oser sauver la vie à nos enfants par l'inoculation ; nous ne pratiquons que depuis très peu de temps les vrais principes de l'agriculture ; quand commencerons-nous à pratiquer les vrais principes de l'humanité ? et de quel front pouvons-nous reprocher aux païens d'avoir fait des martyrs, tandis que nous avons été coupables de la même cruauté dans les mêmes circonstances ?

Accordons que les Romains ont fait mourir une multitude de chrétiens pour leur seule religion : en ce cas, les Romains ont été très condamnables. Voudrions-nous commettre la même injustice ? Et quand nous leur reprochons d'avoir persécuté, voudrions-nous être persécuteurs ?

S'il se trouvait quelqu'un assez dépourvu de bonne foi, ou assez fanatique, pour me dire ici : Pourquoi venez-vous développer nos erreurs et nos fautes ? pourquoi détruire nos faux miracles et nos fausses légendes ? Elles sont l'aliment de la piété de plusieurs personnes ; il y a des erreurs nécessaires ; n'arrachez pas du corps un ulcère invétéré qui entraînerait avec lui la destruction du corps, voici ce que je lui répondrais.

CHAPITRE XIV

Voyons maintenant si Jésus-Christ a établi des lois sanguinaires, s'il a ordonné l'intolérance, s'il fit bâtir les cachots de l'Inquisition, s'il institua les bourreaux des *autodafé*.

Il n'y a, si je ne me trompe, que peu de passages dans les Évangiles dont l'esprit persécuteur ait pu inférer que l'intolérance, la contrainte, sont légitimes. L'un est la parabole dans laquelle le royaume des cieux est comparé à un roi qui invite des convives aux noces de son fils ; ce monarque leur fait dire par ses serviteurs : « J'ai tué mes bœufs et mes volailles ; tout est prêt, venez aux noces. » Les uns, sans se soucier de l'invitation, vont à leurs maisons de campagne, les autres à leur négoce ; d'autres outragent les domestiques du roi, et les tuent. Le roi fait marcher ses armées contre ces meurtriers, et détruit leur ville ; il envoie sur les grands chemins convier au festin tous ceux qu'on trouve : un d'eux s'étant mis à table sans avoir mis la robe nuptiale est chargé de fers, et jeté dans les ténèbres extérieures.

Il est clair que cette allégorie ne regardant que le royaume des cieux, nul homme assurément ne doit en prendre le droit de garrotter ou de mettre au cachot son voisin qui serait venu souper chez lui sans avoir un habit de noces convenable, et je ne connais dans l'histoire aucun prince qui ait fait pendre un courtisan pour un pareil sujet ; il n'est pas non plus à craindre que, quand l'empereur, ayant tué ses volailles, enverra ses pages à des princes de l'empire pour les prier à souper, ces princes tuent ces pages. L'invitation au festin signifie la prédication du salut ; le meurtre des envoyés du prince figure la persécution contre ceux qui prêchent la sagesse et la vertu.

L'autre parabole est celle d'un particulier qui invite ses amis à un grand souper, et lorsqu'il est prêt de se mettre à table, il envoie son domestique les avertir. L'un s'excuse sur ce qu'il a acheté une terre, et qu'il va la visiter : cette excuse ne paraît pas valable, ce n'est pas pendant la nuit qu'on va voir sa terre ; un autre dit qu'il a acheté cinq paires de bœufs, et qu'il les doit éprouver : il a le même tort que l'autre, on n'essaye pas des bœufs à l'heure du souper ; un troisième répond qu'il vient de se marier, et assurément son excuse est très recevable. Le père de famille, en colère, fait venir à son festin les aveugles et les boiteux, et, voyant qu'il reste encore des places vides, il dit à son valet : « Allez dans les grands chemins et le long des haies, et contraignez les gens d'entrer. »

Il est vrai qu'il n'est pas dit expressément que cette parabole soit une figure du royaume des dieux. On n'a que trop abusé de ces paroles : *Contrains-les d'entrer* ; mais il est visible qu'un seul valet ne peut contraindre par la force tous les gens qu'il rencontre à venir souper chez son maître ; et d'ailleurs, des convives ainsi forcés ne rendraient pas le repas fort agréable. *Contrains-les d'entrer* ne veut dire autre chose, selon les commentateurs les plus accrédités, sinon : priez, conjurez, pressez, obtenez. Quel rapport, je vous prie, de cette prière et de ce souper à la persécution ?

Si on prend les choses à la lettre, faudra-t-il être aveugle, boiteux, et conduit par force, pour être dans le sein de l'Église ? Jésus dit dans la même parabole : « Ne donnez à dîner ni à vos amis ni à vos parents riches » ; en a-t-on jamais inféré qu'on ne dût point en effet dîner avec ses parents et ses amis dès qu'ils ont un peu de fortune ?

Jésus-Christ, après la parabole du festin, dit : « Si quelqu'un vient à moi, et ne hait pas son père, sa mère, ses frères, ses sœurs, et même sa propre âme, il ne peut être mon disciple, etc. Car qui est celui d'entre vous qui, voulant bâtir une tour, ne suppute pas auparavant la dépense ? » Y a-t-il quelqu'un, dans le monde, assez dénaturé pour conclure qu'il faut haïr son père et sa mère ? Et ne comprend-on pas aisément que ces paroles signifient : Ne balancez pas entre moi et vos plus chères affections ?

On cite le passage de saint Matthieu : « Qui n'écoute point l'Église soit comme un païen et comme un receveur de la douane » ; cela ne dit pas absolument qu'on doive persécuter les païens et les fermiers des droits du roi : ils sont maudits, il est vrai, mais ils ne sont point livrés au bras séculier. Loin d'ôter à ces fermiers aucune prérogative de citoyen, on leur a donné les plus grands privilèges ; c'est la seule profession qui soit condamnée dans l'Écriture, et c'est la plus favorisée par les gouvernements. Pourquoi donc n'aurions-nous pas pour nos frères errants autant d'indulgence que nous prodiguons de considération à nos frères les traitants ?

Un autre passage dont on a fait un abus grossier est celui de saint Matthieu et de saint Marc, où il est dit que Jésus, ayant faim le matin, approcha d'un figuier où il ne trouva que des feuilles, car ce n'était pas le temps des figues : il maudit le figuier, qui se sécha aussitôt.

On donne plusieurs explications différentes de ce miracle ; mais y en a-t-il une seule qui puisse autoriser la persécution ? Un figuier n'a pu donner des figues vers le commencement de mars, on l'a séché : est-ce une raison pour faire sécher nos frères de douleur dans tous les temps de l'année ? Respectons dans l'Écriture tout ce qui peut faire naître des difficultés dans nos esprits curieux et vains, mais n'en abusons pas pour être durs et implacables.

L'esprit persécuteur, qui abuse de tout, cherche encore sa justification dans l'expulsion des marchands chassés du temple, et dans la légion de démons envoyée du corps d'un possédé dans le corps de deux mille animaux immondes. Mais qui ne voit que ces deux exemples ne sont autre chose qu'une justice que Dieu daigne faire lui-même d'une contravention à la loi ? C'était manquer de respect à la maison du Seigneur que de changer son parvis en une boutique de marchands. En vain le sanhédrin et les prêtres permettaient ce négoce pour la commodité des sacrifices : le Dieu auquel on sacrifiait pouvait sans doute, quoique caché sous la figure humaine, détruire cette profanation ; il pouvait de même punir ceux qui introduisaient dans le pays des troupeaux entiers défendus par une loi dont il daignait lui-même être l'observateur. Ces exemples n'ont pas le moindre rapport aux persécutions sur le dogme. Il faut que l'esprit d'intolérance soit appuyé sur de bien mauvaises raisons, puisqu'il cherche partout les plus vains prétextes.

Presque tout le reste des paroles et des actions de Jésus-Christ prêche la douceur, la patience, l'indulgence. C'est le père de famille qui reçoit l'enfant prodigue ; c'est l'ouvrier qui vient à la dernière heure, et qui est payé comme les autres ; c'est le samaritain charitable ; lui-même justifie ses disciples de ne pas jeûner ; il pardonne à la pécheresse ; il se contente de recommander la fidélité à la femme adultère ; il daigne même condescendre à l'innocente joie des convives de Cana, qui, étant déjà échauffés de vin, en demandent encore : il veut bien faire un miracle en leur faveur, il change pour eux l'eau en vin.

Il n'éclate pas même contre Judas, qui doit le trahir ; il ordonne à Pierre de ne se jamais servir de l'épée ; il réprimande les enfants de Zébédée, qui, à l'exemple d'Élie, voulaient faire descendre le feu du ciel sur une ville qui n'avait pas voulu le loger.

XX

AVERROÈS

LA RAISON ET L'ÉCRITURE (I)

Averroès, *Discours décisif*, trad. M. Geoffroy, GF-Flammarion, 1996, p. 119-123.

Né à Cordoue en l'an 520 de l'Hégire (1126), Averroès (*Ibn Ruchd*) est sans doute un des plus grands penseurs de l'Espagne arabo-musulmane. Savant, médecin, juriste, théologien et philosophe, il est le penseur par excellence d'un islam éclairé. Il a participé au sauvetage d'œuvres de philosophie antique (notamment Aristote) et joué un rôle déterminant dans la « médiation arabe » de la culture dite « occidentale ». On lui doit sans doute la première grande conception de l'herméneutique des textes, appliquée au Coran (le terme « herméneutique » vient du grec *herménéia*, qui veut dire « interprétation »). La lecture littérale des textes sacrés, sans recul critique ni prise en considération de leur cohérence ou de leur incohérence, ni des contextes de leur rédaction, ouvre souvent la voie à un fidéisme obscurantiste. Elle est généralement solidaire d'une lecture dite « fondamentaliste » en ce qu'elle prétend ne retenir que le fondement originel de la foi, abstraction faite de toute tradition interprétative ou même de tout effort de lecture rationnelle et distanciée. Le recours à l'idée de « révélation » peut alors ser-vir à disqualifier par avance tout examen critique : on ne discute pas la parole de Dieu… Mais tout le problème est évidemment de savoir ce qui est véritablement la parole de Dieu, notamment quand certains énoncés heurtent la raison humaine. Va-t-on renoncer aux exigences de cette raison pour entériner à tout prix la parole explicite, et se soumettre sans discussion ? ou va-t-on entrer dans un processus indéfini d'exégèse qui risque à terme d'ébranler une référence essentielle de la foi ? Ainsi posée, l'alternative a quelque chose d'outré, qu'il

convient de mettre à l'épreuve. Ne s'agit-il pas plutôt de se mettre en mesure de trier les énoncés qui vont de soi (« de sens obvie », dit Averroès) du point de vue d'une raison humaine usant lucidement de sa faculté, et ceux qui requièrent une interprétation, soit qu'ils usent explicitement de métaphores et d'allégories, soit que leur sens manifeste contredise ce que peut admettre la raison ? Telle est la méthode qu'adopte Averroès. Cela le conduit à considérer que lorsque le texte du Coran reste muet sur certaines questions, quiconque veut en déduire quelque chose doit construire un syllogisme, c'est-à-dire un trio de propositions dont le première énonce la relation la plus générale (par exemple « Tous les hommes sont mortels »), la deuxième, une relation moyen terme (« Or Socrate est un homme ») et la dernière, la conclusion logiquement impliquée par les deux premières (« Donc Socrate est mortel »). Ce genre de raisonnement peut valoir pour la jurisprudence, avec toutefois des propositions initiales plus particulières, consistant par exemple à partir de cas prévus dans le texte de référence, et à inférer par analogie le traitement de cas similaires. Autre est le cas des énoncés munis d'une évidence rationnelle, qui ne requièrent pas un tel travail, et s'imposent d'eux-mêmes. Autre encore celui des énoncés sans évidence rationnelle, qu'il convient d'interpréter. Pour cela, le recours à la compréhension du sens visé par les figures de rhétorique (les « tropes » accessibles à une « tropologie ») est nécessaire. La langue arabe est très riche de ce point de vue, et bien des textes du Coran peuvent faire l'objet d'une telle herméneutique.

18. Puisque donc cette Révélation est la vérité, et qu'elle appelle à pratiquer l'examen rationnel qui assure la connaissance de la vérité, alors nous, Musulmans, savons de science certaine que l'examen [des étants] par la démonstration n'entraînera nulle contradiction avec les enseignements apportés par le Texte révélé : car la vérité ne peut être contraire à la vérité, mais s'accorde avec elle et témoigne en sa faveur.

19. S'il en est ainsi, et que l'examen démonstratif aboutit à une connaissance quelconque à propos d'un étant quel qu'il soit, alors de deux choses l'une : soit sur cet étant le Texte révélé se tait, soit il énonce une connaissance à son sujet. Dans le premier cas, il n'y a même pas lieu à contradiction, et le cas équivaut à celui des statuts légaux non édictés par le Texte, mais que le juriste déduit par syllogisme juridique. Dans le second, de deux choses l'une : soit le sens obvie de l'énoncé est en accord avec le résultat de la démonstration, soit il le contredit. S'il y a accord, il n'y a rien à en dire ; s'il y a contradiction, alors il faut interpréter le sens obvie.

20. Ce que l'on veut dire par « Interprétation », c'est le transfert de la signification du mot de son sens propre vers son sens tropique, sans infraction à l'usage tropologique de la langue arabe d'après lequel on peut désigner une chose par son analogue, sa cause, son effet, sa conjointe, ou par d'autres choses mentionnées comme faisant partie des classes de tropes. Si le juriste procède ainsi dans de nombreux cas pour établir des statuts juridiques, le tenant de la science démonstrative est d'autant plus fondé à faire de même. Car le juriste n'use que d'un syllogisme opinatif, tandis que celui qui connaît vraiment Dieu use d'un syllogisme certain.

21. Nous affirmons catégoriquement que partout où il y a contradiction entre un résultat de la démonstration et le sens obvie d'un énoncé du Texte révélé, cet énoncé est susceptible d'être interprété suivant des règles d'interprétation

[conformes aux usages tropologiques] de la langue arabe. C'est là une proposition dont nul Musulman ne doute et qui ne suscite point d'hésitation chez le croyant. Mais combien encore s'accroît la certitude qu'elle est vraie chez celui qui s'est attaché à cette idée et l'a expérimentée, et s'est personnellement fixé pour dessein d'opérer la conciliation de la connaissance rationnelle et de la connaissance transmise !

22. Nous disons même plus : il n'est point d'énoncé de la Révélation dont le sens obvie soit en contradiction avec les résultats de la démonstration, sans qu'on puisse trouver, en procédant à l'examen inductif de la totalité des énoncés particuliers du Texte révélé, d'autre énoncé dont le sens obvie confirme l'interprétation, ou est proche de la confirmer. C'est pourquoi il y a consensus chez les Musulmans pour considérer que les énoncés littéraux de la Révélation n'ont pas tous à être pris dans leur sens obvie, ni tous à être étendus au-delà du sens obvie par l'interprétation ; et divergence quant à savoir ce qui est à interpréter et ce qui ne l'est pas. Ainsi les Ash'arites interprètent-ils le verset évoquant l'assise [divine] et la tradition évoquant la descente [de Dieu], tandis que les Hanbalites leur attribuent un sens obvie.

XXI

PASCAL

LA RAISON ET L'ÉCRITURE (II)

Pascal, *Les Provinciales*,
Dix-huitième lettre provinciale, *Œuvres complètes*,
La Pléiade, Gallimard, 1954, p. 897-900.

Engagé aux côtés des jansénistes de Port-Royal en 1655, Pascal prend aussitôt part au débat très vif qui les oppose aux jésuites sur des questions théologiques très controversées, dont essentiellement celle de la conciliation entre la grâce divine et le libre arbitre humain. On sait que le christianisme tient autant au dogme de la nécessité de la grâce, présent surnaturel accordé par Dieu et sans lequel l'homme seul est impuissant, qu'à celui du libre arbitre, principe de responsabilité qui fait de l'homme, au moins partiellement, l'auteur de son destin. Celui-ci advient comme salut ou perdition par la mise en jeu des deux principes :

grâce et liberté. À partir de là, reste à savoir comment les concilier, puisque l'un tend à faire de Dieu, en sa puissance agissante, la cause essentielle de ce qui se produit, alors que l'autre tend à faire de l'homme cette cause. La grâce elle-même est-elle dévolue aux hommes par un Dieu qui l'octroie sans égard à leurs actions ? Où est-elle méritée par de telles actions, ce qui veut dire que Dieu se règle sur celles-ci pour l'attribuer ? Thomistes et molinistes s'efforcent de trouver un équilibre entre la toute-puissance de la grâce et la liberté humaine en distinguant la grâce suffisante, donnée à tous les hommes comme une sorte de chance de ne pas tomber, et la grâce efficace, qui ne se manifeste que pour ceux qui usent bien de leur libre arbitre. Jansénius, lui, considère que la grâce est efficace d'emblée, donc toute-puissante, et que sans elle l'homme ne peut agir. Seule une vie austère, de pénitence, peut dès lors déboucher sur le salut ; le libre arbitre est singulièrement dessaisi de sa portée, tandis que le pessimisme ontologique du christianisme (péché originel indélébile) se trouve radicalisé. L'Église, et les jésuites, condamnent Jansénius. D'emblée ceux qui sont soupçonnés de jansénisme sont stigmatisés, comme le duc de Liancourt, à qui un prêtre refuse l'absolution. Arnauld intervient, et se trouve également condamné, le 14 janvier 1654 par la faculté de théologie de Paris. C'est alors que Pascal rédige la première des *Lettres provinciales*, puis les autres à un rythme soutenu. Deux choses retiendront ici l'attention pour notre sujet. La première est la position finalement adoptée par Pascal, qui consiste à retenir du jansénisme tout ce qui conduit à critiquer les excès de la casuistique, et le risque de corruption de l'inconditionnalité de la foi que comporte à ses yeux la thèse des jésuites. Mais en fin de compte Pascal n'aboutit pas très loin de la conciliation thomiste. La seconde chose est plus importante pour ce qui nous préoccupe : c'est le rejet du principe d'autorité dans son utilisation aveugle et indifférenciée. Pascal est conduit à distinguer trois grands domaines, pour lesquels doivent valoir trois types de principes déterminés : celui des sens, pour les vérités de fait, celui de la raison, pour la connaissance de la nature ou des questions accessibles à l'intellect, et celui de la foi pour ce qui dépasse la nature ou met en jeu ce que les croyants appellent « révélation ». Ce qui est dommageable, dans le cadre d'une telle tripartition, c'est l'application de tels principes à des domaines auxquels ils ne sont pas adéquats. Le recours à l'autorité là où la raison peut et doit jouer un rôle est illégitime. D'où la nette dénonciation par Pascal de la condamnation par l'Église de Galilée, qui usait légitimement de sa raison pour comprendre la nature céleste et terrestre. D'où également l'acceptation d'un principe rationnel d'interprétation des textes bibliques portant sur cette même nature. Et de citer Thomas d'Aquin appelant à ne pas prendre au pied de la lettre des récits descriptifs qui ne font que traduire la façon dont les hommes perçoivent le réel, et non ce qu'il est en lui-même. Ainsi, le géocentrisme apparent du texte biblique n'est pas plus opposable à l'héliocentrisme scientifique de Copernic. Il en est le corrélat phénoménologique. La critique pascalienne, menée d'un point de vue chrétien mais également soucieuse de combattre tout obscurantisme, relève donc d'une herméneutique ciblée, qui donne ses droits à la raison tout en l'assignant à des domaines bien délimités.

D'où apprendrons-nous donc la vérité des faits ? Ce sera des yeux, mon Père, qui en sont les légitimes juges, comme la raison l'est des choses naturelles et intelligibles, et la foi des choses surnaturelles et révélées. Car, puisque vous m'y obligez, mon Père, je vous dirai que, selon les sentiments de deux des plus grands docteurs de l'Église, saint Augustin et saint Thomas, ces trois principes de nos connaissances, les sens, la raison et la foi, ont chacun leurs objets séparés, et leur certitude dans cette étendue. Et comme Dieu a voulu se servir de l'entremise des sens pour donner entrée à la foi : *Fides ex auditu,* tant s'en faut que la foi détruise la certitude des sens, que ce serait au contraire détruire la foi que de vouloir révoquer en doute le rapport fidèle des sens. C'est pourquoi saint Thomas remarque expressément que Dieu a voulu que les accidents sensibles subsistassent dans l'Eucharistie, afin que les sens, qui ne jugent que de ces accidents, ne fussent pas trompés : *Ut sensus a deceptione reddantur immunes.*

Concluons donc de là, que quelque proposition qu'on nous présente à examiner, il en faut d'abord reconnaître la nature, pour voir auquel de ces trois principes nous devons nous en rapporter. S'il s'agit d'une chose surnaturelle, nous n'en jugerons ni par les sens, ni par la raison, mais par l'Écriture et par les décisions de l'Église. S'il s'agit d'une proposition non révélée, et proportionnée à la raison naturelle, elle en sera le propre juge. Et s'il s'agit enfin d'un point de fait, nous en croirons les sens, auxquels il appartient naturellement d'en connaître.

Cette règle est si générale que, selon saint Augustin et saint Thomas, quand l'Écriture même nous présente quelque passage dont le premier sens littéral se trouve contraire à ce que les sens ou la raison reconnaissent avec certitude, il ne faut pas entreprendre de les désavouer en cette rencontre pour les soumettre à l'autorité de ce sens apparent de l'Écriture ; mais il faut interpréter l'Écriture, et y chercher un autre sens qui s'accorde avec cette vérité sensible ; parce que la parole de Dieu étant infaillible dans les faits mêmes, et le rapport des sens et de la raison agissant dans leur étendue étant certain aussi, il faut que ces deux vérités s'accordent ; et comme l'Écriture se peut interpréter en différentes manières, au lieu que le rapport des sens est unique, on doit, en ces matières, prendre pour la véritable interprétation de l'Écriture celle qui convient au rapport fidèle des sens. « Il faut, dit saint Thomas,(Iª., q. 68, a. I), observer deux choses selon saint Augustin : l'une, que l'Écriture a toujours un sens véritable ; l'autre, que comme elle peut recevoir plusieurs sens, quand on en trouve un que la raison convainc certainement de fausseté, il ne faut pas s'obstiner à dire que c'en soit le sens naturel, mais en chercher un autre qui s'y accorde. »

C'est ce qu'il explique par l'exemple du passage de la Genèse, où il est écrit que « Dieu créa deux grands luminaires, le soleil et la lune, et aussi les étoiles » ; par où l'Écriture semble dire que la lune est plus grande que toutes les étoiles : mais parce qu'il est constant par des démonstrations indubitables que cela est faux, on ne doit pas, dit ce saint, s'opiniâtrer à défendre ce sens littéral, mais il faut en chercher un autre conforme à cette vérité de fait ; comme en disant : « Que le mot de grand luminaire ne marque que la grandeur de la lumière de la lune à notre égard, et non pas la grandeur de son corps en lui-même. »

Que si l'on voulait en user autrement, ce ne serait pas rendre l'Écriture vénérable, mais ce serait au contraire l'exposer au mépris des infidèles ; « parce que, comme dit saint Augustin, quand ils auraient connu que nous croyons dans l'Écriture des choses qu'ils savent certainement être fausses, ils se riraient de notre crédulité dans les autres choses qui sont plus cachées, comme la résurrection des morts, et la vie éternelle. » « Et ainsi, ajoute saint Thomas, ce serait leur rendre notre religion méprisable, et même leur en fermer l'entrée. »

Et ce serait aussi, mon Père, le moyen d'en fermer l'entrée aux hérétiques, et de leur rendre l'autorité du pape méprisable, que de refuser de tenir pour catholiques ceux qui ne croiraient pas que des paroles sont dans un livre où elles ne se trouvent point, parce qu'un pape l'aurait déclaré par surprise. Car ce n'est que l'examen d'un livre qui peut faire savoir que des paroles y sont. Les choses de fait ne se prouvent que par les sens. Si ce que vous soutenez est véritable, montrez-le ; sinon ne sollicitez personne pour le faire croire ; ce serait inutilement. Toutes les puissances du monde ne peuvent par autorité persuader un point de fait, non plus que le changer ; car il n'y a rien qui puisse faire que ce qui est ne soit pas.

C'est en vain, par exemple, que des religieux de Ratisbonne obtinrent du pape saint Léon IX un décret solennel, par lequel il déclara que le corps de saint Denis, premier évêque de Paris, qu'on tient communément être l'Aréopagite, avait été enlevé de France, et porté dans l'église de leur monastère. Cela n'empêche pas que le corps de ce saint n'ait toujours été et ne soit encore dans la célèbre abbaye qui porte son nom, dans laquelle vous auriez peine à faire recevoir cette bulle, quoique ce pape y témoigne avoir examiné la chose « avec toute la diligence possible, et avec le conseil de plusieurs évêques et prélats ; de sorte qu'il oblige étroitement tous les Français, de reconnaître et de confesser qu'ils n'ont plus ces saintes reliques ». Et néanmoins les Français qui savaient la fausseté de ce fait par leurs propres yeux, et qui, ayant ouvert la châsse, y trouvèrent toutes ces reliques entières, comme le témoignent les historiens de ce temps-là, crurent alors, comme on l'a toujours cru depuis, le contraire de ce que ce saint pape leur avait enjoint de croire, sachant bien que même les saints et les prophètes sont sujets à être surpris. Ce fut aussi en vain que vous obtîntes contre Galilée ce décret de Rome, qui condamnait son opinion touchant le mouvement de la terre. Ce ne sera pas cela qui prouvera qu'elle demeure en repos ; et si l'on avait des observations constantes qui prouvassent que c'est elle qui tourne, tous les hommes ensemble ne l'empêcheraient pas de tourner, et ne s'empêcheraient pas de tourner aussi avec elle. Ne vous imaginez pas de même que les lettres du pape Zacharie pour l'excommunication de saint Virgile, sur ce qu'il tenait qu'il y avait des antipodes, aient anéanti ce nouveau monde ; et qu'encore qu'il eût déclaré que cette opinion était une erreur bien dangereuse, le roi d'Espagne ne se soit pas bien trouvé d'en avoir plutôt cru Christophe Colomb qui en venait, que le jugement de ce pape qui n'y avait pas été ; et que l'Église n'en ait pas reçu un grand avantage, puisque cela a procuré la connaissance de l'Évangile à tant de peuples qui fussent péris dans leur infidélité.

XXII

SPINOZA

LA RAISON ET L'ÉCRITURE (III)

Spinoza, *Traité théologico-politique*, trad. C. Appuhn,
GF-Flammarion, 1965, chap. XV, p. 251.

En 1670, de façon anonyme, Spinoza publie le *Traité théologico-politique*. En 1665, il avait fait part de ses intentions à son ami Oldenbourg dans des termes particulièrement nets, en condamnant « les préjugés des théologiens » et en précisant « que ce sont ces préjugés qui s'opposent surtout à ce que les hommes puissent appliquer leur esprit à la philosophie » (cf. Lettre XX, *in Correspondance*, trad. C. Appuhn, GF- Flammarion, 1965, p. 232). Il s'agit donc de combattre l'irrationalisme et l'obscurantisme qui tendent à dissuader les hommes de faire usage de leur raison, sous prétexte notamment que le texte sacré serait à admettre sans discussion, les dé-

positaires de son interprétation étant les théologiens eux-mêmes. Parmi d'autres questions décisives pour penser le rapport entre religion et politique, Spinoza consacre les chapitres VII et XV du traité à la question de l'interprétation de l'Écriture. Le chapitre XV formule une sorte de remarquable manifeste rationaliste, qui ne consiste pas à congédier la religion pour la raison ou la raison pour la religion, mais à leur reconnaître leurs domaines propres. La méthode de lecture des textes sacrés qu'il a proposée au chapitre VII consiste à utiliser la lumière naturelle de l'homme, c'est-à-dire sa raison, pour tirer le sens de l'Écriture « par elle-même ». C'est dire qu'une lecture rigoureuse, attentive à la co-hérence ou au contraire aux contradictions, doit être mise en œuvre. *Sola scripta* : « Les choses écrites seules » : n'est-ce pas en un sens la même devise que celle de Luther et de Calvin, des Réformés qui justement dirigent Amsterdam et la Hollande à l'époque de Spinoza ? L'apparence est trompeuse. En réalité, les Réformés ont surtout formulé leur règle en réaction à toute la tradition catholique, sé-dimentation des interprétations qui selon eux finissent par perdre de vue le texte originel. Nom-breux sont par ailleurs les Réformés qui sont adeptes d'une lecture littérale du texte, au point de condamner les énoncés rationnels et scientifiques qui entrent en contradiction avec cette littéralité. C'est Melanchton, bras droit de Luther, qui n'hésite pas à condamner la thèse héliocentriste du mouvement de la terre en rappelant que dans le récit biblique c'est au soleil que Dieu a ordonné de s'arrêter (cf. Ancien Testament, Josué, 10, 12-14 : le récit de la bataille de Gabaon, au cours de laquelle Dieu aurait arrêté le soleil pour permettre à Josué de parachever sa victoire…). Spinoza entend établir que toute personne peut user de sa raison pour lire la Bible, et peut pour cela se passer de l'autorité des rabbins, des prêtres ou des pasteurs. Mais l'exigence de rigueur d'une telle lecture est ce qui fait son prix, en dessinant les règles d'une véri-table exégèse critique et scienti-fique, propre à mettre le texte à

distance et à briser l'envoûte-ment que suscite l'idée de « révélation ». L'idée même de « révélation divine » est problé-matique. Ne serait-elle pas une invention du croyant qui, mû par sa ferveur, croit avoir reçu d'une intervention surnaturelle une parole sacrée, alors qu'une lecture un peu attentive montre à l'évidence le lien entre les écrits et l'époque ou le contexte social spécifiques des rédacteurs. S'ils étaient inspirés par Dieu, pourquoi leur langage n'a-t-il pas transcendé les limites et les préjugés propres à un contexte révolu ? La question mérite d'être posée, et Spinoza la pousse jusqu'à ses ultimes conséquences. C'est à la raison de décider ce qui vaut ou peut valoir, après exa-men réfléchi et méthodique. Nul rapport de soumission de la raison à la foi n'est légitime, et Spinoza prend le contre-pied de la fameuse formule « la raison servante de la théologie » (*an-cilla teologiae*). Les documents étudiés sont souvent de simples témoignages d'une époque. Se-rait-il dès lors raisonnable de leur accorder une valeur norma-tive que la raison réprouve ? La question est décisive, et on peut en transposer les implications critiques en termes contempo-rains : est-ce Dieu qui dit que l'homme « dominera la femme » (Genèse, 3) ? que celle-ci « en-fantera dans la douleur » (*id.*) ? Le propos est si marqué histo-riquement et socialement que même un croyant peut en dou-ter. Spinoza inaugure ainsi une méthode féconde de critique historique des textes, au grand dam des théologiens qui voient ainsi leur échapper le monopole qu'ils détenaient et l'ascendant qui s'y attachait.

Il est vrai sans doute qu'on doit expliquer l'Écriture par l'Écriture aussi longtemps qu'on peine à découvrir le sens des textes et la pensée des Prophètes, mais une fois que nous avons enfin trouvé le vrai sens, il faut user nécessairement du jugement et de la Raison pour donner à cette pensée notre assentiment. Que si la Raison, en dépit de ses réclamations contre l'Écriture, doit cependant lui être entièrement soumise, je le demande, devons-nous faire cette soumission parce que nous avons une raison, ou sans raison et en aveugles ? Si c'est sans raison, nous agissons comme des insensés et sans jugement ; si c'est avec une raison, c'est donc par le seul commandement de la Raison, que nous adhérons à l'Écriture, et donc si elle contredisait à la Raison, nous *n'y* adhérerions pas. Et, je le demande encore, qui peut adhérer par la pensée à une croyance alors que la Raison réclame ? Qu'est-ce, en effet, que nier quelque chose dans *sa* pensée, sinon satisfaire à une réclamation de la Raison ? Je ne peux donc assez m'étonner que l'on veuille soumettre la Raison, ce plus grand des dons, cette lumière divine, à la lettre morte que la malice humaine a pu falsifier, que l'on puisse croire qu'il n'y a pas crime à parler indignement contre la Raison, cette charte attestant vraiment la parole de Dieu, à la prétendre corrompue, aveugle et perdue, alors qu'ayant fait une idole de ce qui n'est que la lettre et l'image de la parole divine, on tiendrait pour le pire des crimes une supposition semblable à son égard. On estime qu'il est pieux de n'avoir que méfiance à l'égard de la Raison et du jugement propre, impie de n'avoir pas pleine confiance dans ceux qui nous ont transmis les Livres sacrés ; ce n'est point là de la piété, c'est de la démence pure. Mais, je le demande, quelle est cette inquiétude qui les tient ? Que craignent-ils ? La Religion et la Foi ne peuvent-elles se maintenir que si les hommes s'appliquent laborieusement à tout ignorer et donnent à la Raison un congé définitif ? En vérité, si telle est leur croyance, c'est donc crainte que l'Écriture leur inspire plutôt que confiance. Mais rejetons bien loin cette idée

que la Religion et la piété veulent faire de la Raison leur servante, ou que la Raison prétend humilier la Religion à cette
condition ; gardons-nous de croire qu'elles ne puissent l'une
et l'autre, dans la paix et dans la concorde, occuper leur
royaume propre.

IV

VALEURS ET PRINCIPES DE LA LAÏCITÉ

XXXIII

LES DROITS DE L'HOMME

DES FONDEMENTS UNIVERSELS

« Déclaration des droits de l'homme et du citoyen », dans *Les Déclarations de droits de l'homme, 1789-1793-1848-1942*, textes présentés par L. Jaume, GF-Flammarion, 1989, p. 11-16.

Les philosophes des Lumières ont eu à cœur, entre autres, de définir les principes d'une organisation politique fondée sur le droit, susceptible d'éviter désormais les injustices patentes de l'Ancien Régime. Il faut à cet égard prêter attention au remarquable préambule de la Déclaration. Des luttes de Voltaire et de Diderot contre la persécution et la tyrannie, du refus par Montesquieu de l'arbitraire, du souci de Rousseau de penser les « Principes du droit politique » (sous-titre du *Contrat social*) devaient naître un ensemble d'idées-forces qui a été la source inspiratrice de la Déclaration des droits de l'homme et du citoyen adoptée le 26 août 1789. Ce véritable manifeste juridico-politique a été conçu pour jouer le rôle d'une référence critique à l'aune de laquelle seraient désormais évalués tous les pouvoirs politiques. Les pratiques normatives et les dispositions répressives ne pouvaient plus dès lors relever du bon vouloir et de l'arbitraire des princes. La charte ainsi conçue devenait fondement constitutionnel. Dans les cahiers de doléances qui avaient précédé la Révolution, le vœu manifeste

le plus souvent était celui d'une « Constitution », c'est-à-dire d'un ensemble de principes explicites d'orientation des lois à définir pour que la sphère politique repose sur des exigences univoques, clairement connues de tous. La portée critique du texte (pierre de touche pour juger des pratiques du pouvoir) et sa dimension fondatrice (énoncé de valeurs qui donnent sens aux lois) allaient donc de pair. Selon le principe de la hiérarchie des normes, la dimension juridique d'une telle déclaration allait devenir décisive. Dans son préambule, la cinquième Constitution de la République française du 4 octobre 1958 proclame d'ailleurs son attachement aux principes de cette déclaration, et son article 2 stipule : « La France est une République indivisible, laïque, démocratique et sociale. Elle assure l'égalité devant la loi de tous les citoyens sans distinction d'origine, de race ou de religion. Elle respecte toutes les croyances. » Ainsi devenue principe constitutionnel, la laïcité s'enracine dans des exigences positives directement issues des aspirations à l'émancipation qui ont finalisé la Révolution française.

Ainsi du premier article. La liberté et l'égalité tiennent à tout homme, de naissance. Elles sont de l'ordre de l'être, non de celui de l'avoir. D'où leur caractère inaliénable : selon Rousseau, nul ne peut ni ne doit en être dessaisi, sans perdre aussitôt son humanité. C'est dire qu'il n'appartient à aucun pouvoir d'aucune sorte de les contester, d'en restreindre la portée, de les faire dépendre d'un bon vouloir aléatoire. Il ne s'agit plus seulement ici d'une tolérance juridique (le roi catholique tolérant les protestants... tant qu'il le veut bien). Le 17 octobre 1685, l'édit de Fontainebleau de Louis XIV avait brisé cette « tolérance » (« Un roi une loi, une foi ») proclamée par Henri IV le 13 avril 1598 dans l'édit de Nantes. Un autre principe esquisse également la laïcité dans cet article : l'abandon de tout critère de distinction autre que ce qui a rapport à l'utilité commune. Tout facteur d'identité exclusive, tout particularisme avide de reconnaissance de droits spéciaux, se trouve donc récusé par avance.

Le troisième article est également essentiel. La souveraineté du peuple, évoqué comme nation au sens révolutionnaire, c'est-à-dire communauté politique de droit, est seule instance légitime. Elle est incompatible avec la reconnaissance de quelque groupe de pression que ce soit, qu'il s'agisse d'une Église ou d'un groupe aux intérêts particuliers. L'universalité de principe des lois, tant dans leur destination (l'ensemble des citoyens, sans privilège ni discrimination) que dans leur élaboration (nulle communauté particulière ne peut revendiquer un pouvoir normatif propre) annonce également l'universalisme laïque, en ce que celui-ci considère que la loi doit promouvoir uniquement ce qui est d'intérêt commun à tous.

Quant à l'article 5, il libère, du moins potentiellement, la possibilité de plusieurs éthiques de vie, en rappelant les limites du pouvoir normatif de la loi. Ainsi compris, il appelle logiquement que soit levée la mainmise du catholicisme d'État, incompatible avec une telle autolimitation du champ de la loi. Vie sexuelle, mariage, divorce, égalité des sexes, entre autres, devront donc s'émanciper de toute tutelle religieuse pour permettre à ceux qui se reconnaissent dans une religion d'en tirer librement les conséquences pour leur vie personnelle, et à tous les autres de faire aussi librement d'autres choix. Là encore, l'égalité va de pair avec la liberté, comme avec l'exigence d'universalité de la loi.

L'article 6 insiste sur cette égalité en rappelant que la seule distinction valide pour l'accès aux emplois publics est le mérite : tout privilège accordé à une appartenance religieuse, à une origine géographique, à une culture particulière, est donc exclu.

Enfin, l'article 10 esquisse l'abstention laïque de l'État en matière d'opinions spirituelles, et ce même lorsqu'elle concerne la religion, ce qui évidemment rompt avec toute la tradition théologico-politique du credo obligé.

PRÉAMBULE

Les représentants du peuple français, constitués en Assemblée nationale, considérant que l'ignorance, l'oubli ou le mépris des droits de l'homme sont les seules causes des malheurs publics et de la corruption des gouvernements ont résolu d'exposer, dans une déclaration solennelle, les droits naturels, inaliénables et sacrés de l'homme, afin que cette Déclaration, constamment présente à tous les membres du corps social, leur rappelle sans cesse leurs droits et leurs devoirs ; afin que les actes du pouvoir législatif et ceux du pouvoir exécutif, pouvant être à chaque instant comparés avec le but de toute institution politique, en soient plus respectés ; afin que les réclamations des citoyens, fondées désormais sur des principes simples et incontestables, tournent toujours au maintien de la Constitution et au bonheur de tous. [...]

Article premier – Les hommes naissent et demeurent libres et égaux en droits. Les distinctions sociales ne peuvent être fondées que sur l'utilité commune.

Art. 2 – Le but de toute association politique est la conservation des droits naturels et imprescriptibles de l'homme. Ces droits sont la liberté, la propriété, la sûreté, et la résistance à l'oppression.

Art. 3 – Le principe de toute souveraineté réside essentiellement dans la nation. Nul corps, nul individu ne peut exercer d'autorité qui n'en émane expressément.

Art. 4 – La liberté consiste à faire tout ce qui ne nuit pas à autrui : ainsi, l'exercice des droits naturels de chaque homme n'a de bornes que celles qui assurent aux autres membres de la société la jouissance de ces mêmes droits. Ces bornes ne peuvent être déterminées que par la loi.

Art. 5 – La loi n'a le droit de défendre que les actions nuisibles à la société. Tout ce qui n'est pas défendu par la loi ne peut être empêché, et nul ne peut être contraint à faire ce qu'elle n'ordonne pas.

Art. 6 – La loi est l'expression de la volonté générale. Tous les citoyens ont droit de concourir personnellement, ou par leurs représentants, à sa formation. Elle doit être la même pour tous, soit qu'elle protège, soit qu'elle punisse. Tous les citoyens, étant égaux à ses yeux, sont également admissibles à toutes dignités, places et emplois publics, selon leur capacité et sans autre distinction que celle de leurs vertus et de leurs talents.

Art. 7 – Nul homme ne peut être accusé, arrêté, ni détenu que dans les cas déterminés par la loi, et selon les formes qu'elle a prescrites. Ceux qui sollicitent, expédient, exécutent ou font exécuter des ordres arbitraires, doivent être punis ; mais tout citoyen appelé ou saisi en vertu de la loi doit obéir à l'instant ; il se rend coupable par la résistance.

Art. 8 – La loi ne doit établir que des peines strictement et évidemment nécessaires, et nul ne peut être puni qu'en vertu d'une loi établie et promulguée antérieurement au délit et légalement appliquée.

Art. 9 – Tout homme étant présumé innocent jusqu'à ce qu'il ait été déclaré coupable, s'il est jugé indispensable de l'arrêter, toute rigueur qui ne serait pas nécessaire pour s'assurer de sa personne doit être sévèrement réprimée par la loi.

Art. 10 – Nul ne doit être inquiété pour ses opinions, même religieuses, pourvu que leur manifestation ne trouble pas l'ordre public établi par la loi.

Art. 11 – La libre communication des pensées et des opinions est un des droits les plus précieux de l'homme : tout citoyen peut donc parler, écrire, imprimer librement, sauf à répondre de l'abus de cette liberté, dans les cas déterminés par la loi.

Art. 12 – La garantie des droits de l'homme et du citoyen nécessite une force publique : cette force est donc instituée pour l'avantage de tous, et non pour l'utilité particulière de ceux auxquels elle est confiée.

Art. 13 – Pour l'entretien de la force publique, et pour les dépenses d'administration, une contribution commune est indispensable. Elle doit être également répartie entre tous les citoyens, en raison de leurs facultés.

Art. 14 – Chaque citoyen a le droit, par lui-même ou par ses représentants, de constater la nécessité de la contribution publique, de la consentir librement, d'en suivre l'emploi et d'en déterminer la quotité, l'assiette, le recouvrement et la durée.

Art. 15 – La société a le droit de demander compte à tout agent public de son administration.

Art. 16 – Toute société dans laquelle la garantie des droits n'est pas assurée, ni la séparation des pouvoirs déterminée, n'a point de constitution.

Art. 17 – La propriété étant un droit inviolable et sacré, nul ne peut en être privé, si ce n'est lorsque la nécessité publique, légalement constatée, l'exige évidemment, et sous la condition d'une juste et préalable indemnité.

XXIV

DESCARTES

PENSÉE AUTONOME ET GÉNÉROSITÉ

(1) Descartes, *Discours de la méthode*, seconde partie, GF-Flammarion, 2000, p. 49-50.
(2) Descartes, *Les Passions de l'âme*, art. 153-155, GF-Flammarion, 1996, p. 195-196.

« Je pense donc je suis » (*cogito ergo sum*) : je ne peux douter que j'existe dans le moment même où je pense, ni qu'il soit de la nature de l'homme de penser. Je me saisis comme *chose pensante*, et même si j'appréhende ainsi la variété de mon activité intérieure (sentir, juger, désirer…), je me sais toujours présent à moi-même, et auteur indubitable de mes pensées. Le doute lui-même, comme suspension de l'ascendant ordinaire des représentations ou des opinions, est déjà une victoire sur la forme

non distanciée que représente la croyance immédiate. Cette victoire, il s'agit de la réitérer, de la transformer en liberté durable de la conscience qui juge. D'où la méthode, le chemin par où passer (en grec, *methodos*) pour s'assurer l'accès au vrai, et pas seulement se prémunir du faux. Du cogito aux préceptes de la méthode qui vont régler l'exercice du jugement, la conséquence est bonne. Et de cette raison en acte à la réévaluation de ce qui importe à un être libre, à savoir l'usage qu'il fait de sa liberté, s'accomplit une sorte d'émancipation éthique autant qu'intellectuelle. L'estime de soi n'a pas à se proportionner à l'importance des biens tenus des circonstances, car ils ne dépendent pas de nous. Elle repose sur la conscience de la liberté, comme sur la résolution d'en user aussi lucidement que possible. C'est ce que Descartes appelle la générosité. Ce sentiment-volonté est expérience vive d'humanité : il conduit à créditer tout homme de cette liberté, et à l'élever par principe au-dessus des appartenances ou des particularismes auxquels il s'attache.

(1)

Ainsi, au lieu de ce grand nombre de préceptes dont la logique est composée, je crus que j'aurais assez des quatre suivants, pourvu que je prisse une ferme et constante résolution de ne manquer pas une seule fois à les observer.

Le premier était de ne recevoir jamais aucune chose pour vraie, que je ne la connusse évidemment être telle : c'est-à-dire d'éviter soigneusement la précipitation et la prévention ; et de ne comprendre rien de plus en mes jugements, que ce qui se présenterait si clairement et si distinctement à mon esprit, que je n'eusse aucune occasion de le mettre en doute.

Le second, de diviser chacune des difficultés que j'examinerais, en autant de parcelles qu'il se pourrait et qu'il serait requis pour les mieux résoudre.

Le troisième, de conduire par ordre mes pensées, en commençant par les objets les plus simples et les plus aisés à connaître, pour monter peu à peu, comme par degrés, jusqu'à la connaissance des plus composés ; et supposant même de l'ordre entre ceux qui ne se précèdent point naturellement les uns les autres.

Et le dernier, de faire partout des dénombrements si entiers, et des revues si générales, que je fusse assuré de ne rien omettre.

(2)

Art. 153 : *En quoi consiste la générosité*

Ainsi je crois que la vraie générosité, qui fait qu'un homme s'estime au plus haut point qu'il se peut légitimement estimer, consiste seulement, partie en ce qu'il connaît qu'il n'y a rien qui véritablement lui appartienne, que cette libre disposition de ses volontés, ni pourquoi il doive être loué ou blâmé sinon pour ce qu'il en use bien ou mal ; et partie en ce qu'il sent en soi-même une ferme et constante résolution d'en bien user, c'est-à-dire de ne manquer jamais de volonté pour entreprendre et exécuter toutes les choses qu'il jugera être les meilleures. Ce qui est suivre parfaitement la vertu.

Art. 154 : *Qu'elle empêche qu'on ne méprise les autres*

Ceux qui ont cette connaissance et ce sentiment d'eux-mêmes, se persuadent facilement que chacun des autres hommes les peut aussi avoir de soi, parce qu'il n'y a rien en cela qui dépend d'autrui. C'est pourquoi ils ne méprisent jamais personne : et bien qu'ils voient souvent que les autres commettent des fautes qui font paraître leur faiblesse, ils sont toutefois plus enclins à les excuser qu'à les blâmer, et à croire que c'est plutôt par manque de connaissance que par manque de bonne volonté qu'ils les commettent. Et comme ils ne pensent point être de beaucoup inférieurs à ceux qui ont plus de bien, ou d'honneurs, ou même qui ont plus d'esprit, plus de savoir, plus de beauté, ou généralement qui les surpassent en quelques autres perfections, aussi ne s'estiment-ils point beaucoup au-dessus de ceux qu'ils surpassent ; à cause que toutes ces choses leur semblent être fort peu considérables, à comparaison de la bonne volonté pour laquelle seule ils s'estiment, et laquelle ils supposent aussi être, ou du moins pouvoir être, en chacun des autres hommes.

Art. 155 : *En quoi consiste l'humilité vertueuse*

Ainsi les plus généreux ont coutume d'être les plus humbles, et l'humilité vertueuse ne consiste qu'en ce que la réflexion que nous faisons sur l'infirmité de notre nature, et sur les fautes que nous pouvons autrefois avoir commises, ou sommes capables de commettre, qui ne sont pas moindres que celles qui peuvent être commises par d'autres, est cause que nous ne nous préférons à personne, et que nous pensons que les autres ayant leur libre arbitre aussi bien que nous, ils en peuvent aussi bien user.

XXV

SPINOZA

LIBERTÉ DE CONSCIENCE ET GÉNÉROSITÉ

(1) Spinoza, *Éthique,* IV, prop. XXXV, trad. C. Appuhn, GF-Flammarion, 1965, p. 250-251.
(2) Spinoza, *Traité théologico-politique*, chap. XX, trad. C. Appuhn, GF-Flammarion, 1966, p. 334-336.

Chez Spinoza, la générosité cartésienne se retrouve explicitement transposée sur le plan d'une politique laïque. La liberté de penser, de juger, d'exprimer ses pensées, déploie la seule façon d'être de l'humanité qui corresponde à son essence profonde. C'est qu'il est de l'homme d'augmenter sa puissance de comprendre pour accroître sa puissance d'agir. La raison n'en est autre que cette disposition générale de son être à s'élever à l'intelligibilité ultime des choses, afin d'agir sur elles aussi efficacement que possible. Il faut faire en sorte que les situations dont dépend la satisfaction du désir d'être le servent de façon optimale. Or dans un contexte social, rien n'y peut contribuer davantage que la présence solidaire d'hommes se conduisant selon leur raison, aussi nombreux que possible, et mutuellement intéressés à ce que les conditions sociales de la vie raisonnable se développent.

D'où la figure sociale de la générosité, qui consiste à déployer une solidarité active pour que tous les hommes soient en mesure d'exercer leur raison, ce qui passe par la satisfaction de leurs besoins humains essentiels, mais aussi par le progrès et l'universalisation de la lucidité sur le monde. C'est dans une telle perspective que Spinoza en vient à écrire que « l'homme est un Dieu pour l'homme » (*homo homini deus*). Comme Condorcet plus tard, Spinoza rêve de « rendre la raison populaire ». « Les hommes, en tant qu'ils vivent sous la conduite de la Raison, sont ce qu'il y a de plus utile à l'homme ; et ainsi nous nous efforcerons, sous la conduite de la Raison, de faire que les hommes vivent sous la conduite de la Raison » (Spinoza, *Éthique*, *ibid.*, IV, prop. XXXVII, p. 252).

Cette émancipation laïque fait que chaque individu singulier reste maître de lui-même tout en prenant part à la concorde commune faite de justice sociale et de dialogue rationnel.

À l'opposé de cette figure, il y a la dialectique négative des « passions tristes » et de l'impuissance d'agir qui les entretient. La détresse et la superstition se nourrissent mutuellement : elles ont pour point commun l'enfermement de l'humanité dans une finitude qui se coupe du mouvement infini de la nature et s'invente une religion de peur. Peur exploitée à l'envi par les théologiens, qui ne cessent d'invoquer le ciel alors que les intéresse surtout la domination sur la terre.

Spinoza dresse à cet égard un tableau très critique de la théocratie juive primitive : c'est la contrainte qui y règne, et l'observance scrupuleuse des injonctions de Moïse, codifiées en un droit religieux dont l'efficace repose davantage sur la crainte que sur l'intime conviction morale, apparaît comme l'illustration d'un cas limite : celui du fondamentalisme. En effet, à vouloir tirer de la recommandation religieuse une jurisprudence, voire un droit politique concrètement opératoire sous forme de prescriptions et d'interdits contraignants, on change la nature de la recom-

mandation, qui cesse d'être authentique piété pour devenir contrainte intériorisée. Le paradoxe d'une telle métamorphose conduit à poser la question en termes radicalement critiques à l'égard de la domination théologico-politique. Celle-ci, en prétendant imposer des règles juridiques à l'État, au nom de la religion, incarne-t-elle réellement la piété, ou sa contrefaçon ?

Une telle question suppose une conception du religieux comme pur témoignage spirituel sans emprise temporelle, car librement proposé ou adopté. Spinoza y insiste dans le cinquième livre du *Traité théologico-politique*, où il oppose la dimension morale intérieure défendue à ses yeux par Isaïe et par le Christ à la régulation extérieure, ritualisée, des conduites strictement réglées par un ordre théocratique omniprésent. Théocratie, fondamentalisme, intégrisme, sont dans ce sens des notions voisines. On notera la remarquable synthèse de principes que propose Spinoza pour éviter les méfaits de la collusion du pouvoir théologico-politique, et l'exemple d'Amsterdam, cité de tolérance mutuelle.

(1)

COROLLAIRE II

Quand chaque homme cherche le plus ce qui lui est utile à lui-même, alors les hommes sont le plus utiles les uns aux autres. Car, plus chacun cherche ce qui lui est utile et s'efforce de se conserver plus il est doué de vertu (*Prop.* 20), ou, ce qui revient au même (*Déf.* 8) plus grande est la puissance dont il est doué pour agir suivant les lois de sa nature, c'est-à-dire *(Prop.* 3, p. III*)* pour vivre sous la conduite de la Raison. Mais, quand les hommes vivent sous la conduite de la Raison *(Prop. préc.),* c'est alors qu'ils s'accordent le plus en nature, donc *(Coroll. préc.)* quand chacun cherche le plus ce qui lui est utile à lui-même, c'est alors que les hommes sont le plus utiles les uns aux autres.

C.Q.F.D.

Scolie

Ce que nous venons de montrer, l'expérience même l'atteste chaque jour par des témoignages si clairs que presque tous répètent : l'homme est un Dieu pour l'homme. Il est rare cependant que les hommes vivent sous la conduite de la Raison ; telle est leur disposition que la plupart sont envieux et cause de peine les uns pour les autres. Ils ne peuvent cependant guère passer la vie dans la solitude et à la plupart agrée fort cette définition que l'homme est un animal sociable ; et en effet les choses sont arrangées de telle sorte que de la société commune des hommes naissent beaucoup plus d'avantages que de dommages. Que les Satiriques donc tournent en dérision les choses humaines, que les Théologiens les détestent, que les Mélancoliques louent, tant qu'ils peuvent, une vie inculte et agreste, qu'ils méprisent les hommes et admirent les bêtes ; les hommes n'en éprouveront pas moins qu'ils peuvent beaucoup plus aisément se procurer par un mutuel secours ce dont ils ont besoin, et qu'ils ne peuvent éviter les périls les menaçant de partout que par leurs forces jointes ; et je passe ici sous silence qu'il vaut beaucoup mieux considérer les actions des hommes que celles des bêtes, et que ce qui est humain est plus digne de notre connaissance.

(2)

Dans un État démocratique (c'est celui qui rejoint le mieux l'état de nature) nous avons montré que tous conviennent d'agir par un commun décret, mais non de juger et de raisonner en commun ; c'est-à-dire, comme les hommes ne peuvent penser exactement de même, ils sont convenus de donner force de décret à l'avis qui rallierait le plus grand nombre de suffrages, se réservant l'autorité d'abroger les décisions prises sitôt qu'une décision meilleure leur paraîtrait pouvoir être prise. Moins il est laissé aux hommes de liberté de juger, plus on s'écarte de l'état le plus naturel, et plus le gouvernement a de violence. Pour qu'on voie maintenant comment cette liberté n'a pas d'inconvénients qui ne puissent être évités par la seule autorité du souverain et comment, par cette seule autorité, des hommes professant ouvertement des opinions différentes peuvent être mis aisément dans l'impossibilité de se nuire les uns aux autres, les exemples ne manquent pas et point n'est besoin de les chercher loin. Que la ville d'Amsterdam nous soit en exemple, cette ville qui, avec un si grand profit pour elle-même et à l'admiration de toutes les nations, a goûté les fruits de cette liberté ; dans cette république très florissante, dans cette ville très éminente, des hommes de toutes nations et de toutes sectes vivent dans la plus parfaite concorde et s'inquiètent uniquement, pour consentir un crédit à quelqu'un, de savoir s'il est riche ou pauvre et s'il a accoutumé d'agir en homme de bonne foi ou en fourbe. D'ailleurs la Religion ou la secte ne les touche en rien, parce qu'elle ne peut servir à gagner ou à perdre sa cause devant le juge ; et il n'est absolument aucune secte, pour odieuse qu'elle soit, dont les membres (pourvu qu'ils ne causent de tort à personne, rendent à chacun le sien et vivent honnêtement) ne soient protégés et assistés par l'autorité des magistrats. Jadis, au contraire, quand les hommes d'État et les États des Provinces se laissèrent entraîner dans la controverse des Remontrants et des Contre-Remontrants, on aboutit à un schisme ; et beaucoup d'exemples ont alors fait connaître que les lois établies sur la Religion, c'est-à-dire pour mettre fin aux controverses, irritent les hommes plus qu'elles ne les corrigent ; et aussi que d'autres hommes usent de ces lois pour prendre toute sorte de licences ; et, en outre, que les schismes ne naissent pas d'un grand zèle pour la vérité (ce zèle est, au contraire, une source de bienveillance et de mansuétude), mais d'un grand appétit de régner. Par là il est établi, avec une clarté plus grande que la lumière du jour, que les schismatiques sont bien plutôt ceux qui condamnent les écrits des autres et excitent contre les auteurs le vulgaire turbulent, que les auteurs eux-mêmes qui, le plus souvent, écrivent pour les doctes seulement et demandent le secours de la seule Raison ; en second lieu, que les vrais perturbateurs sont ceux qui, dans un État libre, veulent détruire la liberté du jugement qu'il est impossible de comprimer.

Nous avons ainsi montré : 1° qu'il est impossible d'enlever aux hommes la liberté de dire ce qu'ils pensent ; 2° que cette liberté peut être reconnue à l'individu sans danger pour le droit et l'autorité du souverain et que l'individu peut la conserver sans danger pour ce droit, s'il n'en tire point licence de changer quoi que ce soit aux droits reconnus dans l'État ou de rien entreprendre contre les lois établies ; 3° que l'individu peut posséder cette liberté sans danger pour la paix de l'État et qu'elle n'engendre pas d'inconvénients dont la réduction ne soit aisée ; 4° que la jouissance de cette liberté donnée à l'individu est sans danger pour la piété ; 5° que les lois établies sur les matières d'ordre spéculatif sont du tout inutiles ; 6° nous avons montré enfin que non seulement cette liberté peut être accordée sans que la paix de l'État, la piété et le droit du souverain soient menacés, mais que, pour leur conservation, elle doit l'être. Où, en effet, les hommes s'efforcent de ravir cette liberté à leurs adversaires, où les opinions des dissidents, non les âmes, seules capables de péché, sont appelées devant les tribunaux, des exemples sont faits, qui semblent plutôt des martyres d'hommes honnêtes, et qui produisent plus d'irritation, excitent plus à la miséricorde, sinon à la vengeance, qu'ils n'inspirent d'effroi. Puis les relations sociales et la bonne foi se corrompent, l'adulation et la perfidie sont encouragées et les adversaires des condamnés s'enorgueillissent, parce qu'on a eu complaisance pour leur colère et que les chefs de l'État se sont faits les sectateurs de leur doctrine, dont ils passent eux-mêmes pour les interprètes. Ainsi arrive-t-il qu'ils osent usurper le droit et l'autorité du souverain, ont le front de se prétendre immédiatement élus par Dieu et de revendiquer pour leurs décrets un caractère devant lequel ils veulent que s'inclinent ceux du souverain, œuvre tout humaine ; toutes choses entièrement contraires, personne ne peut l'ignorer, au salut de l'État. Ici comme au chapitre XVIII nous concluons donc que ce qu'exige avant tout la sécurité de l'État, c'est que la Piété et la Religion soient comprises dans le seul exercice de la Charité et de l'Équité, que le droit du souverain de régler toutes choses tant sacrées que profanes se rapporte aux actions seulement et que pour le reste il soit accordé à chacun de penser ce qu'il veut et de dire ce qu'il pense.

XXVI

ROUSSEAU

INTÉRÊT COMMUN ET SOUVERAINETÉ

Rousseau, *Du contrat social*, I, chap. VII suivi de II, chap. IV, GF-Flammarion, 2001, p. 59-60 et p. 72-73.

La loi républicaine, par essence, ne peut viser que l'intérêt de tous, réalisant ainsi la raison d'être du souverain, qui n'est autre que le peuple statuant sur lui-même.

Si ce peuple comprend des croyants, des athées et des agnostiques, il ne peut prévoir de conférer aux uns des droits spéciaux qu'il dénierait aux autres. L'égalité est celle des droits, et elle va de pair avec l'idée que pour un homme, comme tel, la liberté n'est pas de l'ordre de l'avoir, mais de l'ordre de l'être : on naît libre, et on doit le demeurer, toujours. La liberté ne peut donc être que la même pour tous : c'est en ce sens qu'elle implique l'égalité, et non dans celui d'une uniformisation des conditions de vie. La liberté de conscience d'un homme ne saurait être à la discrétion d'un autre, c'est pourquoi elle n'a pas à être simplement « tolérée » : qui d'ailleurs peut prétendre distribuer ainsi les options spirituelles selon une distinction de ce qui est tolérable et de ce qui ne l'est pas, sinon une autorité autoproclamée, sans légitimité ?

Rousseau solidarise liberté et égalité sur le plan social, mais au-delà de la formulation économique qu'il donne de cette solidarité, il expose une exigence d'autonomie, de non-dépendance, qui peut être déclinée dans un autre registre : celui de l'autonomie radicale de la pensée et des choix qu'elle effectue. La souveraineté, par essence, ne peut nuire à ceux qui la définissent et la constituent : dans le rapport à soi du peuple, elle se décline comme l'autonomie législatrice. « Un peuple libre obéit, il ne sert pas. » Et s'il obéit à la loi qu'il se prescrit à lui-même, il reste pleinement libre. Refuser d'obéir à la volonté générale, c'est en ce sens refuser de s'obéir à soi-même, et la contrainte alors exercée n'est que l'objectivation de la légitimité de la faculté de vouloir ce qui vaut pour tous. D'où la formule paradoxale : « On le forcera d'être libre. »

Dans une telle problématique, la promotion de l'égalité par la loi commune, pacte horizontal entre hommes munis des mêmes droits, ne compromet nullement la liberté, puisqu'elle se tient dans les limites de l'intervention légitime de l'État (pour un approfondissement de ce point, cf. texte XXXIII).

I, VII

Sitôt que cette multitude est ainsi réunie en un corps, on ne peut offenser un des membres sans attaquer le corps ; encore moins offenser le corps sans que les membres s'en ressentent. Ainsi le devoir et l'intérêt obligent également les deux parties contractantes à s'entraider mutuellement, et les mêmes hommes doivent chercher à réunir sous ce double rapport tous les avantages qui en dépendent.

Or le Souverain n'étant formé que des particuliers qui le composent n'a ni ne peut avoir d'intérêt contraire au leur ; par conséquent la puissance Souveraine n'a nul besoin de garant envers les sujets, parce qu'il est impossible que le corps veuille nuire à tous ses membres, et nous verrons ci-après qu'il ne peut nuire à aucun en particulier. Le Souverain, par cela seul qu'il est, est toujours tout ce qu'il doit être.

Mais il n'en est pas ainsi des sujets envers le Souverain, auquel malgré l'intérêt commun, rien ne répondrait de leurs engagements s'il ne trouvait des moyens de s'assurer de leur fidélité.

En effet chaque individu peut comme homme avoir une volonté particulière contraire ou dissemblable à la volonté générale qu'il a comme Citoyen. Son intérêt particulier peut lui parler tout autrement que l'intérêt commun ; son existence absolue et naturellement indépendante peut lui faire envisager ce qu'il doit à la cause commune comme une contribution gratuite, dont la perte sera moins nuisible aux autres que le payement n'en est onéreux pour lui, et regardant la personne morale qui constitue l'État comme un être de raison parce que ce n'est pas un homme, il jouirait des droits du citoyen sans vouloir remplir les devoirs du sujet ; injustice dont le progrès causerait la ruine du corps politique.

Afin donc que le pacte social ne soit pas un vain formulaire, il renferme tacitement cet engagement qui seul peut donner de la force aux autres, que quiconque refusera d'obéir à la volonté générale y sera contraint par tout le corps : ce qui ne signifie autre chose sinon qu'on le forcera d'être libre ; car telle est la condition qui donnant chaque Citoyen à la Patrie le garantit de toute dépendance personnelle ; condition qui fait l'artifice et le jeu de la machine politique, et qui seule rend légitimes les engagements civils, lesquels sans cela seraient absurdes, tyranniques, et sujets aux plus énormes abus.

II, IV

On doit concevoir par là, que ce qui généralise la volonté est moins le nombre des voix que l'intérêt commun qui les unit : car dans cette institution chacun se soumet nécessairement aux conditions qu'il impose aux autres ; accord admirable de l'intérêt et de la justice qui donne aux délibérations communes un caractère d'équité qu'on voit évanouir dans la discussion de toute affaire particulière, faute d'un intérêt commun qui unisse et identifie la règle du juge avec celle de la partie.

Par quelque côté qu'on remonte au principe, on arrive toujours à la même conclusion ; savoir, que le pacte social établit entre les citoyens une telle égalité qu'ils s'engagent tous sous les mêmes conditions, et doivent jouir tous des mêmes droits. Ainsi par la nature du pacte, tout acte de souveraineté, c'est-à-dire tout acte authentique de la volonté générale oblige ou favorise également tous les Citoyens, en sorte que le Souverain connaît seulement le corps de la nation et ne distingue aucun de ceux qui la composent. Qu'est-ce donc proprement qu'un acte de souveraineté ? Ce n'est pas une convention du supérieur avec l'inférieur, mais une convention du corps avec chacun de ses membres : Convention légitime, parce qu'elle a pour base le contrat social, équitable, parce qu'elle est commune à tous, utile, parce qu'elle ne peut avoir d'autre objet que le bien général, et solide, parce qu'elle a pour garant la force publique et le pouvoir suprême. Tant que les sujets ne sont soumis qu'à de telles conventions, ils n'obéissent à personne, mais seulement à leur propre volonté ; et demander jusqu'où s'étendent les droits respectifs du Souverain et des Citoyens, c'est demander jusqu'à quel point ceux-ci peuvent s'engager avec eux-mêmes, chacun envers tous et tous envers chacun d'eux.

On voit par là que le pouvoir Souverain, tout absolu, tout sacré, tout inviolable qu'il est, ne passe ni ne peut passer les bornes des conventions générales, et que tout homme peut disposer pleinement de ce qui lui a été laissé de ses biens et de sa liberté par ces conventions ; de sorte que le Souverain n'est jamais en droit de charger un sujet plus qu'un autre, parce que alors l'affaire devenant particulière, son pouvoir n'est plus compétent.

Ces distinctions une fois admises, il est si faux que dans le contrat social il y ait de la part des particuliers aucune renonciation véritable, que leur situation, par l'effet de ce contrat se trouve réellement préférable à ce qu'elle était auparavant, et qu'au lieu d'une aliénation, ils n'ont fait qu'un échange avantageux d'une manière d'être incertaine et précaire contre une autre meilleure et plus sûre, de l'indépendance naturelle contre la liberté, du pouvoir de nuire à autrui contre leur propre sûreté, et de leur force que d'autres pouvaient surmonter contre un droit que l'union sociale rend invincible.

XXVII

RABAUT SAINT-ÉTIENNE

L'ÉGALITÉ DANS LA LIBERTÉ

Rabaut Saint-Étienne, *Œuvres*, éd. Laisné, 1826,
cité dans *La Tolérance*, éd. J. Saada-Gendron,
GF-Flammarion, « Corpus », 1998, p. 162-166.

Pour souligner l'ambiguïté d'une problématique juridique de la tolérance, Mirabeau eut un jour ce mot célèbre : « Je ne viens pas prêcher la tolérance. La liberté la plus illimitée de religion est à mes yeux un droit si sacré que le mot de tolérance qui voudrait l'exprimer, me paraît en quelque sorte tyrannique lui-même, puisque l'existence de l'autorité qui a le pouvoir de tolérer attente à la liberté de penser par cela même qu'elle tolère, et qu'ainsi elle pourrait ne pas tolérer » (*Discours à l'Assemblée*, 22 août 1789). Les protestants simplement « tolérés » par les catholiques, les athées tout juste tolérés par les uns et les autres, ne jouissent pas de la plénitude de l'égalité, et on donne à entendre que leur option n'est pas la bonne, mais qu'on peut bien la « supporter » (sens du verbe latin *tolerare*). La liberté de conscience est-elle de même portée pour le dominé que pour le dominant lorsque le choix auquel elle aboutit est ainsi stigmatisé au regard de l'option officielle ? La réponse ne fait pas de doute, et ce quelle que soit la nature de la doctrine de référence. L'Union soviétique stalinienne érigeant l'athéisme en option officielle fut aussi anti-laïque que les régimes concordataires qui privilégient l'option religieuse. Dans un cas comme dans l'autre, l'égalité est bafouée. Le propos du pasteur Jean-Paul Rabaut, dit Rabaut Saint-Étienne, constitue la critique décisive de ce qu'enveloppe une problématique juridique de la tolérance. C'est à l'occasion de la discussion préparatoire à la rédaction définitive de la Déclaration des droits de l'homme qu'il intervient, le 22 août 1789, à l'Assemblée constituante, notamment dans le cadre de l'élaboration des futurs articles 10 et 11 (cf. texte XXIII). Il se réfère aux limites de l'édit de tolérance de 1787, qui maintenait les « non-catholiques » dans une situation subalterne, et surtout faisait apparaître leur liberté comme une sorte de permission accordée, donc dérivée d'un bon vouloir, et à ce titre toujours seconde, précaire, et sujette à remise en cause. On retrouve ici une idée chère à Rousseau, à Diderot, et aux philosophes du droit naturel : la liberté est première, consubstantielle à l'humanité, et ne saurait relever de l'arbitraire du prince. En ce sens, tolérance et intolérance sont d'un autre âge. Condescendance, stigmatisation implicite des options spirituelles simplement « tolérées » au regard d'une religion officielle, dont on donne à entendre qu'elle est la norme, les autres convictions ayant une existence subalterne. On remarquera que cette critique du droit qui érige la tolérance en discrimination juridique prend toute sa portée et son actualité chaque fois qu'une conviction spirituelle se trouve privée des avantages dont jouit la religion officielle. L'exemple de l'Alsace-Moselle, aujourd'hui, en donne une illustration. Ces départements vivent encore sous le régime concordataire instauré par Napoléon en 1801. C'est-à-dire que les responsables de trois religions (catholicisme, protestantisme et judaïsme) y sont encore salariés par l'État, et interviennent dans l'horaire normal des écoles publiques pour y promouvoir leurs religions respectives. Les familles athées et agnostiques doivent solliciter une dérogation pour que leurs enfants n'assistent pas à ces enseignements prosélytes. Ce système, dénoncé par les milieux laïques, est discriminatoire : il fait de l'option religieuse une matière comme les autres, et présente les autres options comme des dérogations à la norme ainsi posée, ce qui est stigmatisant pour ceux qui se reconnaissent en elles. C'est dire qu'il bafoue l'égalité des citoyens, et ne respecte pas leur sphère privée ni leur liberté, puisqu'il leur fait obligation de déclarer leur propre option spirituelle, implicitement opposée à celle qui se trouve automatiquement inscrite dans l'horaire normal des cours. Imagine-t-on un cours d'athéisme jouissant du même statut officiel, et pour lequel les familles de croyants seraient obligées de solliciter une dispense ?

Les non-Catholiques (quelques-uns de vous, Messieurs, l'ignorent peut-être) n'ont reçu de l'Édit de novembre 1787 *que ce qu'on n'a pu leur refuser*. Oui, ce qu'on n'a pu leur refuser ; je ne le répète pas sans quelque honte, mais ce n'est point une inculpation gratuite, ce sont les propres termes de l'Édit. Cette loi, plus célèbre que juste, fixe les formes d'enregistrer leurs naissances, leurs mariages et leurs morts ; elle leur permet en conséquence de jouir des effets civils, et d'exercer leurs professions… et c'est tout.

C'est ainsi, Messieurs, qu'en France, au XVIIᵉ siècle, on a gardé la maxime des temps barbares, de diviser une Nation en une caste favorisée, et une caste disgraciée ; qu'on a regardé comme un des progrès de la législation, qu'il fût permis à des Français, proscrits depuis cent ans, d'exercer leurs professions, c'est-à-dire, de vivre, et que leurs enfants ne fussent plus illégitimes. Encore les formes auxquelles la Loi les a soumis sont-elles accompagnées de gênes et d'entraves ; et l'exécution de cette Loi de grâce a porté la douleur et le désordre dans les Provinces où il existe des Protestants. C'est un objet sur lequel je me propose de réclamer lorsque vous serez parvenus à l'article des Lois. Cependant, Messieurs (telle est la différence qui existe entre les Français et les Français) ; cependant les Protestants sont privés de plusieurs avantages de la société : cette croix, prix honorable du courage et des services rendus à la Patrie, il leur est défendu de la recevoir ; car, pour des hommes d'honneur, pour des Français, c'est être privé du prix de l'honneur que de l'acheter par l'hypocrisie. Enfin, Messieurs, pour compte d'humiliation et d'outrage, proscrits dans leurs pensées, coupables dans leurs opinions, ils sont privés de la liberté de professer leur Culte. Les Lois pénales (et quelles lois que celles qui sont posées sur ce principe, que l'erreur est un crime !), les lois pénales contre leur Culte n'ont point été abolies ; en plusieurs Provinces ils sont réduits à le célébrer dans les déserts, exposés à toute l'intempérie des saisons, à se dérober comme des criminels à la tyrannie de la Loi, ou plutôt à rendre la Loi ridicule par son injustice, en l'éludant, en la violant chaque jour.

Ainsi, Messieurs, les Protestants font tout pour la Patrie ; et la Patrie les traite avec ingratitude : ils la servent en Citoyens ; ils en sont traités en proscrits : ils la servent en hommes que vous avez rendus libres ; ils en sont traités en esclaves. Mais il existe enfin une Nation française, et c'est à elle que j'en appelle en faveur de deux millions de Citoyens utiles, qui réclament aujourd'hui leur droit de Français : je ne lui fais pas l'injustice de penser qu'elle puisse prononcer le mot d'intolérance ; il est banni de notre langue, ou il n'y subsistera que comme un des mots barbares et surannés dont on ne se sert plus, parce que l'idée qu'il représente est anéantie. Mais, Messieurs, ce n'est pas même la Tolérance que je réclame ; c'est la liberté. La Tolérance ! le support ! le pardon ! la clémence ! idées souverainement injustes envers les Dissidents, tant qu'il sera vrai que la différence de Religion, que la différence d'opinion n'est pas un crime. La Tolérance ! Je demande qu'il soit proscrit à son tour, et il le sera, ce mot injuste qui ne nous présente que comme des Citoyens dignes de pitié, comme des coupables auxquels on pardonne, ceux que le hasard souvent et l'éducation ont amenés à penser d'une autre manière que nous. L'erreur, Messieurs, n'est point un crime ; celui qui la professe la prend pour la vérité ; elle est la vérité pour lui ; il est obligé de la professer, et nul homme, nulle société n'a le droit de le lui défendre.

Eh ! Messieurs, dans ce partage d'erreurs et de vérités que les hommes se distribuent, ou se transmettent, ou se disputent, quel est celui qui oserait assurer qu'il ne s'est jamais trompé, que la vérité est constamment chez lui, et l'erreur constamment chez les autres ?

Je demande donc, Messieurs, pour les Protestants français, pour tous les non-Catholiques du Royaume, ce que vous demandez pour vous : la liberté, l'égalité de droits. Je le demande pour ce Peuple arraché de l'Asie, toujours errant, toujours proscrit, toujours persécuté depuis près de dix-huit siècles, qui prendrait nos mœurs et nos usages, si, par nos Lois, il était incorporé avec nous, et auquel nous ne devons point reprocher sa morale, parce qu'elle est le fruit de notre barbarie et de l'humiliation à laquelle nous l'avons injustement condamné.

Je demande, Messieurs, tout ce que vous demandez pour vous : que tous les non-Catholiques Français soient assimilés en tout, et sans réserve aucune, à tous les autres Citoyens, parce qu'ils sont Citoyens aussi, et que la Loi, et que la liberté, toujours impartiales, ne distribuent point inégalement les actes rigoureux de leur exacte justice.

Et qui de vous, Messieurs (permettez-moi de vous le demander), qui de vous oserait, qui voudrait, qui mériterait de jouir de la liberté, s'il voyait deux millions de Citoyens contraster, par leur servitude, avec le faste imposteur d'une liberté qui ne serait plus, parce qu'elle serait inégalement répartie ? Qu'auriez-vous à leur dire, s'ils vous reprochaient que vous tenez leur âme dans les fers, tandis que vous vous réservez la liberté ? Et que ferait, je vous prie, cette aristocratie d'opinions, cette féodalité de pensées, qui réduirait à un honteux servage deux millions de Citoyens, parce qu'ils adorent votre Dieu d'une autre manière que vous ?

Je demande pour tous les non-Catholiques ce que vous demandez pour vous : l'égalité des droits, la liberté ; la liberté de leur Religion, la liberté de leur Culte, la liberté de le célébrer dans des maisons consacrées à cet objet, la certitude de n'être pas plus troublés dans leur Religion que vous ne l'êtes dans la vôtre, et l'assurance parfaite d'être protégés comme vous, autant que vous, et de la même manière que vous, par la commune Loi.

[...] Enfin, Messieurs, je reviens à mes principes, ou plutôt à vos principes, car ils sont à vous ; vous les avez conquis par votre courage, et vous les avez consacrés à la face du monde en déclarant que *tous les hommes naissent et demeurent libres et égaux.*

Les droits de tous les Français sont les mêmes, tous les Français sont égaux en droits.

Je ne vois donc aucune raison pour qu'une partie des Citoyens dise à l'autre : Je serai libre, mais vous ne le serez pas.

Je ne vois aucune raison pour qu'une partie des Français dise à l'autre : Vos droits et les nôtres sont inégaux ; nous sommes libres dans notre conscience, mais vous ne pouvez pas l'être dans la vôtre, parce que nous ne le voulons pas.

Je ne vois aucune raison pour que la Patrie opprimée ne puisse lui répondre : Peut-être ne parleriez-vous pas ainsi si vous étiez le plus petit nombre ; votre volonté exclusive n'est que la loi du plus fort, et je ne suis point tenu d'y obéir. Cette loi du plus fort pouvait exister sous l'empire despotique d'un seul, dont la volonté faisait l'unique loi ; elle ne peut exister sous un Peuple libre et qui respecte les droits de chacun.

Non plus que vous, Messieurs, je ne sais ce que c'est qu'un droit exclusif ; je ne puis reconnaître un privilège exclusif en quoi que ce soit ; mais le privilège exclusif en fait d'opinion et de culte me paraît le comble de l'injustice. Vous ne pouvez pas avoir un seul droit que je ne l'aie ; si vous l'exercez, je dois l'exercer ; si vous êtes libres, je dois être libre ; si vous pouvez professer votre culte, je dois pouvoir professer le mien ; si vous ne devez pas être inquiétés, je ne dois pas être inquiété ; et si, malgré l'évidence de ces principes, vous nous défendiez de professer notre culte commun, sous prétexte que vous êtes beaucoup et que nous sommes peu, ce ne serait que la loi du plus fort, ce serait une souveraine injustice, et vous pécheriez contre vos propres principes.

XXVIII

CONDORCET

CRITIQUE DE L'OBSCURANTISME ET SENS DE L'ÉMANCIPATION UNIVERSELLE

Condorcet, *Esquisse d'un tableau historique des progrès de l'esprit humain*, troisième et huitième époques, GF-Flammarion, 1988, p. 117-119 et p. 198-199.

Marc Jean Antoine Nicolas Caritat, marquis de Condorcet, naît à Ribemont (Aisne) en 1743, et meurt à Bourg-la-Reine en 1794. Au moment où commence la Révolution, il est secrétaire perpétuel de l'Académie des sciences et membre de l'Académie française. En 1791-1792, élu à l'Assemblée législative, il se consacre essentiellement à une réflexion sur l'instruction publique, dont il tirera les *Cinq Mémoires sur l'instruction publique*, ainsi qu'un rapport et un projet de décret. Dans l'*Esquisse d'un tableau historique des progrès de l'esprit humain* (octobre 1793), il s'attache à dégager les ressorts tant du progrès qualitatif des sociétés humaines que du progrès quantitatif des sciences et des techniques. En homme des Lu-

mières, il refuse en effet de réduire la raison à une simple faculté de calcul, qui n'aurait aucune portée éthique ou politique. Il travaille donc à une généalogie des facteurs d'obscurantisme, et à une identification de la ligne plus ou moins continue du progrès. Nulle vision naïve et angélique du progrès ne l'habite, nul scientisme non plus : il souligne bien plutôt les tourments, les ressacs de l'histoire humaine, tout en s'attachant à dégager l'esprit dans lequel peuvent s'accomplir les pas de l'humanité vers sa propre émancipation.

Dans le premier extrait cité, il met en évidence un des ressorts de la domination du clergé, par le biais du langage. La domination exercée sur les consciences humaines, opposée au fait de les éclairer, passe par un ascendant lié au culte du mystère et du surnaturel, afin de susciter la crainte autant que la fascination superstitieuse. Le recours au langage allégorique et à l'opacification du discours donne à croire que sans soumission aux interprètes patentés de la divinité, nul salut n'est possible. Les clercs se réservent le monopole du sens, et le maintien du peuple dans l'ignorance favorise sa dépendance. La domination théologico-politique conjugue alors la sanctification de l'ordre établi et la mise en tutelle des consciences. En creux, se dessine la

condition de l'émancipation : l'instruction du peuple, propre à « rendre la raison populaire » (cf. texte XXXVIII).

Dans le second extrait, Condorcet thématise à sa manière le caractère irrecevable de la « tolérance », qui signe toujours l'inégalité entre les hommes, et atteste la domination d'une religion. Là où dominent les catholiques, ils « tolèrent », ou ne tolèrent pas les protestants. Et inversement, comme on l'a vu avec Locke rejetant les « papistes » dans un statut de seconde zone (cf. texte XXX).

TROISIÈME ÉPOQUE

Ainsi l'écriture hiéroglyphique, ou fut une de leurs premières inventions, ou avait été découverte avant la formation des castes enseignantes.

Comme leur but n'était pas d'éclairer, mais de dominer, non seulement ils ne communiquaient pas au peuple toutes leurs connaissances, mais ils corrompaient par des erreurs celles qu'ils voulaient bien lui révéler ; ils lui enseignaient non ce qu'ils croyaient vrai, mais ce qui leur était utile.

Ils ne lui montraient rien, sans y mêler je ne sais quoi de surnaturel, de sacré, de céleste, qui tendît à les faire regarder comme supérieurs à l'humanité, comme revêtus d'un caractère divin, comme ayant reçu du ciel même des connaissances interdites au reste des hommes.

Ils eurent donc deux doctrines, l'une pour eux seuls, l'autre pour le peuple : souvent même, comme ils se partageaient en plusieurs ordres, chacun d'eux se réserva quelques mystères. Tous les ordres inférieurs étaient à la fois fripons et dupes, et le système d'hypocrisie ne se développait en entier qu'aux yeux de quelques adeptes.

Rien ne favorisa plus l'établissement de cette double doctrine que les changements dans les langues, qui furent l'ouvrage du temps, de la communication et du mélange des peuples. Les hommes à double doctrine, en conservant pour eux l'ancienne langue, ou celle d'un autre peuple, s'assurèrent aussi l'avantage de posséder un langage entendu par eux seuls.

La première écriture qui désignait les choses par une peinture plus ou moins exacte, soit de la chose même, soit d'un objet analogue, faisant place à une écriture plus simple, où la ressemblance de ces objets était presque effacée, où l'on n'employait que des signes déjà en quelque sorte de pure convention, la doctrine secrète eut son écriture, comme elle avait déjà son langage.

Dans l'origine des langues, presque chaque mot est une métaphore, et chaque phrase une allégorie. L'esprit saisit à la fois le sens figuré et le sens propre ; le mot offre, en même temps que l'idée, l'image analogue par laquelle on l'avait exprimée. Mais par l'habitude d'employer un mot dans un sens figuré, l'esprit finit par s'y arrêter uniquement, par faire abstraction du premier sens ; et ce sens, d'abord figuré, devient peu à peu le sens ordinaire et propre du même mot.

Les prêtres qui conservèrent le premier langage allégorique l'employèrent avec le peuple qui ne pouvait plus en saisir le véritable sens, et qui, accoutumé à prendre les mots dans une seule acception, devenue leur acception propre, entendait je ne sais quelles fables absurdes, lorsque les mêmes expressions ne présentaient à l'esprit des prêtres qu'une vérité très simple. Ils firent le même usage de leur écriture sacrée. Le peuple voyait des hommes, des animaux, des monstres, où les prêtres avaient voulu représenter un phénomène astronomique, un des faits de l'histoire de l'année.

Ainsi, par exemple, les prêtres, dans leurs méditations, s'étaient presque partout créé le système métaphysique d'un grand tout, immense, éternel, dont tous les êtres n'étaient que les parties, dont tous les changements observés dans l'univers n'étaient que les modifications diverses. Le ciel ne leur offrait que des groupes d'étoiles semés dans ces déserts immenses, que des planètes qui y décrivaient des mouvements plus ou moins compliqués, et des phénomènes purement physiques, résultant des positions de ces astres divers. Ils imposaient des noms à ces groupes d'étoiles et à ces planètes, aux cercles mobiles ou fixes imaginés pour en représenter les positions et la marche apparente, pour en expliquer les phénomènes.

Mais leur langage, leurs monuments, en exprimant pour eux ces opinions métaphysiques, ces vérités naturelles, offraient aux yeux du peuple le système de la plus extravagante mythologie, devenaient pour lui le fondement des croyances les plus absurdes, des cultes les plus insensés, des pratiques les plus honteuses ou les plus barbares.

Telle est l'origine de presque toutes les religions connues, qu'ensuite l'hypocrisie ou l'extravagance de leurs inventeurs et de leurs prosélytes ont chargées de fables nouvelles.

Ces castes s'emparèrent de l'éducation, pour façonner l'homme à supporter plus patiemment des chaînes identifiées pour ainsi dire avec son existence, pour écarter de lui jusqu'à la possibilité du désir de les briser. [...]

HUITIÈME ÉPOQUE

L'esprit, qui animait les réformateurs, ne conduisait pas à la véritable liberté de penser. Chaque religion, dans le pays où elle dominait, ne permettait que de certaines opinions. Cependant, comme ces diverses croyances étaient opposées entre elles, il y avait peu d'opinions qui ne fussent attaquées ou soutenues dans quelques parties de l'Europe. D'ailleurs les communions nouvelles avaient été forcées de se relâcher un peu de la rigueur dogmatique. Elles ne pouvaient, sans une contradiction grossière, réduire le droit d'examiner dans des limites trop resserrées, puisqu'elles venaient d'établir sur ce même droit la légitimité de leur séparation. Si elles refusaient de rendre à la raison toute sa liberté, elles consentaient que sa prison fut moins étroite : la chaîne n'était pas brisée, mais elle était moins pesante et plus prolongée. Enfin, dans ces pays où il avait été impossible à une religion d'opprimer toutes les autres, il s'établit ce que l'insolence du culte dominateur osa nommer tolérance, c'est-à-dire une permission donnée par des hommes à d'autres hommes de croire ce que leur raison adopte, de faire ce que leur conscience leur ordonne, de rendre à leur dieu commun l'hommage qu'ils imaginent lui plaire davantage. On put donc alors y soutenir toutes les doctrines tolérées, avec une franchise plus ou moins entière.

Ainsi l'on vit naître en Europe une sorte de liberté de penser, non pour les hommes, mais pour les chrétiens : et, si nous exceptons la France, c'est pour les seuls chrétiens que partout ailleurs elle existe encore aujourd'hui.

Mais cette intolérance força la raison humaine à rechercher des droits trop longtemps oubliés, ou qui plutôt n'avaient jamais été, ni bien connus, ni bien éclaircis.

Indignés de voir les peuples opprimés jusque dans le sanctuaire de leur conscience par des rois, esclaves superstitieux ou politiques du sacerdoce, quelques hommes généreux osèrent enfin examiner les fondements de leur puissance ; et ils révélèrent aux peuples cette grande vérité, que leur liberté est un bien inaliénable ; qu'il n'y a point de prescription en faveur de la tyrannie, point de convention qui puisse irrévocablement lier une nation à une famille ; que les magistrats, quels que soient leurs titres, leurs fonctions, leur puissance, sont les officiers du peuple, et ne sont pas ses maîtres ; qu'il conserve le pouvoir de leur retirer une autorité émanée de lui seul, soit quand ils en ont abusé, soit même quand il cesse de croire utile à ses intérêts de la leur conserver ; qu'enfin il a le droit de les punir, comme celui de les révoquer.

XXIX

KANT

LE JUGEMENT SANS TUTELLE

Kant, *Qu'est-ce que les Lumières ?*,
trad. F. Proust, GF-Flammarion, 1991, p. 43-46.

Refusant tout paternalisme, tout magistère éthique ou spirituel qui signerait l'infantilisation du simple laïc, homme du peuple qu'aucun pouvoir spécifique ne distingue, la laïcité fait le pari de l'autonomie de jugement, de cette authentique majorité qui fait qu'on est le maître de ses pensées. Dans le même esprit, c'est l'idéal des Lumières que Kant rappelle ici. Né en 1724 à Königsberg, celui qui a voulu repenser toute la philosophie et la métaphysique sur les bases de la critique, c'est-à-dire de l'analyse différentielle des facultés et des pouvoirs de l'esprit humain, comme des conditions de la connaissance, a placé sa confiance dans la raison humaine. C'est qu'il y a vu non seulement la faculté de saisir les rapports constants des phénomènes que la sensibilité permet de saisir, mais également une faculté éthique, capable de donner à l'homme des fins librement choisies, et des lois dont il est lui-même l'auteur. Il y a vu aussi et surtout la faculté autocritique par excellence, c'est-à-dire l'instance capable de se mettre à distance de ses propres productions, de ses propres utilisations, pour en fixer les règles d'application rigoureuse et en corriger les déviations. Sa critique de toute théologie dogmatique, de tout dogmatisme métaphysique, s'est accomplie logiquement dans un projet d'émancipation de tous les hommes, destiné selon lui à faire cesser l'« humiliante distinction des clercs et des laïcs ». Le courage de penser par soi-même prend le contre-pied des servitudes quotidiennes et des paresses qui les accompagnent. « *Sapere aude !* » : Ose savoir ! La maxime des Lumières est l'invitation au voyage de la pensée, à l'autonomie de jugement, dont chacun a en soi la possibilité.

Nul ne peut déléguer une telle puissance de juger, ni penser à la place d'un autre. La pensée sans tutelle est depuis toujours la raison d'être de la philosophie. Et la liberté d'en user ne peut attendre une quelconque permission, ni rester en lisière sous prétexte d'immaturité. C'est en liberté qu'on peut conquérir la liberté entendue comme lucidité agissante. L'usage public de la raison, pour mettre à l'épreuve la justice des lois, n'est nullement incompatible avec l'accomplissement des tâches que requiert la vie sociale. Il suffit de distinguer les registres : on ne peut discuter les ordres ou les lois en vigueur, sans faire courir un risque de paralysie au fonctionnement des mécanismes habituels. Mais on peut, on doit, exercer sa conscience critique pour, le moment venu, infléchir les choses dans un sens meilleur. Telle est la confiance faite à l'intelligence et à la lucidité critique, qui ne sont nullement facteur de désagrégation, comme le prétend un certain chantage au chaos souvent mis en œuvre pour légitimer le statu quo. Sa liberté philosophique, Kant en a usé pour montrer que la moralité ne dépend pas de la religion, mais bien plutôt que la religion accomplit une moralité humaine qui lui préexiste. Sa critique du cléricalisme et des méfaits du pouvoir théologico-politique (cf. le texte cité plus haut) lui a valu les remontrances menaçantes de Frédéric-Guillaume II, qui lui a intimé l'ordre de se taire sur toutes les questions religieuses.

Les Lumières, c'est la sortie de l'homme hors de l'état de tutelle dont il est lui-même responsable. L'état de tutelle est l'incapacité à se servir de son entendement sans la conduite d'un autre. On est soi-même responsable de cet état de tutelle quand la cause tient non pas à une insuffisance de l'entendement mais à une insuffisance de la résolution et du courage de s'en servir sans la conduite d'un autre. *Sapere aude !* Aie le courage de te servir de ton propre entendement ! Voilà la devise des Lumières.

Paresse et lâcheté sont les causes qui font qu'un si grand nombre d'hommes, après que la nature les eut affranchis depuis longtemps d'une conduite étrangère (*naturaliter maiorennes*), restent cependant volontiers toute leur vie dans un état de tutelle ; et qui font qu'il est si facile à d'autres de se poser comme leurs tuteurs. Il est si commode d'être sous tutelle. Si j'ai un livre qui a de l'entendement à ma place, un directeur de conscience qui a de la conscience à ma place, un médecin qui juge à ma place de mon régime alimentaire, etc., je n'ai alors pas moi-même à fournir d'efforts. Il ne m'est pas nécessaire de penser dès lors que je peux payer ; d'autres assumeront bien à ma place cette fastidieuse besogne. Et si la plus grande partie, et de loin, des hommes (et parmi eux le beau sexe tout entier) tient ce pas qui affranchit de la tutelle pour très dangereux et de surcroît très pénible, c'est que s'y emploient ces tuteurs qui, dans leur extrême bienveillance, se chargent de les surveiller. Après avoir d'abord abêti leur bétail et avoir empêché avec sollicitude ces créatures paisibles d'oser faire un pas sans la roulette d'enfant où ils les avaient emprisonnés, ils leur montrent ensuite le danger qui les menace s'ils essaient de marcher seuls. Or ce danger n'est sans doute pas si grand, car après quelques chutes ils finiraient bien par apprendre à marcher ; un tel exemple rend pourtant timide et dissuade d'ordinaire de toute autre tentative ultérieure. [...]

Mais pour ces Lumières il n'est rien requis d'autre que la liberté ; et la plus inoffensive parmi tout ce qu'on nomme liberté, à savoir celle de faire un usage public de sa raison sous tous les rapports. Or j'entends de tous côtés cet appel : ne raisonnez pas ! L'officier dit : ne raisonnez pas mais faites les manœuvres ! Le conseiller au département du fisc dit : ne raisonnez pas mais payez ! Le prêtre dit : ne raisonnez pas mais croyez ! (Un seul maître au monde dit : raisonnez autant que vous voulez et sur ce que vous voulez, mais obéissez !) Ici il y a partout limitation de la liberté. Mais quelle limitation fait obstacle aux Lumières ? Quelle autre ne le fait pas mais leur est au contraire favorable ? — Je réponds : l'usage public de sa raison doit toujours être libre et il est seul à pouvoir apporter les Lumières parmi les hommes ; mais son usage privé peut souvent être très étroitement limité sans pour autant entraver notablement le progrès des Lumières. Mais je comprends par usage public de sa propre raison celui qu'en fait quelqu'un, en tant que savant, devant l'ensemble du public qui lit. J'appelle usage privé celui qu'il lui est permis de faire de sa raison dans une charge civile qui lui a été confiée ou dans ses fonctions. Ainsi, il serait très pernicieux qu'un officier qui reçoit un ordre de ses supérieurs veuille, lorsqu'il est en exercice, ratiociner à voix haute sur le bien-fondé ou l'utilité de cet ordre ; il est obligé d'obéir. Mais on ne peut équitablement lui défendre de faire, en tant que savant, des remarques sur les fautes commises dans l'exercice de la guerre et de les soumettre au jugement de son public. Le citoyen ne peut se refuser à payer les impôts dont il est redevable ; une critique déplacée de telles charges, quand il doit lui-même les payer, peut même être punie comme scandale (susceptible de provoquer des actes d'insoumission généralisés). Néanmoins celui-là même ne contrevient pas au devoir d'un citoyen s'il exprime publiquement, en tant que savant, ses pensées contre l'incongruité ou l'illégitimité de telles impositions. De même un prêtre est tenu de faire son exposé à ses catéchumènes et à sa paroisse selon le symbole de l'Église qu'il sert, car c'est à cette condition qu'il a été engagé. Mais, en tant que savant, il a pleine liberté, et c'est même sa vocation, de communiquer à son public les pensées soigneusement examinées et bien intentionnées qu'il a conçues sur les imperfections de ce symbole ainsi que des propositions en vue d'une meilleure organisation des affaires religieuses et ecclésiastiques.

V

L'ÉTAT ÉMANCIPÉ :
LA SÉPARATION LAÏQUE

XXX

LOCKE

UNE PRIVATISATION PARTIELLE DU RELIGIEUX

(1) Locke, *Lettre sur la tolérance*, trad. Jean Le Clerc, GF-Flammarion, 1992, p. 166-171 et p. 206-207.
(2) Locke, *Essai sur la tolérance*, même édition, p. 126.

En 1531, le roi d'Angleterre Henri VIII rompt avec Rome et l'Assemblée de Cantorbéry le proclame chef de l'Église d'Angleterre. C'est en 1632 que naît John Locke, dans une famille puritaine du Somerset. Il rédige en 1660 les deux *Tracts of Gouvernment*, puis, en 1667, l'*Essay on Toleration* (*Essai sur la tolérance*). Il précisera sa pensée dans les deux *Traités du Gouvernement civil* (1679-1680). Viendra ensuite l'*Epistola de tolerantia* (*Lettre sur la tolérance*), en 1686. Locke meurt en 1704. Si par certains de ces textes il précise avec netteté que l'État doit s'abstenir de dicter des normes dans le domaine des options spirituelles, qui ne saurait relever de sa compétence terrestre, il se contredit en précisant que ni les « papistes » (c'est-à-dire les catholiques), ni les athées ne doivent être tolérés. On rencontre là une double limitation du principe essentiel pourtant posé de l'abstention de l'État. D'une part, deux options spirituelles sont refusées et stigmatisées, en fonction d'une sorte de procès d'intention qui atteste que l'État est invité à déroger à sa règle d'abstention en matière spirituelle.

Soupçonner les catholiques de manquement potentiel de fidélité à la nation en raison de leur allégeance à une puissance extérieure (le Vatican), c'est leur attribuer un peu vite une confusion de l'autorité spirituelle et de l'autorité temporelle. Suspecter les athées d'être enclins à ne pas respecter leurs engagements sous prétexte qu'ils ne seraient pas tenus par la crainte de l'au-delà, c'est avoir une conception bien sectaire de ce qui garantit la parole donnée. D'autre part, surtout, Locke en reste à une problématique de la tolérance juridique, avec une autorité qui tolère, et des options tolérées ou non tolérées par l'effet d'un pouvoir qui prétend les surplomber et les régir. Tout se passe comme si Locke appliquait de façon inconséquente sa conception de l'abstention de l'État, et de la privatisation du religieux. Sans doute faut-il en rendre compte par sa conception protestante de la sécularisation, qui le conduit à n'envisager la libéralisation de l'État que dans les limites d'un point de vue religieux, méfiant à la fois à l'égard des autres religions et à l'égard de l'athéisme.

(1)

L'État, selon mes idées, est une société d'hommes instituée dans la seule vue de l'établissement, de la conservation et de l'avancement de leurs *intérêts civils*.

J'appelle intérêts civils, la vie, la liberté, la santé du corps ; la possession des biens extérieurs, tels que sont l'argent, les terres, les maisons, les meubles, et autres choses de cette nature.

Il est du devoir du magistrat civil d'assurer, par l'impartiale exécution de lois équitables, à tout le peuple en général, et à chacun de ses sujets en particulier, la possession légitime de toutes les choses qui regardent cette vie. Si quelqu'un se hasarde de violer les lois de la justice publique, établies pour la conservation de tous ces biens, sa témérité doit être réprimée par la crainte du châtiment, qui consiste à le dépouiller, en tout ou en partie, de ces biens ou intérêts civils, dont il aurait pu et même dû jouir sans cela. Mais comme il n'y a personne qui souffre volontiers d'être privé d'une partie de ses biens, et encore moins de sa liberté ou de sa vie, c'est aussi pour cette raison que le magistrat est armé de la force réunie de tous ses sujets, afin de punir ceux qui violent les droits des autres.

Or, pour convaincre que la juridiction du magistrat se termine à ces biens temporels, et que tout pouvoir civil est borné à l'unique soin de les maintenir et de travailler à leur augmentation, sans qu'il puisse ni qu'il doive en aucune manière s'étendre jusques au salut des âmes, il suffit de considérer les raisons suivantes, qui me paraissent démonstratives.

Premièrement, parce que Dieu n'a pas commis le soin des âmes au magistrat civil, plutôt qu'à toute autre personne, et qu'il ne paraît pas qu'il ait jamais autorisé aucun homme à forcer les autres de recevoir sa religion. Le consentement du peuple même ne saurait donner ce pouvoir au magistrat ; puisqu'il est comme impossible qu'un homme abandonne le soin de son salut jusques à devenir aveugle lui-même et à laisser au choix d'un autre, soit prince ou sujet, de lui prescrire la foi ou le culte qu'il doit embrasser. Car il n'y a personne qui puisse, quand il le voudrait, régler sa foi sur les préceptes d'un autre. Toute l'essence et la force de la vraie religion consiste dans la persuasion absolue et intérieure de l'esprit ; et la foi n'est plus foi, si l'on ne croit point. Quelques dogmes que l'on suive, à quelque culte extérieur que l'on se joigne, si l'on n'est pleinement convaincu que ces dogmes sont vrais, et que ce culte est agréable à Dieu, bien loin que ces dogmes et ce culte contribuent à notre salut, ils y mettent de grands obstacles. En effet, si nous servons le Créateur d'une manière que nous savons ne lui être pas agréable, au lieu d'expier nos péchés par ce service, nous en commettons de nouveaux, et nous ajoutons à leur nombre l'hypocrisie et le mépris de sa majesté souveraine.

En second lieu, le soin des âmes ne saurait appartenir au magistrat civil, parce que son pouvoir est borné à la force extérieure. Mais la vraie religion consiste, comme nous venons de le marquer, dans la persuasion intérieure de l'esprit, sans laquelle il est impossible de plaire à Dieu. Ajoutez à cela que notre entendement est d'une telle nature, qu'on ne saurait le porter à croire quoi que ce soit par la contrainte. La confiscation des biens, les cachots, les tourments et les supplices, rien de tout cela ne peut altérer ou anéantir le jugement intérieur que nous faisons des choses.

On me dira sans doute, que « le magistrat peut se servir de raisons, pour faire entrer les hérétiques dans le chemin de la vérité, et leur procurer le salut ». Je l'avoue ; mais il a cela de commun avec tous les autres hommes. En instruisant, enseignant et corrigeant par la raison ceux qui sont dans l'erreur, il peut sans doute faire ce que tout honnête homme doit faire. La magistrature ne l'oblige à se dépouiller ni de la qualité d'homme, ni de celle de chrétien. Mais persuader ou commander, employer des arguments ou des peines, sont des choses bien différentes. Le pouvoir civil tout seul a droit à l'une, et la bienveillance suffit pour autoriser tout homme à l'autre. Nous avons tous mission d'avertir notre prochain que nous le croyons dans l'erreur, et de l'amener à la connaissance de la vérité par de bonnes preuves. Mais donner des lois, exiger la soumission et contraindre par la force, tout cela n'appartient qu'au magistrat seul. C'est aussi sur ce fondement que je soutiens que le pouvoir du magistrat ne s'étend pas jusques à établir, par ses lois, des articles de foi ni des formes de culte religieux. Car les lois n'ont aucune vigueur sans les peines ; et les peines sont tout à fait inutiles, pour ne pas dire injustes, dans cette occasion, puisqu'elles ne sauraient convaincre l'esprit. Il n'y a donc ni profession de tels ou tels articles de foi, ni conformité à tel ou tel culte extérieur (comme nous l'avons déjà dit), qui puissent procurer le salut des âmes, si l'on n'est bien persuadé de la vérité des uns et que l'autre est agréable à Dieu. Il n'y a que la lumière et l'évidence qui aient le pouvoir de changer les opinions des hommes ; et cette lumière ne peut jamais être produite par les souffrances corporelles, ni par aucune peine extérieure.

En troisième lieu, le soin du salut des âmes ne saurait appartenir au magistrat, parce que, si la rigueur des lois et l'efficace des peines ou des amendes pouvaient convaincre l'esprit des hommes, et leur donner de nouvelles idées, tout cela ne servirait de rien pour le salut de leurs âmes. En voici la raison, c'est que la vérité est unique, et qu'il n'y a qu'un seul chemin qui conduise au ciel. Or, quelle espérance qu'on y amènera plus de gens, s'ils n'ont d'autre règle que la religion de la cour ; s'ils sont obligés de renoncer à leurs propres lumières, de combattre le sentiment intérieur de leur conscience, et de se soumettre en aveugles à la volonté de ceux qui gouvernent, et à la religion que l'ignorance, l'ambition, ou même la superstition, ont peut-être établie dans le pays où ils sont nés ? [...]

Enfin, ceux qui nient l'existence d'un Dieu, ne doivent pas être tolérés, parce que les promesses, les contrats, les serments et la bonne foi, qui sont les principaux liens de la société civile, ne sauraient engager un athée à tenir sa parole ; et que si l'on bannit du monde la croyance d'une divinité, on ne peut qu'introduire aussitôt le désordre et la confusion générale. D'ailleurs, ceux qui professent l'athéisme n'ont aucun droit à la tolérance sur le chapitre de la religion, puisque leur système les renverse toutes. Pour ce qui est des autres opinions qui regardent la pratique, quoiqu'elles ne soient pas exemptes de toute sorte d'erreurs, si elles ne tendent point à faire dominer un parti, ni à secouer le joug du gouvernement civil, je ne vois pas qu'il y ait aucun lieu de les exclure de la tolérance.

(2)

Les papistes ne doivent point jouir des bienfaits de la tolérance parce que, lorsqu'ils détiennent le pouvoir, ils s'estiment tenus de la refuser à autrui. Il serait en effet déraisonnable de concéder le libre exercice de sa religion à quelqu'un qui n'accepte pas le principe général qui exige qu'on ne doit pas persécuter ni molester autrui sous prétexte que sa religion diffère de la nôtre. Le magistrat n'établit la tolérance que comme un fondement où asseoir la paix et le repos de son peuple ; or, s'il tolère quelqu'un qui jouit des bienfaits de cette indulgence tout en la condamnant comme illégitime, il réchauffe en son sein ceux qui avouent eux-mêmes qu'ils seront tenus de troubler son gouvernement sitôt qu'ils en auront la capacité.

Tant que les papistes seront papistes, ni l'indulgence ni la sévérité ne pourront faire d'eux des amis de votre gouvernement, car ils en sont les ennemis à la fois par principe et par intérêt. Il faut donc les considérer comme des ennemis irréconciliables, dont on ne pourra jamais s'assurer la fidélité tant qu'ils rendront une obéissance aveugle à un pape infaillible, qui a les clefs de leurs consciences attachées à sa ceinture, et qui peut, à l'occasion, les relever de leurs serments, de leurs promesses et des obligations qu'ils doivent à leur prince (tout spécialement lorsque celui-ci est hérétique) : il peut même leur faire prendre les armes pour troubler le gouvernement. Je pense que de telles gens ne doivent pas jouir des bienfaits de la tolérance.

XXXI

CONSTANT

UN LIBÉRALISME DISCRIMINATOIRE

Constant, « Principes de politique »,
dans *Écrits politiques*, présentés par M. Gauchet,
Gallimard, « Folio-Essais », 1997, p. 479-481.

Né à Lausanne en 1767 et mort à Paris en 1830, Benjamin Constant est devenu une des références du libéralisme. Cependant, c'est un étrange libéralisme que celui qu'il affiche. Partisan des libertés publiques et adversaire de tout despotisme, il manifeste néanmoins sa méfiance à l'égard des philosophes des Lumières et du rationalisme critique dont ils ont donné l'exemple. Son traditionalisme nourrit en lui l'hostilité à toute forme d'irréligion, et son souci de maintenir un privilège pour la religion dans la sphère publique. Les extraits choisis mettent en évidence la tension entre l'orientation libérale et la discrimination positive ainsi promue. Il s'est rendu célèbre, notamment, par la distinction qu'il croit pouvoir effectuer entre la « liberté des Anciens », faite de participation active au pouvoir politique et à la vie publique, et celle des « Modernes », « jouissance paisible de l'indépendance privée » (conférence de 1819 intitulée « De la liberté des Anciens comparée à celle des Modernes »). Opposition un peu outrée, très unilatérale, et sous-jacente à la critique adressée à Rousseau, dont on verra plus loin le malentendu

qu'elle recouvre (texte XXXIII). Constant écrit en effet dans ce texte : « L'abbé de Mably, comme Rousseau et comme beaucoup d'autres, avait, d'après les Anciens, pris l'autorité du corps social pour la liberté, et tous les moyens lui paraissaient bons pour étendre l'action de cette autorité sur cette partie récalcitrante de l'existence humaine, dont il déplorait l'indépendance » (cf. *Écrits politiques, ibid.*, p. 605). Si l'on se reporte au texte de Rousseau présenté ci-dessous, on peut mesurer l'injustice d'un tel propos, car l'auteur du *Contrat social* dit exactement le contraire de ce que Constant lui attribue. Quant à la tension, voire la contradiction entre les extraits présentés, elle prend une forme assez représentative des conceptions modernes de l'alliance entre un certain libéralisme de principe et une conception discriminatoire des options spirituelles des hommes. D'un côté, on dénie à l'autorité politique le droit de s'immiscer dans la vie spirituelle et notamment d'interdire ou d'imposer un credo. Seules les actions doivent être réglées par la puissance publique. De l'autre, on estime tout à fait normal que les pouvoirs publics salarient les représentants du culte religieux. Bref, on conjugue l'affirmation de la liberté et celle de l'inégalité. Mais si la liberté est un pouvoir de faire, elle se proportionne aux moyens dont on dispose pour cela. Les citoyens, chez Constant, sont donc inégalement libres, puisque ceux qui pratiquent la religion jouissent de privilèges publics refusés aux athées ou aux agnostiques.

L'autorité ne doit jamais proscrire une religion même quand elle la croit dangereuse. Qu'elle punisse les actions coupables qu'une religion fait commettre, non comme actions religieuses, mais comme actions coupables : elle parviendra facilement à les réprimer. Si elle les attaquait comme religieuses, elle en ferait un devoir, et si elle voulait remonter jusqu'à l'opinion qui en est la source, elle s'engagerait dans un labyrinthe de vexations et d'iniquités, qui n'aurait plus de terme. Le seul moyen d'affaiblir une opinion, c'est d'établir le libre examen. Or, qui dit examen libre, dit éloignement de toute espèce d'autorité, absence de toute intervention collective : l'examen est essentiellement individuel. [...]

Erreur ou vérité, la pensée de l'homme est sa propriété la plus sacrée ; erreur ou vérité, les tyrans sont également coupables lorsqu'ils l'attaquent. Celui qui proscrit au nom de la philosophie la superstition spéculative, celui qui proscrit au nom de Dieu la raison indépendante, méritent également l'exécration des hommes de bien. [...]

Mais de ce que l'autorité ne doit ni commander ni proscrire aucun culte, il n'en résulte point qu'elle ne doive pas les salarier ; et ici notre Constitution est encore restée fidèle aux véritables principes. Il n'est pas bon de mettre dans l'homme la religion aux prises avec l'intérêt pécuniaire. Obliger le citoyen à payer directement celui qui est, en quelque sorte, son interprète auprès du Dieu qu'il adore, c'est lui offrir la chance d'un profit immédiat s'il renonce à sa croyance ; c'est lui rendre onéreux des sentiments que les distractions du monde pour les uns, et ses travaux pour les autres, ne combattent déjà que trop. On a cru dire une chose philosophique, en affirmant qu'il valait mieux défricher un champ que payer un prêtre ou bâtir un temple ; mais qu'est-ce que bâtir un temple, payer un prêtre, sinon reconnaître qu'il existe un être bon, juste et puissant, avec lequel on est bien aise d'être en communication ? J'aime que l'État déclare, en salariant, je ne dis pas un clergé, mais les prêtres de toutes les communions qui sont un peu nombreuses, j'aime, dis-je, que l'État déclare ainsi que cette communication n'est pas interrompue, et que la terre n'a pas renié le ciel.

XXXII

STUART MILL

L'INDÉPENDANCE DE LA SPHÈRE PRIVÉE

Stuart Mill, *De la liberté*, trad. L. Lengler et D. White, Gallimard, « Folio », 1990, p. 78-79.

John Stuart Mill s'est rendu célèbre, entre autres, par son essai *De la liberté* (1859) et par *L'Utilitarisme* (1863) où il s'efforce de concilier une morale hédoniste, fondée sur le plaisir, et les exigences de la vie sociale. C'est surtout dans son essai sur la liberté qu'il s'attache à définir un critère incontestable habilitant la société à poser des règles pour la conduite des hommes. D'où une distinction entre les types de cas légitimement soumis à la loi et ceux qui doivent lui échapper, laissant chaque homme totalement maître de ses choix. Les États ne doivent selon lui interdire par les lois que les actes qui sont de nature à nuire à autrui, et en fin de compte à la compatibilité réciproque des libertés individuelles. Un ivrogne se fait d'abord du mal à lui-même : tant que son comportement n'a

pas de conséquence pour autrui, la loi ne peut proscrire l'excès de boisson. Mais, à l'évidence, si son ivresse le conduit à frapper autrui, il tombe sous le coup de la loi. La distinction, certes, est quelquefois difficile à établir, mais elle n'en est pas moins une exigence. Contre le moralisme qui prétend qu'un certain type de conviction spirituelle peut induire des actes inciviques ou immoraux à l'égard d'autrui, il faut se garder de tout procès d'intention. Prétendre, comme Locke, que les athées ont une propension à manquer à leur parole, c'est se livrer à un tel procès, en insinuant qu'un certain type d'acte découle nécessairement d'une certaine orientation de la conviction intérieure. Outre qu'une telle inférence n'a pas de soi, elle atteste une immixtion totalement illégitime de l'État dans la sphère privée. Stuart Mill entend aussi préserver l'individu de la pression des conformismes ; on dirait aujourd'hui du « moralement correct ». L'opinion publique, lorsqu'elle est conditionnée de l'intérieur par des préjugés moralistes, comme à l'époque de l'Angleterre victorienne, peut exercer sur les individus une censure éthique à la fois très dissuasive et très oppressive. Le droit des minorités, qu'il s'agisse du plan spirituel ou du plan éthique, est alors en péril. L'homophobie, la culpabilisation du plaisir sexuel, la stigmatisation de l'union libre, par exemple, ont relevé de ce genre d'approche stigmatisante. On prend la mesure ici, logiquement, du domaine d'extension de l'intervention de la majorité sociale, politique, ou spirituelle dans un État de droit. Une majorité de catholiques, de protestants, ou de musulmans, ne peut se prévaloir de son importance quantitative pour imposer son credo à une minorité athée ou agnostique, ou d'une autre religion. Réciproquement, une majorité d'athées ne pourrait prétendre interdire le credo d'une minorité de croyants. Soucieux de combattre tout conservatisme, Stuart Mill va même jusqu'à défendre le droit à l'invention de nouvelles « expériences de vie », soustraites à la norme de la tradition (cf. chap. « De l'individualité en tant qu'élément de bien-être physique et moral »). Même dans les limites d'une approche utilitariste ce principe de variation, qui évite l'enlisement des sociétés, le penseur donne ici des arguments décisifs à la laïcisation du droit, des mœurs, de l'État, et également de l'école, dont la tâche est l'instruction, et non le conditionnement idéologique ou religieux.

Il y a une sphère d'action dans laquelle la société, en tant que distincte de l'individu, n'a tout au plus qu'un intérêt indirect, à savoir cette partie de la conduite d'une personne qui n'affecte qu'elle-même ou qui, si elle en affecte d'autres, c'est alors qu'ils y ont consenti et participé librement, volontairement et en toute connaissance de cause. Quand je dis « elle-même », j'entends ce qui la touche directement et prioritairement ; car tout ce qui affecte une personne peut en affecter d'autres par son intermédiaire ; et l'objection qui se fonde sur cette éventualité fera l'objet de nos réflexions ultérieures. Voilà donc la région propre de la liberté humaine. Elle comprend d'abord le domaine intime de la conscience qui nécessite la liberté de conscience au sens le plus large : liberté de penser et de sentir, liberté absolue d'opinions et de sentiments sur tous les sujets, pratiques ou spéculatifs, scientifiques, moraux ou théologiques. La liberté d'exprimer et de publier des opinions peut sembler soumise à un principe différent, puisqu'elle appartient à cette partie de conduite de l'individu qui concerne autrui ; mais comme elle est presque aussi importante que la liberté de penser elle-même, et qu'elle repose dans une large mesure sur les mêmes raisons, ces deux libertés sont pratiquement indissociables. C'est par ailleurs un principe qui requiert la liberté des goûts et des occupations, la liberté de tracer le plan de notre vie suivant notre caractère, d'agir à notre guise et risquer toutes les conséquences qui en résulteront, et cela sans en être empêché par nos semblables tant que nous ne leur nuisons pas, même s'ils trouvaient notre conduite insensée, perverse ou mauvaise. En dernier lieu, c'est de cette liberté propre à chaque individu que résulte, dans les mêmes limites, la liberté d'association entre individus : la liberté de s'unir dans n'importe quel but, à condition qu'il soit inoffensif pour autrui, que les associés soient majeurs et qu'il n'y ait eu dans leur enrôlement ni contrainte ni tromperie.

Une société – quelle que soit la forme de son gouvernement – n'est pas libre, à moins de respecter globalement ces libertés ; et aucune n'est complètement libre si elles n'y sont pas absolues et sans réserves. La seule liberté digne de ce nom est de travailler à notre propre avancement à notre gré, aussi longtemps que nous ne cherchons pas à priver les autres du leur ou à entraver leurs efforts pour l'obtenir. Chacun est le gardien naturel de sa propre santé aussi bien physique que mentale et spirituelle. L'humanité gagnera davantage à laisser chaque homme vivre comme bon lui semble qu'à le contraindre à vivre comme bon semble aux autres.

XXXIII

ROUSSEAU

LE RESPECT DE LA SPHÈRE PRIVÉE

(1) Rousseau, *Du contrat social*, II, chap. IV,
« Des bornes du pouvoir souverain »,
GF-Flammarion, 2001, p. 70-71.
(2) Rousseau, *Première lettre écrite de la montagne*,
dans *Œuvres politiques*, Gallimard,
« La Pléiade », 1970, p. 704-705.

Une grande injustice a été faite à Rousseau par certains de ses lecteurs inattentifs – ou mal intentionnés. Celle de l'avoir rendu responsable d'une théorie proche du totalitarisme, qui prônerait l'écrasement de l'individu sous la communauté, en programmant l'aliénation totale de chacun à la volonté générale... Lecture aveugle à ce qu'est pour Rousseau la volonté générale, faculté intérieure à chaque individu de vouloir ce qui vaut pour tous, et pas seulement instance extérieure de contrainte au nom du groupe. Lecture par omission de la distinction de principe entre la dimension privée de la sphère d'action humaine, et sa portée publique, telle qu'elle se comprend par référence aux conséquences de tout initiative pour autrui. Lecture erronée concernant le concept d'État, que Rousseau assimile à la Cité, communauté politique immanente aux hommes-citoyens, et non instance extérieure de domination. La conjonction de ces « erreurs » produit un contresens majeur. Benjamin Constant, entre autres, a accrédité un tel contresens, en passant sous silence la distinction décisive de Rousseau entre la personne privée, « naturellement indépendante » et la personne publique (synonyme du citoyen). Là où Rousseau dit explicitement que « tout ce que chacun aliène par le pacte social de sa puissance, de ses biens, de sa liberté, c'est seulement la partie de tout cela dont l'usage importe à la communauté », Constant réécrit : « Rousseau a méconnu cette vérité, et son erreur a fait de son *Contrat social*, si souvent invoqué en faveur de la liberté, le plus terrible auxiliaire de tous les genres de despotisme. Il définit le contrat passé entre la société et ses membres, l'aliénation de chaque individu avec tous ses droits et sans réserve à la communauté. » Or, selon Rousseau, ce n'est pas l'*individu* comme tel qui s'aliène, mais la part de son action virtuelle qui a des implications pour la communauté. Et la personne privée, siège de l'individualité authentique, en est dite « naturellement indépendante ». Benjamin Constant interprète le *Contrat* comme s'il n'avait pas lu le chapitre IV du livre II, et inaugure ainsi la légende d'un Rousseau père du totalitarisme. L'auteur du *Contrat social* a pourtant intitulé ce chapitre de façon significative « Des bornes du pouvoir souverain ».

Précisant que le mélange de la politique et de la religion est contre-nature, et finalement néfaste aux deux, Rousseau esquisse l'idée d'une séparation. Et il donne à celle-ci un fondement théorique décisif en stipulant ce qu'il appelle « les bornes du pouvoir souverain ». L'essentiel est dit lorsque le champ d'intervention des lois est délimité par la prise en compte de « ce qui importe à la communauté », à l'exclusion de toute « chaîne » qui lui serait inutile. Nul credo obligé ou privilégié, nul credo interdit ou stigmatisé. L'idée d'une religion civile officielle, destinée à inspirer des sentiments civiques, est dès lors problématique, même si elle prend davantage la forme d'un caté-chisme civique que d'une confession classique. Non pas que les valeurs alors encouragées soient ineptes. Mais la modalité de leur promotion ne peut être celle d'un conditionnement religieux, ou d'une quelconque inculcation ca-téchistique, si l'on veut respecter les consciences dans leur liberté.

L'adjonction au *Contrat social* d'un chapitre sur la religion ci-vile ne peut être invoquée comme contradictoire avec la privatisation du religieux, sauf à établir que le religieux est de l'ordre de l'intérêt commun. Or la seule chose clairement af-firmée par Rousseau est que le civisme est d'intérêt commun, non sa modalité catéchistique, encore moins l'intolérance qui consisterait à exiger une croyance en Dieu, qui d'ailleurs ne serait pas véritable dès lors qu'elle se-rait exigée. La liberté de cons-cience, à cet égard, est incon-tournable, et il faut rappeler que la finalité du *Contrat social* est de rendre les hommes aussi libres qu'ils peuvent l'être dans l'es-pace social. Rousseau précise d'ailleurs à propos de la religion civile que l'important n'est pas que les hommes croient intime-ment à la vérité de ses articles, mais qu'ils se comportent comme s'ils y croyaient. Une façon de dire que le civisme se juge sur les actes, et que si ceux-ci sont pro-duits par un autre type de conviction que la sacralisation religieuse, par exemple une compréhension rationnelle des exigences du lien social, il n'y a rien de plus à exiger. Bref, l'État laïque n'a pas à susciter une reli-gion séculière de substitution, dont il serait l'objet, car il n'a pas à s'enquérir de la nature des convictions spirituelles qui sous-tendent les actes. Le second ex-trait présenté ci-dessous est à cet égard tout à fait représentatif de la pensée de Rousseau.

(1)

Si l'État ou la Cité n'est qu'une personne morale dont la vie consiste dans l'union de ses membres, et si le plus important de ses soins est celui de sa propre conservation, il lui faut une force universelle et compulsive pour mouvoir et disposer chaque partie de la manière la plus convenable au tout. Comme la nature donne à chaque homme un pouvoir absolu sur tous ses membres, le pacte social donne au corps politique un pouvoir absolu sur tous les siens, et c'est ce même pouvoir, qui, dirigé par la volonté générale, porte, comme j'ai dit, le nom de souveraineté.

Mais outre la personne publique, nous avons à considérer les personnes privées qui la composent, et dont la vie et la liberté sont naturellement indépendantes d'elle. Il s'agit donc de bien distinguer les droits respectifs des Citoyens et du Souverain, et les devoirs qu'ont à remplir les premiers en qualité de sujets, du droit naturel dont ils doivent jouir en qualité d'hommes.

On convient que tout ce que chacun aliène par le pacte social de sa puissance, de ses biens, de sa liberté, c'est seulement la partie de tout cela dont l'usage importe à la communauté, mais il faut convenir aussi que le Souverain seul est juge de cette importance.

Tous les services qu'un citoyen peut rendre à l'État, il les lui doit sitôt que le Souverain les demande ; mais le Souverain de son côté ne peut charger les sujets d'aucune chaîne inutile à la communauté ; il ne peut pas même le vouloir : car sous la loi de raison rien ne se fait sans cause, non plus que sous la loi de nature.

Les engagements qui nous lient au corps social ne sont obligatoires que parce qu'ils sont mutuels, et leur nature est telle qu'en les remplissant on ne peut travailler pour autrui sans travailler aussi pour soi.

(2)

Ceux donc qui ont voulu faire du Christianisme une Religion nationale et l'introduire comme partie constitutive dans le système de la Législation, ont fait par là deux fautes,

nuisibles, l'une à la Religion, et l'autre à l'État. Ils se sont
écartés de l'esprit de Jésus-Christ dont le règne n'est pas de
ce monde, et mêlant aux intérêts terrestres ceux de la Religion, ils ont souillé sa pureté céleste, ils en ont fait l'arme
des Tyrans et l'instrument des persécuteurs. Ils n'ont pas
moins blessé les saines maximes de la politique, puisqu'au
lieu de simplifier la machine du Gouvernement, ils l'ont
composée, ils lui ont donné des ressorts étrangers superflus,
et l'assujetissant à deux mobiles différens, souvent contraires,
ils ont causé les tiraillemens qu'on sent dans tous les États
chrétiens où l'on a fait entrer la Religion dans le système
politique.

Le parfait Christianisme est l'institution sociale universelle ; mais pour montrer qu'il n'est point un établissement politique et qu'il ne concourt point aux bonnes institutions particulières, il falloit ôter les Sophismes de ceux qui
mêlent la Religion à tout, comme une prise avec laquelle ils
s'emparent de tout. Tous les établissemens humains sont
fondés sur les passions humaines et se conservent par elles :
ce qui combat et détruit les passions n'est donc pas propre à
fortifier ces établissemens. Comment ce qui détache les
cœurs de la terre nous donneroit-il plus d'intérêt pour ce qui
s'y fait ? comment ce qui nous occupe uniquement d'une
autre Patrie nous attacherait-il davantage a celle-ci ?

[...] Que doit faire un sage Législateur ? [...] établir une
Religion purement civile, dans laquelle renfermant les
dogmes fondamentaux de toute bonne Religion, tous les
dogmes vraiment utiles à la société, soit universelle soit
particulière, il omette tous les autres qui peuvent importer
à la foi, mais nullement au bien terrestre, unique objet de la
Législation : car comment le mystère de la Trinité, par
exemple, peut-il concourir à la bonne constitution de l'État,
en quoi ses membres seront-ils meilleurs Citoyens quand ils
auront rejeté le mérite des bonnes œuvres, et que fait au lien
de la société civile le dogme du péché originel ? Bien que le
vrai Christianisme soit une institution de paix, qui ne voit
que le Christianisme dogmatique ou théologique est, par la
multitude et l'obscurité de ses dogmes, surtout par l'obligation de les admettre, un champ de bataille toujours ouvert

entre les hommes, et cela sans qu'à force d'interprétations et de décisions on puisse prévenir de nouvelles disputes sur les décisions mêmes ?

XXXIV

SPINOZA

SÉPARER L'ÉTAT ET LA RELIGION

Spinoza, *Traité théologico-politique*, chap. XVIII, trad. C. Appuhn, GF-Flammarion, 1966, p. 307-308.

Marianne n'est pas arbitre des croyances, mais elle l'est des actes. Et son souci d'instruire les futurs citoyens pour qu'ils puissent se passer de maître ne vise pas à imposer un nouveau credo, mais à faire que chacun choisisse librement sa vie spirituelle, et soit en mesure d'exercer sa raison pour régler son obéissance par la prise en considération de la seule légitimité des lois. Il faut rappeler ici que dans un État de droit une loi est légitime non pas nécessairement lorsqu'elle agrée à la conscience personnelle, mais lorsqu'elle a été édictée conformément aux exigences de la souveraineté démocratique. Lui obéir ne signifie pas nécessairement l'approuver. La critique publique d'une loi fait partie du débat démocratique en vue de son éventuel changement ; elle n'est pas comme telle répréhensible, mais elle le devient lorsqu'elle se transforme en une incitation à lui désobéir, ce qui est un acte et non plus une opi-nion. Le civisme n'est donc pas le conformisme, qui suppose un ralliement intérieur systématique. La loi comme telle n'a pas à être sacralisée, sauf à considérer que la modalité religieuse de l'adhésion à une norme est la seule possible, ce qui est évidemment faux.

En l'occurrence, l'erreur souvent commise est de tenir le schème théologico-politique pour universel, confondant ainsi la ténacité de son usage passé, dans les sociétés traditionnelles, avec son universalité de fait, voire de droit. C'est faire bon marché de l'histoire, et du fait qu'y advient, par l'intervention des hommes épris de justice, un processus de redéfinition non seulement du contenu des normes, mais aussi des modalités de leur application comme de leur élaboration. Le croyant Bayle, on l'a vu, déliait la morale, et le civisme, de leur version exclusivement religieuse, en partant du constat que la domination de la religion sur les sociétés humaines n'avait nullement entraîné un progrès éthique de celle-ci. Rencontrer simultanément un chrétien criminel et un athée vertueux incite à la circonspection en ce qui concerne la thèse de la religion facteur exclusif de civisme et de moralité. Spinoza, dans ce texte, radicalise l'exigence d'une séparation de principe de l'autorité religieuse et de l'autorité politique, tout en insistant sur la différence entre les actes, seul domaine d'application légitime des lois communes, et les croyances ou les pensées, qui doivent demeurer pleinement libres. En raison de la distinction de l'ordre temporel et de l'ordre spirituel qu'il a mise en place en parallèle avec la distinction de la loi juridique et de l'exigence éthique, la séparation de principe qu'il prononce concerne aussi bien la modalité mentale de l'adhésion aux règles communes que le contenu même de la loi. Selon lui, les ministres du culte n'ont rien à faire dans l'État, communauté de droit régie par des lois ; leur fonction, dans la communauté particulière de ceux qui leur reconnaissent librement un rôle, est celle d'une libre exhortation, dépourvue de toute emprise *a priori*, car resserrée dans la force du seul témoignage spirituel, ou du seul conseil éthique. Il ne s'agit pas pour autant de reconnaître ainsi un « pouvoir spirituel » dont les effets temporels pourraient entrer en concurrence avec l'action d'émancipation promue par le pouvoir de l'État. En ce sens, la conception spinoziste de la sépa-

ration ne consiste pas plus à considérer que les Églises doivent rester maîtresses de la sphère spirituelle qu'à s'ingérer dans leurs affaires intérieures. L'État doit garder le monopole de la règle en ce qui concerne les actes, tous les actes, y compris ceux qui concernent les manifestations extérieures de la liberté de culte ; mais cela ne signifie pas qu'il puisse dicter la nature de ces manifestations. Un exemple, qui ne se trouve pas chez Spinoza, mais permet d'illustrer sa conception, est celui des sonneries de cloches. Celles-ci peuvent être réglementées dans l'intérêt du bien public (par exemple pour la tranquillité des quartiers) ; mais leur symbolique rituelle – par exemple pour l'annonce d'une messe ou de la prière de l'angélus – relève des seules autorités religieuses.

Certes, on remarquera que Spinoza évoque longuement un ordre social assuré par le régime passif de la croyance et des passions tristes, mais il est clair que là n'est pas selon lui l'idéal. La distinction entre les ignorants soumis à la superstition et les sages qui s'en affranchissent grâce à la raison n'est pas de droit, mais de fait. Provisoire, elle est donc destinée à s'effacer par une généralisation du régime rationnel d'existence, comme le montre le vœu de voir de plus en plus d'hommes pratiquer la raison, qui n'est autre que la promotion lucide des conditions de l'accomplissement de tous et de chacun. Vision très proche de celle de Condorcet, qui concevra l'instruction publique comme le vecteur essentiel de cette universalisation, et récusera toute modalité religieuse – avouée ou non avouée – de l'affirmation du lien social.

Nous voyons par là très clairement : 1° combien il est pernicieux, tant pour la Religion que pour l'État, d'accorder aux ministres du culte le droit de décréter quoi que ce soit ou de traiter les affaires de l'État ; qu'au contraire la stabilité est beaucoup plus grande quand ils sont astreints à répondre seulement aux demandes qui leur sont faites et entre-temps à régler leur enseignement et le culte extérieur sur la tradition la mieux établie et la plus universellement acceptée. 2° Combien il est dangereux de rattacher aux règles du droit divin les questions d'ordre purement spéculatif et de fonder les lois sur des opinions, sujet au moins possible de constantes disputes entre les hommes ; l'exercice du pouvoir ne va pas sans la pire violence dans un État où l'on tient pour crimes les opinions qui sont du droit de l'individu auquel personne ne peut renoncer ; et même, dans un État de cette sorte, c'est la furieuse passion populaire qui commande habituellement. Pilate, par complaisance pour la colère des Pharisiens, fit crucifier le Christ qu'il savait innocent. Pour dépouiller les plus riches de leurs dignités, les Pharisiens commencèrent d'inquiéter les gens au sujet de la Religion et d'accuser les Saducéens d'impiété ; à l'exemple des Pharisiens, les pires hypocrites, animés de la même rage, ont partout persécuté des hommes d'une probité insigne et d'une vertu éclatante, odieux par là même à la foule, en dénonçant leurs opinions comme abominables et en enflammant contre eux de colère la multitude féroce. Cette licence effrontée, parce qu'elle se couvre d'une apparence de religion, n'est pas facile à réprimer, surtout dans un pays où les détenteurs du pouvoir souverain ont introduit une secte dont la doctrine échappe à leur autorité, car alors ils ne sont plus tenus pour des interprètes du droit divin mais pour des membres d'une secte, c'est-à-dire des hommes qui reconnaissent comme interprètes du droit divin les docteurs de la secte : l'autorité des magistrats a par suite peu de force auprès de la foule en ce qui concerne les actes qu'inspire le fanatisme religieux, l'autorité des docteurs en a beaucoup, et l'on croit que même les rois doivent se soumettre à leur interprétation. Pour éviter ces maux, on ne peut trouver de moyen plus sûr que de faire consister la piété et le culte de la Religion dans les œuvres seules, c'est-à-dire dans le seul exercice de la justice et de la charité, et, pour le reste, de l'abandonner au libre jugement de chacun ; mais nous reviendrons plus longuement sur ce point. 3° Nous voyons combien il est nécessaire, tant pour l'État que pour la Religion, de reconnaître au souverain le droit de décider de ce qui est légitime et ce qui ne l'est pas. Si en effet ce droit de décider des actions n'a pu être accordé même aux Prophètes de Dieu, sans grand dommage pour l'État et la Religion, encore bien moins faut-il l'accorder à des hommes qui ne savent pas plus prédire l'avenir qu'ils ne peuvent faire de miracles.

XXXV

LOI DU 9 DÉCEMBRE 1905 CONCERNANT LA SÉPARATION DES ÉGLISES ET DE L'ÉTAT

Loi du 9 décembre 1905 (extraits),
Journal officiel de la République française,
11 décembre 1905.

La portée du dispositif juridique de séparation ne saurait être trop soulignée, notamment au regard de lectures qui n'hésitent pas à démanteler le texte de la loi de 1905 pour en édulcorer la radicalité juridique. Il y a là la condition de possibilité, au sens kantien, d'un authentique pluralisme des expressions et des orientations du débat public, sans que l'on puisse confondre expression *dans* la sphère publique, et emprise *sur* elle. On peut dire que la laïcité c'est juridiquement la *séparation*, car celle-ci a un caractère vérita-

blement transcendantal par rapport au débat qu'elle rend possible. Transcendantal veut dire ici à la fois *extérieur, premier* et *fondateur. Extérieur* aux différentes options spirituelles, car toute dépendance à l'égard d'une de ces options hypothèque l'impartialité, comme on le voit avec l'œcuménisme religieux, qui ne semble concevoir la liberté spirituelle que comme « liberté religieuse », et ne définit l'athéisme ou l'agnosticisme que par privation par rapport à la croyance religieuse. *Premier,* car le débat présuppose une règle qui lui préexiste, et sans laquelle le risque est grand de voir surgir l'affirmation spontanée de la force en lieu et place du libre concours d'options tenues pour égales en droit. *Fondateur*, au sens où des principes de droit sont les fondements d'une organisation durable parce que juste. Le caractère transcendantal de la laïcité la met hors de portée des renégociations induites par la variation des rapports de force. Il est historiquement faux de présenter cette loi de séparation comme un « pacte », car elle n'a nullement été négociée avec les Églises, et ne représente pas un compromis entre des forces adverses. Ce serait présupposer que la République laïque avait le souci de faire la guerre à la religion comme telle, alors que plusieurs inspirateurs de la laïcité institutionnelle étaient eux-mêmes croyants, et ne voulaient mettre en cause que les privilèges publics des religions, attentatoires à l'égalité des citoyens, puisque les athées et les agnostiques étaient ainsi moins bien traités que les croyants. La lecture des principaux articles de la loi du 9 décembre 1905 permet de mettre en évidence cette dimension fondatrice, clairement énoncée dans le premier titre de la loi, intitulé significativement « Principes », et distingué des titres suivants, pour bien indiquer que là réside la nouvelle norme : est principe, selon l'étymologie latine *princeps,* ce qui est premier, ce à quoi on remonte en dernière instance pour savoir selon quelle idée il

convient de statuer et d'agir. Ces principes sont on ne peut plus nets. La liberté de conscience, tout d'abord, et non la « liberté religieuse », expression équivoque qui n'en désigne qu'une version particulière. Quelle serait en effet la « liberté religieuse » d'être athée ? La stricte neutralité de l'État, en matière juridique, puisqu'il ne « reconnaît plus » les cultes. C'est dire que la religion devient une affaire privée, individuelle ou collective (le droit privé permettant aux adeptes d'une même conviction spirituelle de se réunir librement, de se cotiser, de se doter d'une organisation propre, mais leur déniant toute attribution de fonds publics). La République ne salarie plus les ministres du culte, ce qui veut dire également qu'ils ne sauraient être assimilés à des fonctionnaires publics, rémunérés comme tels. Enfin, elle ne « subventionne plus », à compter du 9 décembre 1905, de construction de lieux de culte, qu'il s'agisse d'églises, de temples, de synagogues ou de mosquées. À charge pour les adeptes des différentes confessions de se cotiser pour de telles constructions. Les deniers d'origine publique doivent avoir une destination publique. Le fait que depuis 1905 cette loi ait été bafouée ne saurait conduire à sa mise en cause, sauf à admettre que les infractions à la loi font jurisprudence, ce qui est une curieuse façon de concevoir l'État de droit. Autant griller les feux rouges pour demander ensuite leur abolition.

Titre Ier : Principes

Art. 1 – La République assure la liberté de conscience. Elle garantit le libre exercice des cultes sous les seules restrictions édictées ci-après dans l'intérêt de l'ordre public.

Art. 2 – La République ne reconnaît, ne salarie ni ne subventionne aucun culte. En conséquence, à partir du 1er janvier qui suivra la promulgation de la présente loi, seront supprimées des budgets de l'État, des départements et des communes, toutes dépenses relatives à l'exercice des cultes.

Pourront toutefois être inscrites auxdits budgets les dépenses relatives à des services d'aumônerie et destinées à assurer le libre exercice des cultes dans les établissements publics tels que lycées, collèges, écoles, hospices, asiles et prisons.

Les établissements publics du culte sont supprimés, sous réserve des dispositions énoncées à l'article 3.

Titre II : Attribution des biens, pensions

Art. 3 – Les établissements dont la suppression est ordonnée par l'article 2 continueront provisoirement de fonctionner, conformément aux dispositions qui les régissent actuellement, jusqu'à l'attribution de leurs biens aux associations prévues par le titre IV et au plus tard jusqu'à l'expiration du délai ci-après.

Dès la promulgation de la présente loi, il sera procédé par les agents de l'administration des domaines à l'inventaire descriptif et estimatif :

1° Des biens mobiliers et immobiliers desdits établissements ;

2° Des biens de l'État, des départements et des communes dont les mêmes établissements ont la jouissance.

Ce double inventaire sera dressé contradictoirement avec les représentants légaux des établissements ecclésiastiques ou eux dûment appelés par une notification faite en la forme administrative.

Les agents chargés de l'inventaire auront le droit de se faire communiquer tous titres et documents utiles à leurs opérations.

Art. 4 – Dans le délai d'un an, à partir de la promulgation de la présente loi, les biens mobiliers et immobiliers des menses, fabriques, conseils presbytéraux, consistoires et autres établissements publics du culte seront, avec toutes les charges et obligations qui les grèvent et avec leur affectation spéciale, transférés par les représentants légaux de ces établissements aux associations qui, en se conformant aux règles d'organisation générale du culte dont elles se proposent d'assurer l'exercice, se seront légalement formées, suivant les prescriptions de l'article 19, pour l'exercice de ce culte dans les anciennes circonscriptions desdits établissements.

Art. 5 – Ceux des biens désignés à l'article précédent qui proviennent de l'État et qui ne sont pas grevés d'une fondation pieuse créée postérieurement à la loi du 18 germinal an X feront retour à l'État.

Les attributions de biens ne pourront être faits par les établissements ecclésiastiques qu'un mois après la promulgation du règlement d'administration publique prévu à l'article 43. Faute de quoi la nullité pourra en être demandée devant le tribunal de grande instance par toute partie intéressée ou par le ministère public.

En cas d'aliénation par l'association cultuelle de valeurs mobilières ou d'immeubles faisant partie du patrimoine de l'établissement public dissous, le montant du produit de la vente devra être employé en titres de rente nominatifs ou dans les conditions prévues au paragraphe 2 de l'article 22.

L'acquéreur des biens aliénés sera personnellement responsable de la régularité de cet emploi.

Les biens revendiqués par l'État, les départements ou les communes ne pourront être aliénés, transformés ni modifiés jusqu'à ce qu'il ait été statué sur la revendication par les tribunaux compétents [...].

Titre III : Des édifices des cultes

Art. 12 – *(modifié par loi 98-546 du 2 juillet 1998 art. 94 I, JORF du 3 juillet 1998)* Les édifices qui ont été mis à la disposition de la nation et qui, en vertu de la loi du 18 germinal an X, servent à l'exercice public des cultes ou au logement de leurs ministres (cathédrales, églises, chapelles, synagogues, archevêchés, évêchés, presbytères, séminaires), ainsi que leur descendance immobilière, et les objets mobiliers qui les garnissaient au moment où lesdits édifices ont été remis aux cultes, sont et demeurent propriétés de l'État, des départements, des communes et des établissements publics de coopération intercommunale ayant pris la compétence en matière d'édifices des cultes.

Pour ces édifices, comme pour ceux postérieurs à la loi du 18 germinal an X, dont l'État, les départements et les communes seraient propriétaires, y compris les facultés de théologie protestante, il sera procédé conformément aux dispositions des articles suivants.

Art. 13 – (*modifié par loi 98-546 du 2 juillet 1998 art. 94 II, JORF du 3 juillet 1998*) Les édifices servant à l'exercice public du culte, ainsi que les objets mobiliers les garnissant, seront laissés gratuitement à la disposition des établissements publics du culte, puis des associations appelées à les remplacer auxquelles les biens de ces établissements auront été attribués par application des dispositions du titre II.

[...]

Art. 16 – Il sera procédé à un classement complémentaire des édifices servant à l'exercice public du culte (cathédrales, églises, chapelles, temples, synagogues, archevêchés, évêchés, presbytères, séminaires), dans lequel devront être compris tous ceux de ces édifices représentant, dans leur ensemble ou dans leurs parties, une valeur artistique ou historique. [...]

Titre IV : Des associations pour l'exercice des cultes

Art. 18 – Les associations formées pour subvenir aux frais, à l'entretien et à l'exercice public d'un culte devront être constituées conformément aux articles 5 et suivants du titre Ier de la loi du 1er juillet 1901. Elles seront, en outre, soumises aux prescriptions de la présente loi.

Art. 19 – (*modifié par loi n° 42-1114 du 25 décembre 1942, JORF du 2 janvier 1943*) (*modifié par décret n° 66-388 du 13 juin 1966 art. 8, JORF du 17 juin 1966*)

Ces associations devront avoir exclusivement pour objet l'exercice d'un culte et être composés au moins :

Dans les communes de moins de 1 000 habitants, de sept personnes ;

Dans les communes de 1 000 à 20 000 habitants, de quinze personnes ;

Dans les communes dont le nombre des habitants est supérieur à 20 000, de vingt-cinq personnes majeures, domiciliées ou résidant dans la circonscription religieuse.

Chacun de leurs membres pourra s'en retirer en tout temps, après payement des cotisations échues et de celles de l'année courante, nonobstant toute clause contraire.

Nonobstant toute clause contraire des statuts, les actes de gestion financière et d'administration légale des biens accomplis par les directeurs ou administrateurs seront, chaque année au moins présentés au contrôle de l'assemblée générale des membres de l'association et soumis à son approbation.

Les associations pourront recevoir, en outre, des cotisations prévues par l'article 6 de la loi du 1er juillet 1901, le produit des quêtes et collectes pour les frais du culte, percevoir des rétributions : pour les cérémonies et services religieux même par fondation ; pour la location des bancs et sièges ; pour la fourniture des objets destinés au service des funérailles dans les édifices religieux et à la décoration de ces édifices.

Les associations cultuelles pourront recevoir, dans les conditions déterminées par les articles 7 et 8 de la loi des 4 février 1901-8 juillet 1941, relative à la tutelle administrative en matière de dons et legs, les libéralités testamentaires et entre vifs destinées à l'accomplissement de leur objet ou grevées de charges pieuses ou cultuelles.

Elles pourront verser, sans donner lieu à perception de droits, le surplus de leurs recettes à d'autres associations constituées pour le même objet.

Elles ne pourront, sous quelque forme que ce soit, recevoir des subventions de l'État, des départements et des communes. Ne sont pas considérées comme subventions les sommes allouées pour réparations aux édifices affectés au culte public, qu'ils soient ou non classés monuments historiques. [...]

Titre V : Police des cultes

Art. 25 – Les réunions pour la célébration d'une culte tenues dans les locaux appartenant à une association cultuelle ou mis à sa disposition sont publiques. Elles sont dispensées des formalités de l'article 8 de la loi du 30 juin 1881, mais restent placées sous la surveillance des autorités dans l'intérêt de l'ordre public.

Art. 26 – Il est interdit de tenir des réunions politiques dans les locaux servant habituellement à l'exercice d'un culte.

Art. 27 – Les cérémonies, processions et autres manifestations extérieures d'un culte, sont réglées en conformité de l'article 97 du Code de l'administration communale.

Les sonneries des cloches seront réglées par arrêté municipal, et, en cas de désaccord entre le maire et le président ou directeur de l'association cultuelle, par arrêté préfectoral.

Le règlement d'administration publique prévu par l'article 43 de la présente loi déterminera les conditions et les cas dans lesquels les sonneries civiles pourront avoir lieu.

Art. 28 – Il est interdit, à l'avenir, d'élever ou d'apposer aucun signe ou emblème religieux sur les monuments publics ou en quelque emplacement public que ce soit, à l'exception des édifices servant au culte, des terrains de sépulture dans les cimetières, des monuments funéraires, ainsi que des musées ou expositions. [...]

Art. L141-3 – Les écoles élémentaires publiques vaquent un jour par semaine en outre du dimanche, afin de permettre aux parents de faire donner, s'ils le désirent, à leurs enfants l'instruction religieuse, en dehors des édifices scolaires. L'enseignement religieux est facultatif dans les écoles privées.

XXXVI

L'ÉGLISE CONTRE LES LOIS LAÏQUES

Assemblée des cardinaux et des évêques de France,
Déclaration du 10 mars 1925
Encyclique *Divini Illius Magistri*, 31 décembre 1929.

« Laïcité de combat » : telle est l'expression souvent utilisée par les adversaires de la laïcité, comme si son concept même impliquait la dimension réactive d'une lutte contre quelque chose ou quelqu'un. On a vu qu'il n'en est rien, puisque l'idéal laïque s'affirme d'abord pour des valeurs et des principes d'application universelle : liberté de conscience, égalité des athées des agnostiques et des croyants, finalisation de la loi commune par le seul bien commun à tous. Mais l'Église n'a pas perdu de gaieté de cœur ses privilèges ances-

traux, et c'est bien elle qui a lancé le combat antilaïque, auquel les laïques ont dû répondre. Les deux extraits qui suivent sont de véritables déclarations de guerre, et ils témoignent de la virulence du refus des valeurs laïques. Ils se passent de commentaires. Aujourd'hui, plus habiles dans les termes, les nostalgiques des emprises publiques des religions baptisent la restauration de telles emprises « laïcité ouverte », grossière expression polémique, aussi peu recevable que le serait celle de « droits de l'homme ouverts ».

(1) CONTRE L'ÉTAT LAÏQUE

Les lois de laïcité sont injustes d'abord parce qu'elles sont contraires aux droits formels de Dieu.

Elles procèdent de l'athéisme et y conduisent dans l'ordre individuel, familial, social, politique, national, international.

Elles supposent la méconnaissance totale de Notre-Seigneur Jésus-Christ et de son Évangile.

Elles tendent à substituer au vrai Dieu des idoles (la liberté, la solidarité, l'humanité, la science, etc.) ; à déchristianiser toutes les vies et toutes les institutions.

Ceux qui en ont inauguré le règne, ceux qui l'ont affermi, étendu, imposé, n'ont pas eu d'autre but.

De ce fait, elles sont l'œuvre de l'impiété, qui est l'expression de la plus coupable des injustices, comme la religion catholique est l'expression de la plus haute justice.

Elles sont injustes ensuite, parce qu'elles sont contraires à nos intérêts temporels et spirituels.

Qu'on les examine, il n'en est pas une qui ne nous atteigne à la fois dans nos biens terrestres et dans nos biens surnaturels.

La loi scolaire enlève aux parents la liberté qui leur appartient, les oblige à payer deux impôts : l'un pour l'enseignement officiel, l'autre pour l'enseignement chrétien ; en même temps, elle (la loi scolaire) trompe l'intelligence des enfants, elle pervertit leur volonté, elle fausse leur conscience.

La loi de Séparation nous dépouille des propriétés qui nous étaient nécessaires et apporte mille entraves à notre ministère sacerdotal, sans compter qu'elle entraîne la rupture officielle, publique, scandaleuse de la société avec l'Église, la religion et Dieu.

La loi du divorce sépare les époux, donne naissance à des procès retentissants qui humilient et déclassent les familles, divise et attriste l'enfant, rend les mariages ou partiellement ou entièrement stériles et de plus elle (la loi du divorce) autorise juridiquement l'adultère.

La laïcisation des hôpitaux prive les malades de ces soins dévoués et désintéressés que la religion seule inspire, des consolations surnaturelles qui adouciraient leurs souffrances, et les expose à mourir sans sacrements...

Dès lors, les lois de laïcité ne sont pas des lois [...].

Il ne nous est pas permis de leur obéir, nous avons le droit et le devoir de les combattre et d'en exiger par tous les moyens honnêtes l'abrogation.

(2) Contre l'école commune à tous

De là, il ressort nécessairement que l'école dite neutre ou laïque, d'où est exclue la religion, est contraire aux premiers principes de l'éducation.

Une école de ce genre est d'ailleurs pratiquement irréalisable, car, en fait, elle devient irréligieuse. Inutile de reprendre ici tout ce qu'ont dit sur cette matière Nos prédécesseurs, notamment Pie IX et Léon XIII, parlant en ces temps où le laïcisme commençait à sévir dans les écoles

publiques. Nous renouvelons et confirmons leurs déclarations et, avec elles, les prescriptions des Sacrés Canons. La
fréquentation des écoles non catholiques, ou neutres ou
mixtes (celles à savoir qui s'ouvrent indifféremment aux
catholiques et non-catholiques, sans distinction), doit être
interdite aux enfants catholiques ; elle ne peut être tolérée
qu'au jugement de l'Ordinaire, dans des circonstances bien
déterminées de temps et de lieu et sous de spéciales garan-
ties. [...]

Il ne peut donc même être question d'admettre pour les
catholiques cette école mixte (plus déplorable encore si elle
est unique et obligatoire pour tous), où, l'instruction religieuse étant donnée à part aux élèves catholiques, ceux-ci
reçoivent tous les autres enseignements de maîtres non
catholiques, en commun avec les élèves non catholiques.

Ainsi donc, le seul fait qu'il s'y donne une instruction
religieuse (souvent avec trop de parcimonie) ne suffit pas
pour qu'une école puisse être jugée conforme aux droits de
l'Église et de la famille chrétienne, et digne d'être fré-
quentée par les enfants catholiques [...].

Pour cette conformité, il est nécessaire que tout l'enseignement, toute l'ordonnance de l'école, personnel, programmes et livres, en tout genre de discipline, soient régis
par un esprit vraiment chrétien, sous la direction et la
maternelle vigilance de l'Église, de telle façon que la religion soit le fondement et le couronnement de tout l'enseignement, à tous les degrés, non seulement élémentaire, mais
moyen et supérieur : « Il est indispensable, pour reprendre
les paroles de Léon XIII, que, non seulement, à certaines
heures, la religion soit enseignée aux jeunes gens, mais que
tout le reste de la formation soit imprégné de piété chrétienne. Sans cela, si ce souffle sacré ne pénètre pas et ne
réchauffe pas l'esprit des maîtres et des disciples, la science,
quelle qu'elle soit, sera de bien peu y de profit ; souvent
même il n'en résultera que des dommages sérieux. »

XXXVII

JAURÈS

L'ÉMANCIPATION LAÏQUE

Jaurès, « Discours de 1906 », dans *Discours et écrits*,
cité par M. Auclair, *La vie de Jean Jaurès
ou la France avant 1914*, Seuil, 1954, p. 442.

Né à Castres en 1859 et mort assassiné à Paris en 1914, Jean Jaurès devient député socialiste de la ville minière de Carmaux en 1893. Il fonde en 1904 le journal *L'Humanité*. Philosophe sensible aux questions métaphysiques concernant la destinée humaine et l'ordre de l'univers, il est libre-penseur. Il récuse toute attitude de sectarisme à l'égard de la religion entendue comme témoignage spirituel. Il n'en a pas moins combattu vigoureusement les prétentions cléricales de domination de la sphère publique, et notamment la volonté d'emprise des congrégations religieuses sur l'école. Jean Jaurès milite simultanément pour la République sociale et pour la République laïque, qu'il se refuse à dissocier. Sa lutte obstinée pour la paix lui coûtera la vie. De la loi de séparation il souligne qu'en aucun cas elle ne représente une machine de guerre contre la religion. Il insiste sur le souci d'égalité des républicains qui l'ont conçue. À la liberté de conscience, cette égalité apporte le renfort d'une neutralité confessionnelle qui ne signifie nullement relativisme éthico-politique, ni abandon de la sphère publique à la pluralité des confessions. Affirmer l'égalité de tous dans la liberté de choisir son option spirituelle, consacrer la loi commune à ce qui unit par-delà les différences, à l'intérêt général, ce n'est pas sombrer dans le relativisme, puisqu'on fonde ainsi les institutions laïques sur des valeurs clairement affirmées. Soustraire les pouvoirs publics à la domination des religions, comme on le ferait à celle à de l'athéisme s'il était lui-même privilégié par l'État, c'est rendre possible un plan de référence essentiel à la concorde. Jaurès insiste sur l'égalité, sans laquelle certains citoyens seraient victimes de discrimination : « Les républicains se sont alors souvenus qu'aucun culte ne doit être privilégié dans l'État. Les citoyens ont le droit de croire ou de ne pas croire, de prier ou de ne pas prier, de pratiquer ou de ne pas pratiquer. »

Les congrégations s'étaient installées en maîtresses absolues de la France. Elles voulaient détruire la République. Dans leurs écoles elles entretenaient la haine entre citoyens.

Il ne faut plus que les enfants de la nation soient élevés en deux camps ennemis. Ils doivent être élevés dans la même lumière, dans la même liberté, dans les écoles de la nation républicaine où ils apprendront à s'aimer les uns les autres.

Je me suis attaché à voter les mesures qui ont refréné la puissance des congrégations et ruiné leur influence en fermant les écoles qu'elles avaient édifiées pour les opposer aux écoles de la République.

Les mesures prises contre les congrégations auraient dû être un avertissement pour les cléricaux fanatiques qui s'associaient aux complots des factieux. Les prêtres séculiers ont continué à abuser de leur situation privilégiée. Du haut de leur chaire ils s'insurgeaient contre la loi, luttaient comme des forcenés contre le gouvernement qui semblait ne leur servir son argent que pour mieux le combattre.

Les républicains se sont alors souvenus qu'aucun culte ne doit être privilégié dans l'État.

Les citoyens ont le droit de croire ou de ne pas croire, de prier ou de ne pas prier, de pratiquer ou de ne pas pratiquer.

La Chambre vient de voter, à une majorité de cent voix, la loi de la Séparation de l'Église et de l'État. La majorité républicaine qui a voté la loi de Séparation comprend des républicains modérés comme MM. Barthou et Deschanel, et des républicains d'extrême gauche, parmi lesquels des socialistes.

La loi que la Chambre a votée laisse la liberté à tous les cultes, elle permet à tous les citoyens de croire et de pratiquer la religion de leur choix.

Encore quelques mois, et vous verrez que la loi de laïcisation de l'État est une loi de liberté et vous pourrez constater par vous-mêmes que les cléricaux mentent impudemment lorsqu'ils prétendent qu'elle est une loi de persécution qui n'a été faite que pour détruire la religion.

L'Association cultuelle, formée le plus souvent des membres du Conseil de Fabrique, assurera le fonctionnement du culte.

Mais l'État républicain n'assurera plus le traitement des prêtres qui le combattent et l'outragent.

La liberté de croyance sera garantie complète, absolue.

Les véritables croyants ne peuvent trouver excessif de payer quelques sous ou quelques francs pour s'assurer le paradis qu'ils attendent. S'ils ne peuvent s'imposer quelques sacrifices, s'ils estiment que la religion sera perdue du jour où les libres-penseurs et les francs-maçons cesseront de contribuer à l'entretien d'un culte que ces mécréants ne pratiquent pas, qu'ils me permettent de leur dire : ils montrent qu'ils ne sont pas bien assurés de l'efficacité du remède dont ils préconisent l'emploi aux déshérités de la vie !

VI

LA LAÏCITÉ DE L'ÉCOLE PUBLIQUE

XXXVIII

CONDORCET

« RENDRE LA RAISON POPULAIRE »

Condorcet, *Cinq Mémoires sur l'Instruction publique*,
« Premier Mémoire : Nature et objet
de l'instruction publique », GF-Flammarion,
1994, p. 61-106.

La laïcité de l'école a égard à la formation du citoyen, et, plus largement, à la formation de l'homme par l'exercice autonome du jugement. Son enjeu est donc décisif, tant sur le plan de l'accomplissement personnel que sur celui de la citoyenneté éclairée. La République ne peut d'ailleurs compter que sur des citoyens prêts à la défendre dès lors qu'ils la reconnaissent comme le type d'organisation politique qui rend possible leur liberté et leur égalité.

Condorcet, après les conquêtes de la Révolution en matière de droits politiques, fait remarquer que le travail d'émancipation n'est pas achevé tant que l'ignorance, ou l'inégalité devant le savoir et la culture, met le peuple à la merci des démagogues et des ambitieux, comme à celle des groupes de pression qui entendent le dominer. Le cléricalisme religieux n'est pas seul en cause, car c'est de façon plus générale toute exploitation de la croyance, de la superstition, et de l'ignorance, qu'il s'agit de prévenir.

De même en effet qu'une trop grande différence de moyens d'existence, assortie de la misère pour les plus démunis, met en péril la liberté, puisqu'elle tend à placer les uns sous la dépendance des autres, de même une trop grande différence dans l'accès à l'instruction et à la culture produit le même effet, cette fois-ci dans le domaine spirituel. Idée qu'illustre Condorcet, en voyant dans l'instruction publique le moyen de restituer à chacun la conduite de ses pensées et le libre choix de son option spirituelle, comme de son éthique de vie. L'égalité de tous, ici, tient au fait que chacun doit pouvoir détenir les moyens intellectuels et culturels qui lui permettent de ne pas dépendre d'un tuteur pour savoir ce qu'il convient de penser. Or pendant longtemps le monopole du savoir détenu par les clercs a doublé et renforcé le pouvoir dont ils disposaient sur les « laïcs ».

L'école doit être publique, afin de soustraire l'accès au savoir à la disparité des conditions de fortune. Les textes qui suivent déclinent les exigences qui incombent à une école ouverte à tous, soucieuse d'émancipation et d'universalité. Les finalités sont claires : la liberté et l'égalité minimale d'instruction qui donnent chair et vie aux droits reconnus à tous. Les moyens ne le sont pas moins : éviter de confondre l'opinion et la vérité, la croyance et la connaissance, et de solidariser la morale de la religion. L'école ainsi pensée ne peut être que laïque, ce qui implique la stricte indépendance par rapport à tout cléricalisme religieux. C'est aux familles que revient, si elles le désirent, le soin de procurer une éducation religieuse, non à l'école publique, dont la vocation est de nature différente car universelle.

LA SOCIÉTÉ DOIT AU PEUPLE
UNE INSTRUCTION PUBLIQUE

1° *Comme moyen de rendre réelle l'égalité des droits.*

L'instruction publique est un devoir de la société à l'égard des citoyens.

Vainement aurait-on déclaré que les hommes ont tous les mêmes droits ; vainement les lois auraient-elles respecté ce premier principe de l'éternelle justice, si l'inégalité dans les facultés morales empêchait le plus grand nombre de jouir de ces droits dans toute leur étendue.

L'état social diminue nécessairement l'inégalité naturelle, en faisant concourir les forces communes au bien-être des individus. Mais ce bien-être devient en même temps plus dépendant des rapports de chaque homme avec ses semblables, et les effets de l'inégalité s'accroîtraient à proportion, si l'on ne rendait plus faible et presque nulle, relativement au bonheur et à l'exercice des droits communs, celle qui naît de la différence des esprits.

Cette obligation consiste à ne laisser subsister aucune inégalité qui entraîne de dépendance.

Il est impossible qu'une instruction même égale n'augmente pas la supériorité de ceux que la nature a favorisés d'une organisation plus heureuse.

Mais il suffit au maintien de l'égalité des droits que cette supériorité n'entraîne pas de dépendance réelle, et que chacun soit assez instruit pour exercer par lui-même, et sans se soumettre aveuglément à la raison d'autrui, ceux dont la loi lui a garanti la jouissance. Alors, bien loin que la supériorité de quelques hommes soit un mal pour ceux qui n'ont pas reçu les mêmes avantages, elle contribuera au bien de tous, et les talents comme les lumières deviendront le patrimoine commun de la société.

Ainsi, par exemple, celui qui ne sait pas écrire, et qui ignore l'arithmétique, dépend réellement de l'homme plus instruit, auquel il est sans cesse obligé de recourir. Il n'est pas l'égal de ceux à qui l'éducation a donné ces connaissances ; il ne peut pas exercer les mêmes droits avec la même étendue et la même indépendance. Celui qui n'est pas instruit des premières lois qui règlent le droit de propriété ne jouit pas de ce droit de la même manière que celui qui les connaît ; dans les discussions qui s'élèvent entre eux, ils ne combattent point à armes égales.

Mais l'homme qui sait les règles de l'arithmétique nécessaires dans l'usage de la vie, n'est pas dans la dépendance du savant qui possède au plus haut degré le génie des sciences mathématiques, et dont le talent lui sera d'une utilité très réelle, sans jamais pouvoir le gêner dans la jouissance de ses droits. L'homme qui a été instruit des éléments de la loi civile n'est pas dans la dépendance du jurisconsulte le plus éclairé, dont les connaissances ne peuvent que l'aider et non l'asservir.

L'inégalité d'instruction est une des principales sources de tyrannie.

Dans les siècles d'ignorance, à la tyrannie de la force se joignait celle des lumières faibles et incertaines, mais concentrées exclusivement dans quelques classes peu nombreuses. Les prêtres, les jurisconsultes, les hommes qui avaient le secret des opérations de commerce, les médecins même formés dans un petit nombre d'écoles, n'étaient pas moins les maîtres du monde que les guerriers armés de toutes pièces ; et le despotisme héréditaire de ces guerriers était lui-même fondé sur la supériorité que leur donnait, avant l'invention de la poudre, leur apprentissage exclusif dans l'art de manier les armes. [...]

Mais aujourd'hui qu'il est reconnu que la vérité seule peut être la base d'une prospérité durable, et que les lumières croissant sans cesse ne permettent plus à l'erreur de se flatter d'un empire éternel, le but de l'éducation ne peut plus être de consacrer les opinions établies, mais, au contraire, de les soumettre à l'examen libre de générations successives, toujours de plus en plus éclairées.

Enfin, une éducation complète s'étendrait aux opinions religieuses ; la puissance publique serait donc obligée d'établir autant d'éducations différentes qu'il y aurait de religions anciennes ou nouvelles professées sur son territoire ; ou bien elle obligerait les citoyens de diverses croyances, soit d'adopter la même pour leurs enfants, soit de se borner à choisir entre le petit nombre qu'il serait convenu d'encourager. On sait que la plupart des hommes suivent en ce genre les opinions qu'ils ont reçues dès leur enfance, et qu'il leur vient rarement l'idée de les examiner. Si donc elles font partie de l'éducation publique, elles cessent d'être le choix libre des citoyens, et deviennent un joug imposé par un pouvoir illégitime. En un mot, il est également impossible ou d'admettre ou de rejeter l'instruction religieuse dans une éducation publique qui exclurait l'éducation domestique, sans porter atteinte à la conscience des parents, lorsque ceux-ci regarderaient une religion exclusive comme nécessaire, ou même comme utile à la morale et au bonheur d'une autre vie. Il faut donc que la puissance publique se borne à régler l'instruction, en abandonnant aux familles le reste de l'éducation.

La puissance publique n'a pas droit de lier l'enseignement de la morale à celui de la religion.

À cet égard même, son action ne doit être ni arbitraire ni universelle. On a déjà vu que les opinions religieuses ne peuvent faire partie de l'instruction commune, puisque, devant être le choix d'une conscience indépendante, aucune autorité n'a le droit de préférer l'une à l'autre ; et il en résulte la nécessité de rendre l'enseignement de la morale rigoureusement indépendant de ces opinions.

Elle n'a pas droit de faire enseigner des opinions comme des vérités.

La puissance publique ne peut même, sur aucun objet, avoir le droit de faire enseigner des opinions comme des vérités ; elle ne doit imposer aucune croyance. Si quelques opinions lui paraissent des erreurs dangereuses, ce n'est pas en faisant enseigner les opinions contraires qu'elle doit les combattre ou les prévenir ; c'est en les écartant de l'instruction publique, non par des lois, mais par le choix des maîtres et des méthodes ; c'est surtout en assurant aux bons esprits les moyens de se soustraire à ces erreurs, et d'en connaître tous les dangers.

Son devoir est d'armer contre l'erreur, qui est toujours un mal public, toute la force de la vérité ; mais elle n'a pas droit de décider où réside la vérité, où se trouve l'erreur. Ainsi, la fonction des ministres de la religion est d'encourager les hommes à remplir leurs devoirs ; et cependant, la prétention à décider exclusivement quels sont ces devoirs serait la plus dangereuse des usurpations sacerdotales.

En conséquence, elle ne doit pas confier l'enseignement à des corps perpétuels.

La puissance publique doit donc éviter surtout de confier l'instruction à des corps enseignants qui se recrutent par eux-mêmes. Leur histoire est celle des efforts qu'ils ont faits pour perpétuer de vaines opinions que les hommes éclairés avaient dès longtemps reléguées dans la classe des erreurs ; elle est celle de leurs tentatives pour imposer aux esprits un joug à l'aide duquel ils espéraient prolonger leur crédit ou étendre leurs richesses. Que ces corps soient des ordres de moines, des congrégations de demi-moines, des universités, de simples corporations, le danger est égal. L'instruction qu'ils donneront aura toujours pour but, non le progrès des lumières, mais l'augmentation de leur pouvoir ; non d'enseigner la vérité, mais de perpétuer les préjugés utiles à leur ambition, les opinions qui servent leur vanité. D'ailleurs, quand même ces corporations ne seraient pas les apôtres déguisés des opinions qui leur sont utiles, il s'y établirait des idées héréditaires ; toutes les passions de l'orgueil s'y uni-

raient pour éterniser le système d'un chef qui les a gouver-
nées, d'un confrère célèbre dont elles auraient la sottise de
s'approprier la gloire ; et dans l'art même de chercher la
vérité, on verrait s'introduire l'ennemi le plus dangereux de
ses progrès, les habitudes consacrées. [...]

Conclusion

Généreux amis de l'égalité, de la liberté, réunissez-vous
pour obtenir de la puissance publique une instruction qui
rende la raison populaire, ou craignez de perdre bientôt tout
le fruit de vos nobles efforts. N'imaginez pas que les lois les
mieux combinées puissent faire un ignorant l'égal de
l'homme habile, et rendre libre celui qui est esclave des préjugés. Plus elles auront respecté les droits de l'indépendance
personnelle et de l'égalité naturelle, plus elles rendront
facile et terrible la tyrannie que la ruse exerce sur l'ignorance, en la rendant à la fois son instrument et sa victime. Si
les lois ont détruit tous les pouvoirs injustes, bientôt elle en
saura créer de plus dangereux. Supposez, par exemple, que
dans la capitale d'un pays soumis à une constitution libre,
une troupe d'audacieux hypocrites soit parvenue à former
une association de complices et de dupes ; que dans cinq
cents autres villes, de petites sociétés reçoivent de la première leurs opinions, leur volonté et leur mouvement, et
qu'elles exercent l'action qui leur est transmise sur un
peuple que le défaut d'instruction livre sans défense aux fan-
tômes de la crainte, aux pièges de la calomnie, n'est-il pas
évident qu'une telle association réunira rapidement sous ses
drapeaux et la médiocrité ambitieuse et les talents désho-
norés ; qu'elle aura pour satellites dociles cette foule d'hommes,
sans autre industrie que leurs vices, et condamnés par le
mépris public à l'opprobre comme à la misère ; que bientôt,
enfin, s'emparant de tous les pouvoirs, gouvernant le peuple
par la séduction et les hommes publics par la terreur, elle
exercera, sous le masque de la liberté, la plus honteuse
comme la plus féroce de toutes les tyrannies ? Par quel
moyen cependant vos lois, qui respecteront les droits des
hommes, pourront-elles prévenir les progrès d'une semblable conspiration ? Ne savez-vous pas combien, pour

conduire un peuple sans lumières, les moyens des gens honnêtes sont faibles et bornés auprès des coupables artifices de l'audace et de l'imposture ? Sans doute il suffirait d'arracher aux chefs leur masque perfide ; mais le pouvez-vous ? Vous comptez sur la force de la vérité ; mais elle n'est toute-puissante que sur les esprits accoutumés à en reconnaître, à en chérir les nobles accents.

Ailleurs ne voyez-vous pas la corruption se glisser au milieu des lois les plus sages et en gangrener tous les ressorts ? Vous avez réservé au peuple le droit d'élire ; mais la corruption, précédée de la calomnie, lui présentera sa liste et lui dictera ses choix. Vous avez écarté des jugements la partialité et l'intérêt ; la corruption saura les livrer à la crédulité que déjà elle est sûre de séduire. Les institutions les plus justes, les vertus les plus pures ne sont, pour la corruption, que des instruments plus difficiles à manier, mais plus sûrs et plus puissants. Or, tout son pouvoir n'est-il pas fondé sur l'ignorance ? Que ferait-elle en effet, si la raison du peuple, une fois formée, pouvait le défendre contre les charlatans que l'on paye pour le tromper ; si l'erreur n'attachait plus à la voix du fourbe habile un troupeau docile de stupides prosélytes ; si les préjugés, répandant un voile perfide sur toutes les vérités, n'abandonnaient pas à l'adresse des sophistes l'empire de l'opinion ? Achèterait-on des trompeurs, s'ils ne devaient plus trouver des dupes ? Que le peuple sache distinguer la voix de la raison de celle de la corruption, et bientôt il verra tomber à ses pieds les chaînes d'or qu'elle lui avait préparées ; autrement lui-même y présentera ses mains égarées, et offrira, d'une voix soumise, de quoi payer les séducteurs qui les livrent à ses tyrans. C'est en répandant les lumières que, réduisant la corruption à une honteuse impuissance, vous ferez naître ces vertus publiques qui seules peuvent affermir et honorer le règne éternel d'une paisible liberté.

XXXIX

JAURÈS

NEUTRALITÉ N'EST PAS OUBLI DU VRAI

Jaurès, *Revue de l'enseignement primaire*, n° 1, 4-10, pages choisies, Rieder, 1908, p. 89 à 92 ; Jaurès, *Revue de l'enseignement primaire*, n° 2, 10, 1908.

Doit-on renoncer à enseigner la théorie darwinienne de l'évolution sous prétexte qu'elle dérange une vision religieuse crispée sur la littéralité du texte biblique ? L'admettre serait consacrer l'obscurantisme, en plaçant sur le même plan la croyance et la connaissance. Freud et saint Augustin, Marx et Pascal, les penseurs libertins et les penseurs religieux, ont leur place dans les programmes scolaires, mais en tant qu'objets d'études, et non en tant que points de vue adoptés par le maître d'école.

L'idéal laïque a un lien privilégié avec l'universel, en premier lieu parce qu'il permet d'accueillir tout le monde, sans distinction de sexe, d'origine, ou d'option spirituelle, dans un même lieu destiné à l'instruction. Mais surtout, ce rapport à l'universel passe par une finalité essentielle : l'émancipation de tous. Et cette finalité a partie liée avec la portée universelle du savoir. Là où les croyances divisent, le savoir réunit. Alain : « Il n'y a pas de chimie allemande, russe ou française ; il y a la chimie. Et dans l'autre ordre, celui de la culture, Tolstoï est à tous, Goethe est à tous, Hugo est à tous » (Alain, *Propos*, 18 juillet 1931, t. II, Gallimard, « La Pléiade », 1960, p. 859).

Il y a dans la connaissance quelque chose de libérateur : elle permet de surmonter la dépendance liée à l'ignorance, la crainte ou l'angoisse devant le mystère premier de ce qui survient. Jaurès rappelle la dimension émancipatrice de la science : elle a « une âme de liberté et de sagesse ». C'est dire qu'en raison même du projet fondateur de l'école publique, formulé dans les textes précédents par Condorcet, on ne peut se méprendre sur le sens de la « neutralité » scolaire. Celle-ci signifie uniquement que les instituteurs ou les professeurs ne font pas de discrimination entre les différents types de conviction spirituelle, et doivent s'abstenir de tout prosélytisme, dans un sens ou dans un autre. Ni athéisme imposé, ni religion imposée : le mot « neutralité » vient du latin *neuter*, qui veut dire « ni l'un ni l'autre ». Une telle exigence est le corollaire de l'universalité du lieu d'accueil que constitue l'école : tous les élèves doivent s'y sentir également respectés, quelles que soient leurs options spirituelles.

En revanche, la neutralité n'a aucun sens lorsqu'il s'agit de faire connaître le vrai. On ne renvoie pas dos à dos l'erreur et la vérité, la science et la fabulation. Même si certaines théories scientifiques dérangent des croyances, elles doivent être enseignées, de même que les faits qui jettent une ombre sur la réalité historique de certaines religions. En ce sens, l'école laïque n'a pas de tabou, et elle se doit d'ouvrir le champ des connaissances le plus largement possible. Le savoir à acquérir porte sur les différents registres de la culture humaine : les grandes mythologies, les religions tant dans leur contenu doctrinal que dans les œuvres qu'elles ont inspirées et les faits historiques qui les ont exprimées, les humanismes rationalistes, les conquêtes de la pensée scientifique et les

obstacles qu'elles ont dû surmonter. La rigueur de la démonstration, l'honnêteté intellectuelle d'un raisonnement, la réflexion distanciée, ont en elles-mêmes une portée éducative, tout comme l'éducation à une sensibilité esthétique et artistique.

Il est clair qu'une déontologie laïque doit être observée par les maîtres. Ceux-ci ne doivent pas profiter de leur position pour imposer leurs opinions. Il leur revient d'aborder les programmes d'enseignement dans un esprit aussi objectif que possible. C'est pourquoi nul représentant des religions n'est habilité à intervenir comme tel dans l'enseignement laïque. Bref, l'enseignement laïque n'a rien d'insipide ou de « neutre » si l'on entend par là un relativisme propre à désarmer les consciences dans la quête du vrai et du juste.

(1)

La plus perfide manœuvre des ennemis de l'école laïque, c'est de la rappeler à ce qu'ils appellent la neutralité, et de la condamner par là à n'avoir ni doctrine, ni pensée, ni efficacité intellectuelle et morale. En fait, il n'y a que le néant qui soit neutre.

Ou plutôt les cléricaux ramèneraient ainsi, par un détour, le vieil enseignement congréganiste. Celui-ci, de peur d'éveiller la réflexion, l'indépendance de l'esprit, s'appliquait à être le plus insignifiant possible.

Sans doute, il serait matériellement impossible de retrancher aujourd'hui de l'histoire des hommes ou de la nature tous les événements qui contrarient la tradition ecclésiastique ; la cosmographie, la géologie, la vaste histoire humaine renouvelée par la critique ne s'accordent pas aisément avec la lettre de certains récits bibliques enfantins et étroits ; toutes les sciences, en habituant l'intelligence à lier les idées selon une conséquence rigoureuse comme le fait la géométrie, ou à enchaîner les faits selon des lois, comme le fait la physique et la chimie, la mettent en défiance à l'égard du miracle.

La neutralité scolaire ne pourrait donc pas, à moins d'aller jusqu'à la suppression de tout enseignement, retirer à la science moderne toute son âme de liberté et de hardiesse. Mais ce qu'on attend de l'école, c'est qu'elle réduise au minimum cette âme de liberté ; que, sous prétexte de ménager les croyances, elle amortisse toutes les couleurs, voile toutes les clartés, ne laisse parvenir à l'esprit les vérités scientifiques qu'éteintes et presque mortes.

De même, il est possible de raconter l'histoire de France sans manquer à l'exactitude matérielle des faits et des dates, mais de telle sorte que les institutions successives n'offrent à l'esprit rien de vivant. Et l'Église guettera l'heure où ces esprits, souffrant à leur insu de la pauvreté de l'enseignement scolaire, seront à la merci de la première émotion idéaliste qu'elle pourra leur ménager.

Ainsi par la campagne de « neutralité scolaire », c'est non seulement les instituteurs qui sont menacés de vexations sans nombre. C'est l'enseignement lui-même qui est menacé de stérilité et de mort.

Plus l'esprit est vivant, plus il étend à l'infini les applications des idées qu'il reçoit. Il faudrait tuer tous les esprits pour empêcher les idées d'y développer ces vastes conséquences souvent imprévues, dont s'épouvantent les partisans de la « neutralité scolaire », c'est-à-dire de l'immobilité ecclésiastique.

Est-ce à dire que l'enseignement de l'école doit être sectaire ? violemment ou sournoisement tendancieux ? Ce serait un crime pour l'instituteur de violenter l'esprit des enfants dans le sens de sa propre pensée. S'il procéderait par des affirmations sans contrepoids, il userait d'autorité, et il manquerait à sa fonction qui est d'éveiller et d'éduquer la liberté. S'il cachait aux enfants une partie des faits et ne leur faisait connaître que ceux qui peuvent seconder telle ou telle thèse, il n'aurait ni la probité, ni l'étendue d'esprit sans lesquelles il n'est pas de bons instituteurs.

Que tout le mouvement de l'Europe moderne tende à la démocratie politique et sociale, c'est ce qui ressortira sans doute de l'enseignement historique de l'école. Mais ce n'est pas une raison pour méconnaître la grandeur de l'ancienne monarchie française et l'éclat de l'ancienne aristocratie, et il suffirait à l'instituteur de méditer le *Manifeste communiste* de Marx pour y voir le plus magnifique tableau de l'œuvre de la bourgeoisie moderne. On peut donc se tourner vers l'avenir et orienter vers des temps nouveaux la signification de l'histoire, sans calomnier le passé et le présent.

De là la nécessité d'une méthode d'enseignement surtout positive. Ce n'est point par voie de négation, de polémique, de controverse, que doit procéder l'instituteur, mais en donnant aux faits toute leur valeur, tout leur relief. À quoi bon polémiquer contre des récits bibliques enfantins ? Il vaut mieux donner à l'enfant la vision nette de l'évolution de la terre. À quoi bon railler la croyance au miracle ? Il est plus scientifique de montrer que tous les progrès de l'esprit humain ont consisté à rechercher des causes et à savoir des lois. Quand vous aurez ainsi mis dans l'esprit des enfants la science avec ses méthodes et la nature avec ses lois, c'est la nature elle-même qui agira dans leur intelligence et qui en rejettera le caprice et l'arbitraire. Et que pourront dire alors ceux qui accusent à tout propos l'instituteur de violer la neutralité scolaire. Voudront-ils, selon le mot admirable de Spinoza, obliger la nature elle-même à délirer comme eux ?

(2)

L'hypocrisie de ses origines suffirait à condamner la campagne pour la « neutralité scolaire ». Cette neutralité est demandée d'abord par ce parti clérical qui, lui, essaie d'imposer ses conceptions, ses dogmes, à la vie, à l'histoire et à la nature elle-même. Ne pouvant plus emplir tout l'enseignement de sa pensée despotique, il veut du moins que l'enseignement soit vide. À ce parti clérical se joignent des alliés à peu près aussi suspects : ces bourgeois au républicanisme conservateur, qui, tant qu'ils se sont crus les maîtres définitifs de la République et de l'école, se sont servis de l'enseignement pour leurs desseins bornés. Ils y ont propagé un anticléricalisme souvent superficiel, et une forme de patriotisme étroite, basse, haineuse, exclusive, qui n'avait rien de commun avec ce patriotisme supérieur, le « patriotisme européen »... Maintenant que ces faux libres-penseurs et ces nationalistes inavoués voient l'esprit nouveau dont se pénètrent les instituteurs : un esprit largement humain et socialiste, ils craignent que, par eux, cette pensée nouvelle se communique aux enfants du peuple : et ils réclament soudain une neutralité qu'ils ont si longtemps violée et qui n'est que le bâillon sur des bouches dédaigneuses des vieux mots d'ordre.

XL

JULES FERRY

LE SOUCI DE L'UNIVERSEL

Jules Ferry, *Lettre aux instituteurs* (extraits),
17 novembre 1883.

Le 28 mars 1882, la loi Ferry sur l'école primaire obligatoire et laïque est votée. Un an et demi plus tard, le ministre de l'Instruction publique, Jules Ferry, décide de s'adresser aux instituteurs. C'est une difficile question qu'il aborde ici, pour définir la finalité et les modalités d'une éducation morale et civique. L'école laïque peut-elle faire œuvre morale et civique sans sombrer dans un enseignement de type catéchistique – fût-il républicain –, ni promouvoir des conceptions particulières, qui dérogeraient à son universalité de principe ? La solution de l'abstention pure et simple, pour

échapper à toute critique d'un type ou de l'autre, ne semble pas satisfaisante, dès lors qu'elle risque de faire entendre qu'aucune valeur ne fonde l'école laïque, et que celle-ci, par conséquent, laisse la conscience désarmée. La solution radicale d'un pari sur la raison et le savoir, comme facteurs de lucidité éthique et civique, engage une conception exigeante du pari rationaliste. Elle est proche de celle que défend Condorcet. D'aucuns diront qu'elle présuppose une conception résolument optimiste de la nature humaine, aussi indémontrable que l'est le pessimisme chrétien lié au dogme de la part maudite et du péché originel. Reste que dans un contexte de vive polémique des milieux cléricaux contre la laïcisation de l'école Jules Ferry est conduit à tenter une mise au point en forme de lettre de recommandations aux instituteurs. Sa démarche est clairement orientée vers le souci d'une éducation éthique et civique dont l'universalité soit telle qu'elle la rende inattaquable d'aucun point de vue particulier, que celui-ci soit celui d'un croyant, d'un agnostique, ou d'un athée. Pour cela, elle doit, dans son contenu, susciter ou pouvoir susciter un consensus. D'où la fiction d'un père de famille présent dans la classe et susceptible d'être choqué par un propos que s'apprête à tenir l'instituteur. Celui-ci doit alors y renoncer. D'où également le refus de théories démonstratives, soupçonnées d'engager des présupposés discutables, et l'éloge d'une édification par l'exemple, le recours au bon sens, la visée modeste d'une sagesse en acte supposée inscrite de longue date dans la conscience commune. Tout le problème est que cette morale du plus petit commun dénominateur paraît assez problématique, et que le consensus virtuel évoqué par Jules Ferry peut tout aussi bien relever des préjugés de l'idéologie dominante, dont l'école laïque doit justement se distancier pour être elle-même. Jules Ferry veut-il dire que la sagesse en question est celle qu'en droit, abstraction faite des préjugés dominants,

tout homme de bonne foi doit pouvoir faire sienne ? Ou tient-il seulement un discours consensuel de prudence, dicté par un contexte de vive polémique des forces cléricales contre l'école fraîchement émancipée ? On laissera ici la question ouverte, les deux interprétations pouvant être soutenues. Reste qu'une autre fiction pourrait être proposée, en parallèle avec celle du bon père de famille. Imaginons que l'instituteur expose le principe de l'égalité des sexes, ou du droit des peuples à disposer d'eux-mêmes, valeurs essentielles que l'on peut rattacher au registre des mêmes droits que ceux qui fondent l'idéal laïque. La présence imaginaire d'un « père de famille » machiste ou colonialiste ne peut conduire l'instituteur à se taire. Supposons qu'un père qui impose à sa fille le port du voile au nom de l'islam récuse l'affirmation de la liberté de la jeune fille de se rendre tête nue à l'école. Faut-il pour autant céder, et renoncer à affirmer les valeurs et les principes ? Il est difficile de l'admettre, sauf à réduire la laïcité à une règle de gestion des communautarismes, ce que rêvent peut-être de faire ses adversaires les plus résolus lorsqu'ils parlent de « laïcité ouverte ». La laïcité, on l'a vu plus haut avec Jaurès, n'est pas la stricte neutralité relativiste qui désarmerait la conscience en lui faisant croire que le vrai et le faux se valent, que la croyance et la connaissance sont de même nature. Elle n'est pas plus l'incompétence éthico-politique qui laisserait le champ libre aux credo pour qu'ils imposent leurs valeurs particulières. Elle ne renvoie pas dos à dos le juste et l'injuste, l'asservissement de la femme et la plénitude de ses droits, l'éloge obscurantiste de la tradition et les lumières de la raison. Bref, la laïcité peut fonder l'éducation éthique et civique, mais sans jamais la dissocier de la promotion du savoir et de la culture, de l'esprit critique et des valeurs universelles. Dans une telle promotion, tous peuvent se reconnaître par-delà leurs différences, mais cela suppose un vrai travail de mise à distance de l'idéologie de l'heure. Cette distance, l'instituteur et le professeur ont à la cultiver, le cas échéant à rebours des préjugés ambiants, et des puissances de fascination qui dominent la société civile. Là est toute la difficulté de leur tâche. Là aussi toute sa noblesse et sa grandeur.

Monsieur l'instituteur,

L'année scolaire qui vient de s'ouvrir sera la seconde année d'application de la loi du 28 mars 1882. Je ne veux pas la laisser commencer sans vous adresser personnellement quelques recommandations qui sans doute ne vous paraîtront pas superflues, après la première expérience que vous venez de faire du régime nouveau. Des diverses obligations qu'il vous impose celle assurément qui vous tient le plus au cœur, celle qui vous apporte le plus lourd surcroît de travail et de souci c'est la mission qui vous est confiée de donner à vos élèves l'éducation morale et l'instruction civique : vous me saurez gré de répondre à vos préoccupations en essayant de bien fixer le caractère et l'objet de ce nouvel enseignement ; et pour y mieux réussir, vous me permettrez de me mettre un instant à votre place afin de vous montrer par des exemples empruntés au détail même de vos fonctions comment vous pourrez remplir à cet égard tout votre devoir et rien que votre devoir.

La loi du 28 mars se caractérise par deux dispositions qui se complètent sans se contredire : d'une part elle met en dehors du programme obligatoire l'enseignement de tout dogme particulier ; d'autre part elle y place au premier rang l'enseignement moral et civique. L'instruction religieuse appartient aux familles et à l'Église, l'instruction morale à l'école. Le législateur n'a donc pas entendu faire une œuvre purement négative. Sans doute il a eu pour premier objet de séparer l'école de l'Église, d'assurer la liberté de conscience et des maîtres et des élèves, de distinguer enfin deux domaines trop longtemps confondus : celui des croyances, qui sont personnelles, libres et variables et celui des connaissances, qui sont communes et indispensables à tous, de l'aveu de tous. Mais il y a autre chose dans la loi du 28 mars : elle affirme la volonté de fonder chez nous une éducation nationale, et de la fonder sur des notions du devoir et du droit que le législateur n'hésite pas à inscrire au nombre des premières vérités que nul ne peut ignorer. Pour cette partie capitale de l'éducation, c'est sur vous, Monsieur, que les pouvoirs publics ont compté. En vous dispensant de l'enseignement religieux, on n'a pas songé à vous décharger de l'enseignement moral : c'eût été vous enlever ce qui fait la dignité de votre profession. Au contraire, il a paru tout naturel que l'instituteur, en même temps qu'il apprend aux enfants à lire et à écrire, leur enseigne aussi ces règles élémentaires de la vie morale qui ne sont pas moins universellement acceptées que celles du langage ou du calcul. [...]

J'ai dit que votre rôle, en matière d'éducation morale, est très limité. Vous n'avez à enseigner, à proprement parler, rien de nouveau, rien qui ne vous soit familier comme à tous les honnêtes gens. Et, quand on vous parle de mission et d'apostolat, vous n'allez pas vous y méprendre : vous n'êtes point l'apôtre d'un nouvel Évangile : le législateur n'a voulu faire de vous ni un philosophe ni un théologien improvisé. Il ne vous demande rien qu'on ne puisse demander à tout homme de cœur et de sens. Il est impossible que vous voyiez chaque jour tous ces enfants qui se pressent autour de vous, écoutant vos leçons, observant votre conduite, s'inspirant de vos exemples, à l'âge où l'esprit s'éveille, où le cœur s'ouvre, où la mémoire s'enrichit, sans que l'idée ne vous vienne pas aussitôt de profiter de cette docilité, de cette confiance, pour leur transmettre, avec les connaissances scolaires proprement dites, les principes mêmes de la morale, j'entends simplement cette bonne et antique morale que nous avons reçue de nos pères et mères et que nous nous honorons tous de suivre dans les relations de la vie, sans nous mettre en peine d'en discuter les bases philosophiques. Vous êtes l'auxiliaire et, à certains égards, le suppléant du père de famille : parlez donc à son enfant comme vous voudriez que l'on parlât au vôtre : avec force et autorité toutes les fois qu'il s'agit d'une vérité incontestée, d'un précepte de la morale commune ; avec la plus grande réserve, dès que vous risquez d'effleurer un sentiment religieux dont vous n'êtes pas juge.

Si parfois vous étiez embarrassé pour savoir jusqu'où il vous est permis d'aller dans votre enseignement moral, voici une règle pratique à laquelle vous pourrez vous tenir. Au moment de proposer aux élèves un précepte, une maxime quelconque, demandez-vous s'il se trouve à votre connaissance un seul honnête homme qui puisse être froissé de ce que vous allez dire. Demandez-vous si un père de famille, je dis un seul, présent à votre classe et vous écoutant, pourrait de bonne foi refuser son assentiment à ce qu'il vous entendrait dire. Si oui, abstenez-vous de le dire ; sinon parlez hardiment ; car ce que vous allez communiquer à l'enfant, ce n'est pas votre propre sagesse ; c'est la sagesse du genre humain, c'est une de ces idées d'ordre universel que plusieurs siècles de civilisation ont fait entrer dans le patrimoine de l'humanité. Si étroit que vous semble peut-être un cercle d'action ainsi tracé, faites-vous un devoir d'honneur de n'en jamais sortir, restez en deçà de cette limite plutôt que vous exposer à la franchir ; vous ne toucherez jamais avec trop de scrupule à cette chose délicate et sacrée, qui est la conscience de l'enfant. Mais, une fois que vous êtes ainsi loyalement enfermé dans l'humble et sûre région de la morale usuelle, que vous demande-t-on ? Des discours ? Des dissertations savantes ? De brillants exposés, un docte enseignement ? Non ! la famille et la société vous demandent de les aider à bien élever leurs enfants, à en faire des honnêtes gens. C'est dire qu'elles attendent de vous non des paroles, mais des actes, non pas un enseignement de plus à inscrire au programme, mais un service tout pratique, que vous pouvez rendre au pays plutôt encore comme homme que comme professeur.

II ne s'agit plus là d'une série de vérités à démontrer, mais, ce qui est tout autrement laborieux, d'une longue suite d'influences morales à exercer sur ces jeunes êtres, à force de patience, de fermeté, de douceur, d'élévation dans le caractère et de puissance persuasive. On a compté sur vous pour leur apprendre à bien vivre par la manière même dont vous vivrez avec eux et devant eux. On a osé prétendre pour vous que, d'ici à quelques générations, les habitudes et les idées des populations au milieu desquelles vous aurez exercé, attestent les bons effets de vos leçons de morale. Ce sera dans l'histoire un honneur particulier pour notre corps enseignant d'avoir mérité d'inspirer aux Chambres françaises cette opinion qu'il y a dans chaque instituteur, dans chaque institutrice, un auxiliaire naturel du progrès moral et social, une personne dont l'influence ne peut manquer, en quelque sorte, d'élever autour d'elle le niveau des mœurs. Ce rôle est assez beau pour que vous n'éprouviez nul besoin de l'agrandir. D'autres se chargeront plus tard d'achever l'œuvre que vous ébauchez dans l'enfant et d'ajouter à l'enseignement primaire de la morale un complément de culture philosophique ou religieuse. Pour vous, bornez-vous à l'office que la société vous assigne et qui a aussi sa noblesse : poser dans l'âme des enfants les premiers et solides fondements de la simple moralité.

Dans une telle œuvre, vous le savez, Monsieur, ce n'est pas avec des difficultés de théorie et de haute spéculation que vous avez à vous mesurer ; c'est avec des défauts, des vices, des préjugés grossiers. Ces défauts, il ne s'agit pas de les condamner – tout le monde ne les condamne-t-il pas ? – mais de les faire disparaître par une succession de petites victoires, obscurément remportées. Il ne suffit donc pas que vos élèves aient compris et retenu vos leçons ; il faut surtout que leur caractère s'en ressente ; ce n'est pas dans l'école, c'est surtout hors de l'école qu'on pourra juger ce qu'a valu votre enseignement. Au reste, voulez-vous en juger vous-même, dès à présent, et voir si votre enseignement est bien engagé dans cette voie, la seule bonne : examinez s'il a déjà conduit vos élèves à quelques réformes pratiques. Vous leur avez parlé, par exemple, du respect de la loi : si cette leçon ne les empêche pas, au sortir de la classe, de commettre une fraude, un acte, fût-il léger, de contrebande ou de braconnage, vous n'avez rien fait encore ; la leçon de morale n'a pas porté. Ou bien vous leur avez expliqué ce que c'est que la justice et la vérité : en sont-ils assez profondément pénétrés pour aimer mieux avouer une faute que de la dissimuler par un mensonge pour se refuser à une indélicatesse ou à un passe-droit en leur faveur ?

Vous avez flétri l'égoïsme et fait l'éloge du dévouement : ont-ils, le moment d'après, abandonné un camarade en péril pour ne songer qu'à eux-mêmes ? Votre leçon est à recommencer. Et que ces rechutes ne vous découragent pas ! Ce n'est pas l'œuvre d'un jour de former ou de réformer une âme libre. Il faut beaucoup de leçons sans doute, des lectures, des maximes écrites, copiées, lues et relues ; mais il y faut surtout des exercices pratiques, des efforts, des actes, des habitudes. Les enfants ont, en morale, un apprentissage à faire, absolument comme pour la lecture ou le calcul. L'enfant qui sait reconnaître et rassembler des lettres ne sait pas encore lire ; celui qui sait les tracer l'une après l'autre ne sait pas écrire. Que manque-t-il à l'un et à l'autre ? La pratique, l'habitude, la facilité, la rapidité et la sûreté de l'exécution. De même, l'enfant qui répète les premiers préceptes de la morale ne sait pas encore se conduire : il faut qu'on l'exerce à les appliquer couramment, ordinairement, presque d'instinct ; alors seulement, la morale aura passé de son esprit dans son cœur, et elle passera de là dans sa vie ; il ne pourra plus la désapprendre. De ce caractère tout pratique de l'éducation morale à l'école primaire, il me semble facile de tirer les règles qui doivent vous guider dans le choix de vos moyens d'enseignement.

Une seule méthode vous permettra d'obtenir les résultats que nous souhaitons. C'est celle que le Conseil supérieur vous a recommandée : peu de formules, peu d'abstractions, beaucoup d'exemples et surtout d'exemples pris sur le vif de la réalité. [...]

XLI

WEBER

LA DÉONTOLOGIE LAÏQUE

Weber, *Le Savant et le Politique,* 10/18, 1959, p. 82-83 et p. 81.

Dans un écrit célèbre de 1919, *Le Métier et la vocation de savant*, Max Weber s'est penché avec précision non seulement sur les exigences de la science, mais aussi sur celles de l'enseignement, qu'il rapproche des premières. Ses propos permettent ainsi d'esquisser les règles à observer par un professeur à qui est confiée l'instruction de la jeunesse dans le cadre d'une école soucieuse de promouvoir le savoir et l'autonomie de jugement, ouverte à tous sans distinction, bref d'une école laïque. La déontologie laïque, c'est un petit nombre de principes essentiels destinés à assurer la conformité des institutions publiques, et notamment de l'école, à la finalité qui est la leur dans une République tournée par définition vers l'intérêt commun, et soucieuse de promouvoir l'universel. Pour ceux qui sont en charge d'une telle fonction, irréductible à un métier conçu comme ensemble de savoir-faire techniques, il est fondamental d'éclairer la raison d'être de leur activité par la référence aux valeurs de la République et de la laïcité, qui vont de pair. Chaque homme a bien sûr des convictions, des croyances, des préférences personnelles. Mais dans

l'exercice de fonctions qui lui confèrent une parole publique, productrice d'effets sur les consciences ou même sur les personnes physiques, il lui appartient de faire abstraction de ses orientations subjectives, et d'assumer les exigences d'objectivité, voire de neutralité confessionnelle, et surtout d'universalité, qui seules peuvent légitimer son rôle. Exigences sans doute difficiles à satisfaire totalement, puisqu'elles requièrent une sorte de distance à soi qui fait parler la raison contre la force première des impressions et des passions. Mais elles n'en ont pas moins une valeur régulatrice. C'est l'honneur des fonctionnaires de la République de se faire ainsi les fonctionnaires de l'universel, en donnant la priorité aux exigences du droit, dans le cas des juges ou de la police, de la vérité enseignée, dans le cas des enseignants. Pour les enseignants de l'école laïque, il s'agit dans le même temps de donner la priorité à ce qui peut unir les hommes en les éclairant sur ce qui tend à les conditionner souvent à leur insu, et à les diviser, voire à les enfermer dans leurs « différences ». La déontologie laïque articule trois démarches successives. Elle recouvre d'abord le type d'attitude qui consiste à distinguer ce qui relève de l'opinion ou de la croyance personnelles et ce qui s'inscrit dans le domaine du savoir, objectif, démontrable et accessible à la raison de tout homme. Elle requiert ensuite d'en tirer les conséquences en cultivant une sorte de distance intérieure entre les deux registres ainsi distingués. Elle appelle enfin, lorsqu'on a charge d'enseignement dans l'école publique, quel qu'en soit le niveau (école primaire, collège, lycée, université), de veiller à se ranger du côté des exigences du savoir et de l'instruction libératrice, à l'exclusion de toute forme avouée ou inavouée de prosélytisme. Max Weber le dit avec force en précisant que l'enseignant n'est ni prophète ni démagogue. Son propos garde toute sa portée pour la formation de tous les corps d'enseignants de la République laïque.

La science « sans présuppositions », en tant qu'elle refuse la soumission à une autorité religieuse, ne connaît en fait ni « miracle » ni « révélation ». Sinon elle serait infidèle à ses propres présuppositions. Mais le croyant connaît les deux positions. Cette science « sans présuppositions » exige de sa part rien de moins – mais également rien de plus – que le souci de reconnaître simplement que, si le cours des choses doit être expliqué sans l'intervention d'aucun de ces éléments surnaturels auxquels l'explication empirique refuse tout caractère causal, il ne peut être expliqué autrement que par la méthode que la science s'efforce d'appliquer. Et le croyant peut admettre cela sans aucune infidélité à sa foi. [...] La tâche primordiale d'un professeur capable est d'apprendre à ses élèves à reconnaître qu'il y a des faits inconfortables, j'entends par là des faits qui sont désagréables à l'opinion personnelle d'un individu ; en effet il existe des faits extrêmement désagréables pour chaque opinion, y compris la mienne. Je crois qu'un professeur qui oblige ses élèves à s'habituer à ce genre de choses accomplit plus qu'une œuvre purement intellectuelle, je n'hésite pas à prononcer le mot d'« œuvre morale », bien que cette expression puisse peut-être paraître trop pathétique pour désigner une évidence aussi banale.

Le prophète et le démagogue n'ont pas leur place dans une chaire universitaire. Il est dit au prophète aussi bien qu'au démagogue : « Va dans la rue et parle en public », ce qui veut dire là où l'on peut te critiquer. Dans un amphithéâtre au contraire on fait face à son auditoire d'une tout autre manière : le professeur y a la parole, mais les étudiants sont condamnés au silence. Les circonstances veulent que les étudiants soient obligés de suivre les cours d'un professeur en vue de leur future carrière et qu'aucune personne présente dans la salle de cours ne puisse critiquer le maître. Aussi un professeur est-il inexcusable de profiter de cette situation pour essayer de marquer ses élèves de ses propres conceptions politiques au lieu de leur être utile, comme il en a le devoir, par l'apport de ses connaissances et de son expérience scientifique.

XLII

ABBÉ LEMIRE

ARGENT PUBLIC, ÉCOLE PUBLIQUE

Abbé Lemire, « Discours à la Chambre des Députés », in *Journal officiel* du 12 décembre 1921.

Une question vive de la laïcité est celle de l'affectation des deniers publics. Ceux-ci, résultant de la collecte des impôts prélevés sur l'ensemble de la population, du *laos*, ont en ce sens une origine laïque. La justice veut qu'ils soient affectés de façon conforme à cette origine, c'est-à-dire au seul bien public, ou si l'on veut à l'intérêt général, universellement identifiable. Or les croyances religieuses, ou les convictions athée et agnostique, ne concernent que certains hommes, fussent-ils nombreux, et à ce titre ont un caractère particulier. L'argent public ne peut donc servir à les promouvoir : il doit être réservé à l'intérêt commun à tous, à l'exclusion de tout privilège accordé soit à la religion soit à la conviction athée. Tel est le raisonnement qui a fondé, et fonde encore, la revendication laïque d'une priorité absolue de l'intérêt général dans l'utilisation des fonds publics. Il est d'intérêt général de financer des études surveillées, avec aide aux travaux scolaires pour les élèves en difficulté, de créer des bibliothèques dans les quartiers déshérités, d'aider à l'insertion des immigrés par une politique sociale de l'enfance et de la santé là où les conditions de vie sont difficiles. Il n'est pas d'intérêt général de financer la promotion de certaines croyances ou la construction de lieux de culte, qui ne concernent que ceux qui se reconnaissent dans une religion déterminée. Le bon sens voudrait plutôt que l'État se soucie de développer des services publics producteurs d'égalité, assumant pleinement la prise en charge des soins, de l'essor de la culture, de construction de logements décents et accessibles, que de financer des religions qui ne concernent qu'une partie des hommes. Pour l'école publique, qui manque parfois des moyens dont jouit l'école privée, cette exigence revêt une importance particulière. Certaines communes de France n'ont même pas d'école publique, et cependant une école privée sous contrat d'association y jouit de financements publics, en raison de la loi Debré-Baranger, de 1959, qui contractualise ce financement avec des écoles privées en leur imposant certaines règles. Malgré ces règles, il reste que la promotion d'une orientation particulière, souvent religieuse, est ainsi indirectement assurée par des fonds publics, ce qui est évidemment contestable. Imagine-t-on des écoles créées par des humanistes athées et sollicitant une aide publique pour promouvoir de la même façon leur vision du monde particulière ?

L'abbé Lemire, qu'on ne peut soupçonner de crispation antireligieuse, fait remarquer que la liberté a des implications, et que celle-ci doivent être assumées. L'homme de foi, en l'occurrence, considère que la revendication par les écoles privées confessionnelles d'un caractère propre n'a

rien d'illégitime, mais il précise que la liberté ainsi réclamée ne peut s'assortir sans contradiction d'une demande de financement. Les deniers publics ne doivent pas être dépensés de façon non conforme à leur destination, qui est l'intérêt commun, et non l'intérêt particulier de certains. De façon très remarquable, l'abbé souligne que l'école publique étant ouverte à tout le monde, il n'y a nulle raison pour la priver d'une partie des fonds publics. Vouloir cantonner les enfants de famille chrétienne dans des écoles spéciales, c'est ouvrir la voie à une sorte d'apartheid scolaire, injustifiable même d'un point de vue religieux. C'est ce que soulignent aujourd'hui les chrétiens attachés à l'école laïque (cf. par exemple l'action du CEDEC, Chrétiens pour une église dégagée de l'école confessionnelle). Le paradoxe est que pour être financées par la « puissance publique » les écoles privées devraient se soumettre exactement aux mêmes exigences que les écoles publiques, et perdre alors tout « caractère propre », ce qui exclut l'imprégnation confessionnelle de l'enseignement dispensé, une quelconque pression morale pour promouvoir la religion. Ainsi, l'inculcation d'une vision du monde particulière, de nature religieuse, ne peut être financée par de l'argent public. Les cours de religion des écoles privées sous contrat doivent donc y être rigoureusement facultatifs, sans pression d'aucune sorte destinée à les rendre pratiquement obligatoires, comme leur enclavement entre les cours obligatoires, assorti de stigmati-sation multiforme des élèves qui ne les fréquentent pas.

Deuxième séance du dimanche 11 décembre 1921

Présidence de M. Raoul Peret.

Discussion de la loi des Finances (Instruction publique)

Rapporteur : M. E. Herriot.

Ministre de l'Instruction publique : M. Léon Bérard.

M. le député de Baudry d'Asson, député de la Vendée, propose un amendement à la loi des Finances portant création de bourses pour l'enseignement secondaire privé.

M. l'abbé Lemire, député du Nord : « Messieurs, excusez ma franchise. Si je me lève, ce n'est pas pour me prononcer contre l'opportunité de cet amendement, c'est pour le combattre au fond.

[...] Quand on veut être libre, il faut savoir être pauvre !

[...] Donc, je n'admets pas que l'on mendie, sous une forme quelconque, l'argent de l'État, quand librement, spontanément, on s'est placé en dehors de lui.

[...] Je suis de ceux qui sont tellement soucieux de la liberté, qu'ils veulent la conserver complète, intacte. Je ne puis supporter sur ma liberté un contrôle quelconque. Or, si je demande de l'argent à l'État, demain, il pourra me faire subi son contrôle, car il ne peut donner son argent à n'importe qui et pour n'importe quoi.

[...] D'accord avec ma conscience religieuse, moi aussi je me prononce nettement sur la question. Je n'ai pas fait abandon de ma liberté. Ma soutane ne m'interdit point d'avoir une opinion.

[...] Je demande que l'on n'entre pas dans la voie des subventions officielles par souci de l'enseignement public lui-même. Aujourd'hui, l'enseignement de l'État est, par définition, ouvert à tout le monde.

Je dis que précisément parce que c'est une bourse dans les écoles de l'État, le père doit savoir que les convictions de son enfant seront respectées dans cette école.

Le propre de l'école de l'État, c'est qu'étant payée par l'argent de tous, elle doit être respectueuse des convictions de tous.

Je dis que si exceptionnellement, sur un point quelconque, elle ne l'était pas, c'est à vous de réclamer après en avoir fait la preuve.

Nous donnons l'argent de l'État aux écoles qui doivent être ouvertes à tous.

Nous vivons dans un pays où, je le répète, l'école publique n'est pas l'école de quelques-uns, mais l'école de tout le monde et c'est pourquoi nous ne pouvons pas assimiler l'enseignement tel qu'il est organisé en France à l'enseignement tel qu'il est organisé ailleurs, en Belgique ou en Amérique. Là il est abandonné à des particuliers, des associations, à des groupements de toutes sortes, entre qui on peut répartir de l'argent.

Mais nous vivons, au point de vue de l'enseignement, sous un régime de centralisation et d'unité qui convient à la République une et indivisible. Aussi longtemps que ce régime subsistera, il ne faut ni directement ni indirectement, y porter atteinte.

Le jour où nous entrerons dans la voie des bourses données pour une école quelconque, nous ouvrirons forcément la porte à d'autres réclamations. Nous préparerons des luttes qui s'engageront, au nom du même principe, sur un autre terrain.

Ce que vous demandez n'est qu'un commencement, je ne me le dissimule pas.

On se battra pour savoir qui disposera de l'argent communal et pour quelle école. Je ne veux pas de cette guerre !

Je veux la paix dans nos communes ! Je veux que l'argent de tous lie aux écoles ouvertes à tous !

Si on veut un enseignement spécial, distinct, à part, on est libre, complètement libre. Et de cette liberté, je me contente. Et me contentant d'elle, je la sauve.

Voilà pourquoi je me prononce contre l'amendement de M. de Baudry d'Asson. »

Finalement, l'amendement de M. de Baudry d'Asson est repoussé dans la même séance, par 363 voix contre 110.

XLIII

KINTZLER

LES EXIGENCES PROPRES DE LA LAÏCITÉ SCOLAIRE

Kintzler, *La République en questions*, Minerve, 1996, p. 83-88.

Catherine Kintzler a joué un rôle pionnier dans la pensée de la laïcité aujourd'hui, qui lui doit bien des analyses théoriques et des repères remarquables. Dans le texte qui suit, elle procède à une analyse des différents registres de la laïcité selon ses domaines d'application : la société civile, l'État, l'école. Et elle tire de cette décomposition raisonnée une définition des exigences différentielles de la laïcité en chacun de ces domaines, non qu'il s'agisse ainsi de briser l'unité principielle du concept de laïcité, mais de décliner les implications spécifiques de sa mise en œuvre au regard des caractéristiques présentées par les sphères de la vie commune. On évitera ainsi de confondre l'école, institution organique de la République, et la rue ou le quartier, lieux de vie qui ne sont pas assujettis au même type de normes dès lors qu'ils ne remplissent pas la même fonction que le lieu scolaire. On évitera également de confondre l'élève mineur, en cours de formation, dont l'instruction publique prépare l'émancipation intellectuelle, et le citoyen majeur, libre en principe de ses choix. L'école ne peut présupposer comme acquise, et lui préexistant, une ci-

toyenneté dont elle a justement pour rôle de préparer l'exercice éclairé. On ne confondra pas non plus la jeune fille mineure et contrainte de porter le voile par les guides religieux qui prétendent parler au nom de sa prétendue « communauté » avec un sujet majeur, maître de ses actes, et en principe sujet de droit individuel, irréductible à un porte-drapeau de sa « communauté ». Le port du voile dans l'enceinte de l'école, pas plus que celui de la kippa ou d'une croix mise en évidence, n'a de légitimité. Jean Zay, ministre du Front populaire, rappelait que l'école publique et laïque n'a pas à être soumise aux affrontements qui déchirent la société civile, ni à consacrer en elle les signes ni les allégeances. Il en va de la possibilité concrète de sa fonction émancipatrice. La spécificité de la laïcité scolaire, et des exigences qu'il doit mettre en œuvre, est remarquablement soulignée dans le deuxième extrait. On peut tirer d'une telle mise au point une sorte de leçon pour les politiques. La laïcité est un principe constitutionnel, que l'article deux de la Constitution de la cinquième République énonce en même temps qu'il affirme l'unité et l'indivisibilité de la République. Elle ne saurait donc dépendre d'un rapport de force local entre des groupes religieux qui quant à eux sont organisés au niveau national, voire international, et des professeurs ou des chefs d'établissement abandonnés à leur sort par les autorités supérieures, surtout soucieuses de ne pas faire de vagues et prêtes pour cela à renier les principes, ou, ce qui revient au même, à les faire descendre dans la hiérarchie des normes pourtant essentielle à l'État de droit : si la consigne est de « négocier » selon les conditions locales, le risque est de déboucher sur une laïcité à géométrie variable, placée à la merci des groupes de pression. Au nom de la tolérance, du refus de mesures « rigides », on consacre alors des servitudes muettes, qui prennent le masque de l'affirmation identitaire : les bons sentiments, ou les lâchetés déguisées en souplesse, signent alors un aveuglement devant la dimension politique d'une entreprise intégriste de destruction tendancielle de la laïcité, et ce avec les possibilités mêmes offertes par la démocratie... Étrange paradoxe, qui s'apparente à l'irresponsabilité. Étrange modernité aussi que celle qui consiste à revenir à l'âge prérévolutionnaire des féodalités locales, et à consacrer les rapports de dépendance interpersonnelle qui transforment une origine en destin.

I. TROIS COMPOSANTES DU CONCEPT DE LAÏCITÉ

Trois composantes se conjuguent pour former le concept de laïcité ; la première s'applique à la société civile et la deuxième à la puissance publique. Seule la troisième, qui s'applique à l'école républicaine, est problématique et suppose, pour être fondée, que l'on sorte du champ strictement juridique. Penser une école laïque, ce n'est pas penser un simple lieu de tolérance, mais un lieu autant que possible soustrait à la société civile ; c'est alors à une théorie de ce qui se fait à l'école – théorie qui engage à la fois la question du savoir et un concept de l'autorité – que l'on se trouve renvoyé.

La société civile est le lieu de la coexistence des libertés, ce qui suppose la *tolérance.* Personne n'est tenu d'avoir une religion plutôt qu'aucune, personne n'est tenu d'avoir une religion plutôt qu'une autre, personne enfin n'est tenu de n'avoir aucune religion. Une telle tolérance n'est possible que si un droit commun règle la coexistence des libertés : il est nécessaire que les choses relatives à la croyance et à l'incroyance demeurent privées et qu'elles jouissent des libertés civiles. Elles peuvent se manifester en public, mais elles ne deviendront affaire publique, objet de discours officiel, que si elles sont à l'origine d'un délit ou d'un crime relevant du droit commun. Ainsi, c'est le silence et la négativité de la loi qui règlent la tolérance civile, qui la rendent possible. Par exemple, on interdit les sacrifices humains non pas parce qu'il peuvent être des signes religieux, mais parce que le meurtre, en général, est interdit. Voilà pour la version faible de la laïcité, vue du côté de la société civile.

Ce premier concept en réclame un second, plus fort et plus fondamental : c'est la laïcité vue du côté de la puissance publique.

La puissance publique est garante de la tolérance civile : c'est justement pour cette raison qu'on ne peut pas lui appliquer cette même tolérance. On ne peut pas accorder à la puissance publique le droit de jouir de la liberté religieuse dont jouissent les citoyens. En effet, si l'État et ses représentants avaient le droit de manifester une ou des croyances, ils feraient de cette ou de ces croyances une affaire publique. Par exemple, si les ministres pouvaient afficher leurs cultes dans l'exercice de leurs fonctions (c'est une hypothèse d'école, bien sûr, tout le monde sait que cela ne leur arrive jamais…), ce geste reviendrait à accréditer officiellement une ou des religions, à violer un domaine qui doit rester privé. Donc, la puissance publique est tenue à la *réserve,* précisément pour que la société civile puisse jouir de la *tolérance.*

À présent, nous avons deux idées : liberté privée du côté de la société civile, réserve du côté de la puissance publique. La seconde idée, plus contraignante, est condition de la première. On ne peut pas dissocier ces deux idées, mais on ne peut pas non plus les confondre. Les confondre, ce serait dans tous les cas de la combinatoire abolir la liberté de croire ou de ne pas croire. En effet, réclamer de la société civile qu'elle observe la réserve imposée à la puissance publique reviendrait à interdire toute manifestation religieuse. Inversement, étendre à la puissance publique la tolérance qui doit régner dans la société civile reviendrait à faire de l'État et de ses agents des instruments de propagande religieuse.

Or un troisième concept, plus problématique, plus élaboré et plus fondamental apparaît à travers la question de l'école. Le problème peut se formuler ainsi : les deux premiers concepts sont-ils suffisants pour penser la laïcité de l'école ? La réponse est non. Ils sont nécessaires, mais ils ne sont pas suffisants.

L'école publique est un organe de l'État. À ce titre, bien entendu, elle est réglée par le principe de la réserve. Mais une difficulté apparaît : ce principe s'applique au personnel, en particulier aux maîtres, aux professeurs. Et les élèves ? Peuvent-ils jouir de la liberté civile en matière religieuse ? Des demi-habiles disent : oui, il n'y a pas de raison… Demi-habiles, parce que c'est croire qu'avec deux concepts on a épuisé la question, on est dispensé de penser plus loin.

En tout état de cause, on voit que la laïcité scolaire se présente sous forme de *problème*. Le clivage entre maîtres et élèves épouse-t-il le clivage entre fonctionnaire et administré, entre la puissance publique et la société civile ? L'élève est-il, dans son rapport au maître, comparable au citoyen dans ses rapports avec l'administration publique ? Je pense que la réponse est non ; mais pour pouvoir répondre non, il faut construire une théorie, et c'est ici qu'intervient le troisième concept.

Cela revient en réalité à se demander ce qu'est un élève et ce qu'est un maître. Cela revient à se demander pourquoi *l'élève est inclus dans l'espace scolaire.* Autrement dit, pour soutenir ce concept ultime de la laïcité, il faut démontrer qu'on ne va pas à l'école comme on se rend à la mairie ou à la perception, ou encore que l'école n'est pas un service. L'élève n'est pas d'un côté du guichet et le maître de l'autre. Pour définir le concept de laïcité scolaire, il ne suffit pas de s'en tenir à une forme juridique : il faut tenir compte de ce qui se fait à l'école, c'est-à-dire de l'instruction.

II. Spécificité de la laïcité scolaire

La construction du concept de laïcité scolaire suppose qu'on s'efforce de répondre à la question ; pourquoi l'école devrait-elle être soustraite à la société civile ? Il existe des réponses juridiques, mais elles demeurent partielles ; la réponse la plus fondamentale ne l'est pas.

Voyons d'abord les raisons juridiques. La première, c'est que l'école est obligatoire. Or les élèves qui fréquentent l'école publique n'ont pas choisi leurs camarades, et c'est d'ailleurs à ce titre que l'école est un lieu d'intégration et d'égalité. Tolérer une manifestation religieuse de la part des uns, c'est l'imposer aux autres qui ne peuvent s'y soustraire. Quand quelqu'un arbore dans la rue ou dans le métro un signe religieux que je désavoue, cela ne peut me gêner en aucune manière : personne ne m'oblige à rester là. Mais les élèves sont astreints à la coprésence ; ou alors, il faudrait mettre ensemble ceux qui portent une croix et les séparer, faire la même chose avec ceux qui portent une kippa, avec celles qui portent un voile, etc. Outre qu'on n'en aurait jamais fini, outre que cela revient à rejeter totalement celui qui n'affiche aucune croyance, cela porte un nom : la ségrégation. Ce serait transformer l'école publique en une multitude d'écoles privées particularistes, fondées sur le principe de la séparation entre les communautés. Donc, pour que personne ne puisse se plaindre d'avoir été contraint de subir une manifestation qu'il désapprouve, et pour qu'il n'y ait aucune ségrégation, il faut interdire le port des signes d'appartenance politique et religieuse à l'école publique.

La seconde raison juridique est que les élèves, pour la plupart, sont des mineurs, et que leur jugement n'est pas formé. Ceux qui prétendent qu'ils doivent bénéficier de la liberté dont jouissent les citoyens avancent une monstruosité. Ils supposent en effet que les élèves disposent d'une autonomie qu'ils n'ont pas encore conquise : on devrait donc leur assener le *poids* de la liberté avant de leur en avoir donné la *maîtrise,* en supposant qu'ils trouvent spontanément en eux la force suffisante pour préserver cette autonomie. Faire défiler les groupes de pression devant les élèves (car c'est à cela que se réduit la « nouvelle laïcité ouverte » : on présente des « opinions » et l'on dit ensuite, débrouillez-vous, nous, nous restons « pluralistes », Darwin contre la Bible par exemple, à vous de juger…), c'est se tromper sur la liberté de l'enfant, car la liberté dépend de la puissance de chacun à se préserver de l'oppression et de l'aveuglement. Aucun homme de bon sens ne songerait à demander à un enfant une tâche au-dessus de ses forces : c'est pourtant ce que font les tenants de la « laïcité ouverte » – les mêmes se plaignent, par ailleurs, des programmes surchargés.

Mais ce n'est pas seulement pour des raisons juridiques que l'espace scolaire doit être soustrait à la société civile et à toutes ses fluctuations. L'école doit échapper à l'empire de l'opinion pour des raisons qui tiennent à sa nature essentielle, c'est-à-dire à ce qui s'y fait. Il faut donc en venir à la question du savoir : l'école a pour impératif de rester laïque et d'exiger la réserve de la part de *tous* ceux qui s'y trouvent en vertu de la nature même de ce qui s'y transmet et de ce qui s'y construit. L'examen de ce qui se fait à l'école renvoie non seulement à la question du savoir, mais aussi à celle de *l'autorité.*

L'école est un espace où l'on s'instruit des raisons des choses, des raisons des discours, des raisons des actes et des raisons des pensées. On s'en instruit pour acquérir la force et la puissance, je veux dire celles qui permettent de se passer de guide et de maître. Du reste il n'y a de véritable force que celle-là qui me permet d'échapper à la dépendance. Et cela ne peut se faire qu'en se soustrayant d'abord aux forces qui font obstacle à cette conquête de l'autonomie. Il faut échapper à la force de l'opinion, échapper à la demande d'adaptation, échapper aux données sociales pour construire sa propre force. L'école n'a donc pas pour tâche première d'ouvrir l'enfant à un monde qui ne l'entoure que trop : elle doit lui découvrir ce que ce monde lui caché. Il ne s'agit pas d'adapter, ni d'épanouir, mais d'émanciper. De plus, l'école doit offrir à tout enfant le luxe d'une double vie : l'école à l'abri des parents, la maison à l'abri du maître.

[…] L'enfant qui arrive à l'école ne sait pas lire, c'est une réalité sociale : faut-il renforcer cette réalité ou tendre à l'effacer ?

Donc la laïcité de l'école requiert des idées plus hautes qu'une simple forme juridique. Elle consiste à écarter tout ce qui est susceptible d'entraver le principe du libre examen, tout ce qui peut faire obstacle au sérieux de la libération par la pensée. Il est clair que celui qui arrive en déclarant ostensiblement, d'une manière ou d'une autre, qu'il n'y a pour lui qu'*un* livre, qu'*une* parole, et que le vrai est affaire de révélation, celui-là se retranche *de facto* d'un univers où il y a des livres, des paroles, d'un univers où le vrai est affaire d'examen. Il faut donc commencer par le libérer : qu'il renoue ensuite, s'il le souhaite, avec sa croyance, mais qu'il le fasse lui-même, par conclusion, et non par soumission.

XLIV

SÉAILLES

L'ÉCOLE LAÏQUE, FOYER D'ÉMANCIPATION

Séailles, cité par Jean Cotereau,
Laïcité... sagesse des peuples, Fisbacher,
Paris, 1965, p. 252.

Georges Séailles (1852-1920) a été un défenseur ardent de l'école laïque. Le texte qui suit peut pratiquement se passer de commentaire. Il souligne la dimension positive de l'idéal laïque, trop souvent réduit par ses adversaires à une posture réactive, négative, uniquement déterminée par son opposition aux ambitions politiques des religions. En réalité, il existe des valeurs et des principes propres à la laïcité, et leur portée universelle est telle qu'elles peuvent être accueillies aussi bien par des croyants que par des athées ou des agnostiques. Car le souci d'organiser les sociétés humaines sans assujettir cette organisation à un credo obligé, à une transcendance religieuse, n'empêche nullement ceux qui croient en Dieu de pratiquer leur culte et de défendre leurs croyances, pas plus qu'elle n'empêche les libres-penseurs athées ou agnostiques d'affirmer leurs convictions spirituelles propres. Mais les uns et les autres ont à respecter la loi commune, et l'espace public, libre de toute emprise particulière, qui permet aux hommes de garder un horizon de référence, par-delà leurs différences, ainsi relativisées sans être pour autant niées. L'École laïque incarne idéalement de telles valeurs de concorde, pourvu du moins qu'existe une volonté politique de la préserver résolument des groupes de pression qui tendent à la dessaisir de sa fonction émancipatrice. C'est à une telle volonté politique que peut se mesurer aujourd'hui l'existence d'une authentique détermination laïque, par-delà les proclamations de principe trop rarement suivies d'effets.

L'Éducation

Avant tout, gardons-nous bien de recevoir la définition de l'école de la bouche de ses adversaires : ils affectent de n'y voir qu'un instrument politique aux mains d'un parti : elle est l'école athée, l'école sans Dieu, qui se refuse aux hautes pensées, qui, sans idéal propre, ne peut que nier et détruire des croyances auxquelles elle est impuissante à rien substituer. Vous pourriez être tentés de répondre au défi, de rendre coup pour coup, de vous en prendre à une prétendue religion d'amour qui justifie tant d'intolérance et d'injustice ; dans la conscience de votre devoir, vous trouvez la force de résister à la tentation. Vous ne vous reconnaissez pas dans l'image qu'on vous présente de vous-mêmes et vous laissez tomber dans le silence les outrages et les calomnies. L'école, vous le savez, n'appartient à aucune secte, à aucun parti, elle appartient à la nation tout entière. Un programme de haine, de négation, ne saurait lui convenir, parce que tous les enfants de France, quelle que soit leur différence d'origine, de famille, d'Église, peuvent et doivent y trouver place.

Vous vous entêtez dans la volonté de la paix. Je me réjouis de ce qu'en vertu de ses fonctions mêmes, l'instituteur ne puisse être un de ces sectaires qui ne savent que tourner en dérision les croyances des autres, de ce que son devoir le plus impérieux l'oblige à ne détruire l'erreur ou la superstition qu'en y substituant les vérités plus hautes qui les rendent impossibles ; c'est par là vraiment, par la nécessité qui s'impose à lui d'éviter toute polémique, de s'en tenir aux affirmations positives, irrécusables, de la science et de la conscience, qui ne nient que ce que nous ne pouvons plus croire avec sincérité, qu'il est le maître de l'avenir. La neutralité scolaire n'est pas une plate indifférence qui ferait l'enseignement sans valeur éducative, et qui enlèverait à l'instituteur, avec le sentiment d'être utile, le courage de la rude tâche qui est la sienne. L'école est neutre en ce sens qu'elle n'est pas négative, agressive, plus préoccupée de combattre l'erreur que d'édifier la vérité, en ce sens surtout qu'elle s'attache à ce qui unit les esprits, et non à ce qui les divise, et que, si elle s'oppose au mensonge, au fétichisme, à l'intolérance, c'est uniquement en pénétrant les esprits des vérités morales que nul n'ose ouvertement contester, alors même qu'il n'attend que l'occasion et la puissance de les violer.

L'école ne peut plus être confessionnelle, parce que la science et la société ont cessé de l'être, parce que, en dehors des religions, dont chacune prétend tenir de Dieu la vérité absolue avec la mission de l'imposer, l'homme possède un ensemble d'idées sur le monde et sur la vie, qu'il ne doit qu'à lui-même et qui suffisent à permettre, avec l'accord relatif des exigences, l'union des volontés. Libre de tout esprit de secte, affranchie de toute autorité soi-disant révélée, cette éducation, par laquelle la société assure la continuité de sa vie spirituelle, ne peut être que laïque ; elle ne peut faire appel qu'à ce qui, en chaque homme, est le plus proprement humain, je veux dire à la raison, qui résume et exprime en chaque conscience le résultat du grand labeur humain, qui édifie la pensée dans sa méthode et dans ses principes.

Limitée dans ses ambitions, fonction de la vie sociale qui la crée pour ses besoins, cette éducation ne se place pas au point de vue de l'éternel. Si l'Église, comme le dit Fichte, est une école destinée à former des citoyens pour le ciel, notre école laïque plus modestement ne veut que former des citoyens pour la terre. Loin de prêcher le mépris de la vie présente, elle aimerait à en donner le goût, en lui donnant un sens. Elle se tiendrait satisfaite de préparer des hommes capables d'agir ici-bas et d'y remplir leur devoir. Nous ne méprisons pas la nature, nous n'y voyons pas le principe de tout péché, nous y voyons la matière de notre activité, nous nous efforçons de la comprendre pour la dominer, de faire servir ses lois à nos desseins, de lui faire exprimer en nous et hors de nous l'unité d'une pensée tout humaine.

Nous ne trouvons plus la solution de toutes les difficultés de la vie présente, dans l'hypothèse d'une vie future qui nous dispense de les résoudre nous-mêmes ; nous refusons de nous résigner au mal, sous prétexte qu'il ne peut manquer d'être réparé dans un monde meilleur. Conscients de la solidarité qui mêle notre vie à la vie de nos semblables, nous ne nous isolons pas dans la pensée de notre salut individuel, nous savons que notre salut est lié au salut des autres hommes, et le terme de notre espérance est une société où nul homme ne serait nécessairement exclu de la dignité de la personne raisonnable et libre.

Ainsi se forme en nous l'idée d'une justice qui, au lieu de livrer les hommes aux hasards d'une concurrence meurtrière, les unirait dans un fraternel effort vers une vie plus haute. Cette ferme volonté de tourner la science en puissance, de contraindre la nature au service de l'idée, de substituer à la loi de violence la loi de justice, d'ajouter à ce monde ce que l'homme seul peut lui donner, la douceur, la bonté, cette morale toute terrestre ne me paraît point humilier l'esprit. La tâche n'est pas médiocre de faire enfin de l'homme ce qu'il prétend être par essence, par définition, un être raisonnable, et par là, d'assurer le règne de la paix sur la terre ; nos adversaires tour à tour la déclarent chimérique, disproportionnée à la nature et à la volonté de l'homme, puis terre à terre, vulgaire, insuffisante à apaiser la soif d'infini dont ils se disent tourmentés. Cette morale du travail, en reliant l'effort de l'individu à la grande œuvre collective qui le dépasse, déjà donne un sens supérieur à la vie ; elle n'exclut personne et personne n'a le droit de s'en exclure. Loin d'être l'esprit sectaire, l'esprit laïque s'oppose à l'esprit de parti, d'Église, il se nourrit des vérités communes, il est l'esprit dans ce qu'il a de social, de général et d'humain.

VADE-MECUM

COMMUNAUTARISME

Le fait de tenir une communauté particulière pour la référence absolue de tout comportement individuel est de grande conséquence lorsque ce qui unit cette communauté est un facteur en lui-même exclusif. Se trouver uni autour d'une coutume, d'une religion érigée en loi politique et en conformisme éthique, c'est d'emblée rejeter tout autre norme de référence, *a fortiori* tout principe universel. Une communauté de ce type déploie sa propre normativité jusqu'à la négation de l'autonomie individuelle, et des valeurs qui pourraient la fonder. La construction d'une « identité communautaire » privilégie souvent une religion comme marqueur sélectif, mais on peut trouver d'autres marqueurs tout aussi exclusifs, comme l'origine ethnique, la langue, un ensemble spécifique de coutumes, des signes divers d'appartenance ou d'allégeance. Représentations collectives et pratiques communes sont alors habitées par une sorte d'obsession identitaire qui polarise le comportement, excluant toute distance critique, et tendant à gommer toute singularité individuelle dans le mimétisme à l'égard du groupe et de son identité fantasmée. Dans les pays qui s'efforcent de promouvoir une intégration de toutes les composantes de la population sans effectuer de discrimination en fonction de l'origine ou de la religion, tout en assurant pour chaque personne la liberté de se définir sans allégeance obligée, une tension se produit entre la pression communautariste, qui prend souvent la forme d'un « lobbying » auprès des pouvoirs publics, et l'exigence républicaine, qui récuse tout différencialisme. Il ne s'agit pas alors de nier les particularismes, mais bien plutôt de leur permettre de s'affirmer dans un registre tel qu'ils ne se fassent pas mutuellement obstacle, et n'aboutissent pas à l'enfermement dans la différence. Pour les individus ainsi reconnus comme seuls sujets de droit, il ne s'agit pas de congédier toute référence particulière, mais de l'identifier comme telle et d'apprendre à la vivre dans l'horizon universaliste qui organise le cadre et les conditions de sa liberté. L'activité du citoyen, sans cela, risque de se résorber ou de s'effacer dans l'appartenance communautarienne. Les consciences sont alors à la merci d'une mise en tutelle et d'un pouvoir de conditionnement qui tend à les façonner conformément à un ordre communautaire totalitaire, qui ne laisse aucune place à la singularité. En ce sens, le communautarisme est aux antipodes de l'idéal laïque et républicain. Ses idéologues ne cessent d'ailleurs de stigmatiser ce qu'ils estiment être l'« universalisme abstrait » d'un tel idéal, et de refuser la distance à soi de la conscience humaine, condition pourtant essentielle de la lucidité intérieure comme du respect de l'autre en tant qu'autre. En réalité, la véritable alternative n'est pas entre négation pure et simple et affirmation sans retenue des particularismes, mais entre deux types d'affirmation de ceux-ci. La contradiction interne de l'idéologie communautariste est que, si elle s'appliquait à elle-même le traitement qu'elle inflige aux hommes qu'elle exclut par un marquage identitaire négatif, elle ne pourrait pas vivre. Son principe n'est donc pas généralisable, et l'hypothèse du multiculturalisme reste à cet égard très problématique. Si en effet deux « communautés » A et B ont à coexister, selon quelles normes le feront-elles ? Le choix des normes de A sera vécu comme une violence par les tenants de la communauté B. Et réciproquement. On retrouve alors l'idée laïque de principes qui transcendent les particularismes, et pour cela visent le bien commun à tous. L'universalisme n'est pas une option arbitraire et répressive à l'égard des particularismes, mais bien plutôt ce qui leur permet de coexister pacifiquement en leur fournissant le seul régime d'affirmation qui n'engendre ni la guerre ni l'enfermement dans la différence.

Pour cela, la préservation d'une sphère publique qui leur est soustraite est décisive. Il faut remarquer d'ailleurs que les tenants des communautarismes exploitent à fond les possibilités de la démocratie pour conquérir tout ce qui peut l'être en matière d'affirmation identitaire, et les suppriment là où ils prennent le pouvoir, comme on l'a vu en Afghanistan.

CONCORDAT

Les rapports entre pouvoir temporel et pouvoir spirituel ont connu dans l'histoire des figures diverses, qui déclinent la fameuse distinction attribuée au Christ entre Dieu et César (Matthieu, 22 : « Rendez à César ce qui est à César, et à Dieu ce qui est à Dieu »). Avant de pouvoir être interprétée de façon radicale par une stricte séparation, dont le corollaire est l'assignation de la religion à la sphère privée, cette distinction a longtemps été assumée au sein d'un couple dont les termes étaient à la fois solidaires et conflictuels. Solidaires, quand la religion sert de légitimation au pouvoir du prince, et reçoit de lui en échange des emprises proprement temporelles sur la fiscalité (dîme), les écoles, l'état civil, etc. Conflictuels, lorsqu'un pouvoir entend établir sa suprématie sur l'autre. Ainsi, le rapport des monarchies à l'Église catholique a été caractérisé par cette tension, et l'émergence de figures repérables dont chacune constitue en quelque sorte une antithèse de la séparation laïque, celle-ci rompant la prétention d'une institution religieuse représentative seulement d'une partie des personnes de la Cité à s'imposer à l'ensemble par la médiation d'une emprise sur les pouvoirs publics.

La première figure pourrait être celle de la monarchie de droit divin, forme originale de la théocratie primitive. Le roi, « ministre de Dieu sur terre » (Bossuet, *Politique tirée des propres paroles de l'Écriture sainte*), affirme la dimension divine de son pouvoir, illustrée par le sacre traditionnel des monarques, mais c'est bien de l'Église, maîtresse de cérémonie, qu'il tient cette légitimation. Le caractère absolu de son empire, dans l'ordre temporel, a pour corrélat celui de l'Église dans l'ordre spirituel. C'est ainsi que sont assurés à la religion tous les moyens temporels de dominer les consciences, en dictant les normes de l'éthique de vie, en utilisant les écoles pour conditionner les hommes à une forme particulière d'option spirituelle, en réglant par la maîtrise de l'état civil l'ensemble des actes marquants de la vie quotidienne. Mais la solidarité ainsi établie entre deux pôles à la fois distingués et liés par des intérêts peut se transformer en tension dès qu'un des pôles entend assurer sa suprématie incontestable, tout en continuant à jouir des avantages de sa reconnaissance par l'autre pôle. C'est ce qui advient avec l'émergence de l'anglicanisme.

Conception propre à l'Angleterre de la mise sous tutelle de l'Église, l'anglicanisme illustre donc la reconfiguration du rapport entre Dieu et César au bénéfice apparemment exclusif du second. Bénéfice en réalité mutuel, puisque la mutation du pouvoir de référence (le monarque du pays et non le pape, puissance à la fois spirituelle et temporelle) maintient malgré tout un privilège de la figure religieuse de la conscience humaine. L'Église anglicane est une église chrétienne instituée par Henri VIII d'Angleterre après sa rupture, en 1533, avec le pape Clément VII, qui refusait de dissoudre son mariage avec Catherine d'Aragon. En 1534, Henri VIII édicta l'acte de suprématie du pouvoir temporel sur l'institution religieuse. La liturgie anglicane fut préparée, dans un esprit calviniste, par Crammer (Prayer Book, 1549) et un énoncé dogmatique dit « des 39 articles » fut élaboré sous Elizabeth Ire et adopté en 1571. L'anglicanisme mêle le catholicisme et le protestantisme : les saints sont reconnus, l'Église est une institution hiérarchisée. L'évolution de l'Église anglicane vers un rapprochement avec Rome s'est traduite, après quatre siècles, par la nomination en 1961 d'un délégué au Secrétariat pour l'unité et la création d'une commission pour les relations avec les catholiques.

Le gallicanisme est à comprendre en parallèle avec l'anglicanisme en ce qu'il définit une certaine conception de la soumission des instances religieuses à l'instance politique. Cette doctrine politico-religieuse, exprimée d'abord en France sous Louis XIV et théorisée par Bossuet, fait donc du roi un monarque absolu. Elle reconnaît au pape la « primauté d'honneur et de juridiction », mais conteste sa toute-puissance au profit des conciles généraux de l'Église qui se tiennent dans chaque État. Une conception générale s'affirme ainsi, qui fera exemple. Les souverains temporels entendent avoir droit de regard sur les affaires religieuses dans leurs États respectifs. Et le sacre dont ils font l'objet leur facilite la tâche, puisqu'il leur confère une sorte d'aura religieuse. La volonté de restreindre toute intervention extérieure au pays dominé relève évidemment d'une aspiration à un pouvoir aussi absolu que possible. La mise sous tutelle des instances religieuses va de pair, en l'occurrence, avec la promotion d'une collusion entre pouvoir temporel et pouvoir spirituel, généralement sous l'égide du premier, mais avec des avantages non négligeables pour le second. La volonté de contrôler les Églises est le propre de tout pouvoir temporel de domination. Elle fut aussi la tentation de la Révolution française, qui voyait notamment dans le pouvoir de l'Église catholique un danger accrédité par l'attitude traditionnelle du clergé, très impliqué dans l'Ancien Régime. D'où l'épisode de la Constitution civile du clergé, votée le 12 juillet 1790 par l'Assemblée constituante. Inspirée par le gallicanisme, mais transposée dans le cadre de la souveraineté populaire, cette Constitution modifiait le découpage territorial des diocèses et des paroisses afin de les rendre homogènes aux nouvelles circonscriptions administratives (communes et départements). Elle prévoyait l'élection des évêques et des prêtres, et surtout elle leur imposait un serment de fidélité au pouvoir. Révolutionnaire. Le pape condamna cette Constitution, et le clergé fut traversé par une profonde division entre « assermentés » et « réfractaires ». La figure du concordat est à comprendre dans le sillage ambigu d'une telle histoire. Il se définit d'abord par un accord entre le pape ou des autorités ecclésiastiques et un gouvernement à propos d'affaires religieuses, consistant généralement en une concession d'emprises publiques à une ou plusieurs religions par l'État. Cet accord pose d'emblée problème dès lors que tous les citoyens d'un pays ne sont pas croyants : il consacre en effet le privilège d'une partie de la population sur une autre, celle des adeptes de la religion ou des religions que favorise le système concordataire. César, figure de la domination politique, accorde de tels avantages, là où Marianne, figure de la souveraineté républicaine et démocratique, ne peut que les refuser, sauf à promouvoir une politique de discrimination. On peut évoquer, pour mémoire, le Concordat conclu le 15 juillet 1801, à Paris, entre les représentants de Bonaparte, Premier consul, et ceux du pape

Pie VII. Ce Concordat, qui restaurait des privilèges dans la sphère publique pour trois religions (catholique, réformée, juive), a constitué une régression par rapport à l'œuvre de la laïcisation entreprise par la Convention. Pie VII reconnaissait la République française, et en échange, le clergé était rémunéré par l'État, qui procédait à la nomination des évêques. Napoléon, Empereur, devait l'assortir en 1806 d'un « catéchisme impérial » présentant la soumission à l'Empereur comme un devoir sacré. Le Concordat fut appliqué jusqu'à la séparation des Églises et de l'État (9 décembre 1905), et il l'est toujours en Alsace-Moselle (qui, en 1905, était sous administration allemande). En Alsace-Moselle, les trois religions ont le privilège d'être salariées, subventionnées, et enseignées dans les écoles publiques, ce qui consacre une inégalité des citoyens dont les options spirituelles ne sont pas religieuses. Le système concordataire est donc profondément antilaïque, et il est pour le moins étrange qu'une certaine historiographie de la laïcité présente le Concordat comme un « seuil de laïcisation », alors qu'à l'évidence il s'agit d'une régression par rapport à la séparation laïque amorcée par la Convention à l'époque de la Révolution.

CULTURE (MULTICULTURALISME)

C'est au XVIIIᵉ siècle que Vauvenargues et Voltaire commencent à employer le mot « culture ». Mais, depuis, le terme a été galvaudé, et surtout compris de façons différentes. Il est devenu ambigu du fait des deux acceptions pratiquement opposées qui aujourd'hui lui sont attribuées : processus dynamique de transformation positive et de dépassement, ou soumission passive aux données d'une tradition. La première acception est dynamique. Dans son sens propre initial, le terme désigne l'action de cultiver la terre, le travail visant à la rendre productive. La culture du blé est un processus de ce type. En son sens figuré, il recouvre le développement des facultés intellectuelles et/ou artistiques. La culture de l'esprit, de la philosophie, de l'art musical ou poétique, en fournit une illustration. Le résultat d'un tel processus est également désigné par le terme. La culture, en ce sens, est l'ensemble des connaissances acquises par un individu. Une telle culture est éducation de soi par soi : les Grecs, sous le terme de *païdeïa*, assimilaient la formation de soi, la culture, et l'instruction émancipatrice.

La seconde acception, lancée par les ethnologues, est plus statique. Elle recouvre l'ensemble des activités soumises à des normes socialement et historiquement différenciées, et des modèles de comportement transmissibles par l'éducation, propres à un groupe social donné. Chaque société particulière aurait ainsi sa propre culture, qui ferait système. On parle de « culture occidentale », sans que l'on sache toujours ce que l'on évoque ainsi. Les bûchers de l'Inquisition catholique, la philosophie cartésienne de la liberté, et l'œuvre de Baudelaire font partie de cette culture, mais elles n'y ont pas, à l'évidence, le même statut. Le recours à la première acception, dynamique, du terme culture, peut avoir ici une valeur critique, en appelant à séparer, à distinguer, ce qui au nom de la culture instaure et perpétue un pouvoir de domination, et ce qui appartenant au patrimoine culturel de toute l'humanité peut au contraire jouer un rôle émancipateur dans la formation des hommes.

Il faut en effet distinguer le patrimoine esthétique et affectif d'un peuple, et les normes de pouvoir qui ont pu lui être associées. Attribuer à ces dernières le label « culturel », c'est les soustraire à terme à tout examen critique, surtout dans un contexte d'expiation collective imaginaire des conquêtes coloniales. Le soupçon d'ethnocentrisme pèse sur toute critique d'une pratique ou d'une norme qui s'abrite sous le mot culture, et le risque du relativisme tend à redonner une légitimité inespérée aux traditions les plus rétrogrades.

Que peut recouvrir l'invocation des cultures comme ensembles statiques de manières d'être et d'usages, de représentations et de normes, incluant ou non une allégeance religieuse ? Le pluriel des cultures a servi autrefois de salutaire contestation de l'idéologie ethnocentriste colonialiste, qui érigeait une culture par-ticulière en norme des autres, la figeant ainsi dans une contre-façon d'universel. Mais cet usage critique et démystificateur peut se retourner en un usage aliénant et oppressif si, au nom de leur « identité culturelle », les hommes sont assignés à résidence, tenus de se conformer à une culture particulière souvent amalgamée à une loi politico-religieuse. La femme qui refuse de porter le voile ou d'être mariée à un homme qu'elle n'a pas choisi, celle qui ne veut pas exciser sa fille, l'homme qui ne veut pas porter la kippa, la femme ou l'homme qui rejette le modèle du mariage judéo-chrétien traditionnel, seront-ils stigmatisés comme « traîtres à leur culture » ? Voir dans la laïcité un « produit culturel » et de ce fait en suggérer la relativité, c'est reproduire l'ambiguïté générale de la notion de culture. Si la culture, en son sens dynamique, recouvre le processus de réappropriation critique et d'amélioration de ce qui est, notamment en vue de plus de justice ou d'une maîtrise plus humaine du donné, alors à l'évidence la laïcité relève de la culture. Issue de l'effort de dépassement et de mise à distance des sociétés, elle traduit les aspirations vers plus de liberté et d'égalité, de justice et d'universalité de l'organisation politique : elle est à ce titre universalisable, car tous les peuples et tous les hommes ont à y gagner. À moins qu'on ne les enferme dans les traditions et qu'on leur dénie ainsi toute volonté d'émancipation. Le fait d'affirmer que les Droits de l'homme, reconnus en Occident, n'auraient pas de valeur sous d'autres latitudes, relève du même type d'enfermement. Or c'est un raisonnement du même type qui conduit à insinuer que la laïcité est une figure historique et géographique relative : « typiquement française » dit-on souvent, comme d'autres diraient que la loi d'amour est une réalité typique de Bethléem, et l'*habeas corpus* une spécialité anglaise. Dans cet esprit, présenter la laïcité comme une « donnée culturelle » qui aurait poussé naturellement sur un certain terreau civilisationnel, c'est conjuguer une étrange amnésie à l'égard de l'histoire, et une cécité à l'égard de la géographie. Un retour sur l'histoire montre que la laïcité n'est pas un produit spontané de la culture occidentale, mais une *conquête*, accomplie dans le sang et les larmes, contre deux millénaires de tradition judéo-chrétienne de confusion mortifère du politique et du religieux. Quant à la géographie, elle nous apprend que l'idéal laïque est défendu aussi bien au Pakistan, avec Taslima Nasreen, qu'en Algérie, avec Zazi Sadou et le RAFD (Rassemblement algérien des femmes démocrates). Il n'est pas vrai que le mot « laïcité » soit si peu répandu : il a son équivalent dans les grandes langues, même s'il est peu usité dans certains pays en raison des survivances du pouvoir religieux qui y règnent. L'important d'ailleurs n'est pas dans le *terme*, mais dans la nature des *principes* qui s'y trouvent reconnus. Dira-t-on

également que la rareté sémantique de l'expression « droits de l'homme » dans certains pays marque bien la relativité culturelle d'une telle référence, et partant de sa valeur normative ?

L'idéal laïque unit tous les hommes par ce qui les élève au-dessus de tout enfermement. Il n'exige aucun sacrifice des particularismes, mais seulement le minimum de recul qui permet de les vivre comme tels, sans leur être aliéné. C'est pourquoi il n'est nullement opposable à la culture, ni aux cultures, lorsque celles-ci se définissent des patrimoines esthétiques et artistiques, affectifs et intellectuels, à l'exclusion de toute norme de pouvoir et d'assujettissement. La laïcité ainsi conçue, idéal de liberté, d'égalité, et d'émancipation, est compatible avec les différentes cultures, mais elle ne l'est pas avec les rapports de domination qu'elle a pour vocation à contester, afin d'en affranchir tous les êtres humains, et notamment ceux qui sont les premières victimes des oppressions politico-religieuses, comme les femmes, infériorisées par les trois monothéismes traditionnels et libérées par l'émancipation laïque du droit.

Quant au « multiculturalisme », il est justiciable du même type d'analyse. La question de la coexistence d'hommes de différentes « cultures » devient évidemment une impasse si l'on stipule d'emblée que les individus ne peuvent disposer de leur singularité en récusant toute allégeance forcée à une prétendue identité collective. Si on commence par les enfermer dans leurs « différences », notamment en consacrant pour chaque groupe supposé un code de statut personnel et des lois particulières, on pose le problème de telle façon qu'on s'interdit de le résoudre. En revanche, en assignant à la sphère privée l'ensemble des particularismes dits culturels, et en ne promouvant par la loi commune que ce qui relève d'exigences de droit universalisables pour des êtres émancipés, on résout la question de la conciliation entre diversité et unité. La création d'un monde commun comporte des exigences. Tout n'est pas compatible en effet dans les normes et les usages qui procèdent des civilisations particulières, ou si l'on veut des « cultures », dans le sens ethnographique du terme. Dès lors, une tension peut apparaître entre cette visée d'un monde commun présente dans l'intégration républicaine et le respect de ce que l'on appelle souvent, non sans ambiguïté, les « différences culturelles ». Cette tension peut mettre en jeu deux attitudes extrêmes, qui souvent se nourrissent l'une l'autre. La première attitude, relevant d'une confusion entre intégration républicaine et assimilation négatrice de toute différence, comporte le risque de disqualifier l'idée même de république, de bien commun aux hommes, aux yeux des personnes victimes de cette confusion. La seconde attitude, en symétrie inverse, exalte la « différence » en un communautarisme crispé, replié sur des normes particulières, et ce au risque de compromettre la coexistence avec les membres des autres « communautés ». Cette exaltation peut prendre le sens d'une affirmation polémique contre une intégration qui se confondrait avec une assimilation négatrice. Les deux attitudes, en ce cas, s'alimentent réciproquement.

Toute la difficulté apparaît bien sûr dès lors que des normes d'assujettissement interpersonnel se trouvent impliquées dans le patrimoine culturel ainsi respecté. Faut-il s'abstenir de les juger sous prétexte que le « droit à la différence » ne saurait être relativisé ? Faut-il au contraire rejeter globalement une culture sous prétexte que des rapports d'assujettissement y sont impliqués ? L'impasse à laquelle conduit chacune de ces voies est manifeste. La ghettoïsation et la mosaïque des communautés juxtaposées, dont les frontières sont souvent conflictuelles, dessinent la figure d'une démocratie qui se prive de toute référence à un bien commun. La solution laïque, soucieuse de distinguer la sphère privée et la sphère publique tout en n'inscrivant dans la sphère publique que des normes de droit en principe bonnes pour tout homme libre, semble répondre le mieux au problème posé : elle refuse à la fois la soumission passive à une culture et le faux universalisme qui érige une culture en norme des autres. Elle-même a d'ailleurs été conquise contre les traditions oppressives de l'Occident chrétien.

FONDAMENTALISME (INTÉGRISME)

À l'origine, le fondamentalisme désigne la tendance conservatrice née pendant la Première Guerre mondiale dans certains milieux protestants attachés à une interprétation littérale des dogmes. Il s'agissait de revenir aux seuls « fondements », en amont des interprétations qui auraient perverti le message originel de la religion. Cette démarche a souvent coïncidé avec le refus des herméneutiques théologiques qui s'efforçaient de transposer les enseignements du texte biblique plutôt que de les prendre à la lettre. Elle va donc fréquemment de pair avec un certain fidéisme littéraliste, voire avec l'obscurantisme, comme on le voit dans la dénonciation par certains extrémistes protestants américains des théories darwiniennes de l'évolution, et de leur enseignement universitaire, jugés incompatibles avec la littéralité du récit biblique de la création. Le mouvement des chrétiens *born again* (nés à nouveau) n'est pas sans relation avec ce fondamentalisme, forme de réaction contre les modernisations plus ou moins opportunistes du discours religieux. L'Église catholique n'a pas non plus été épargnée par ce genre de tendance, qui a notamment nourri le refus des adaptations lancé par le concile Vatican II (1963) et plus récemment les commandos anti-avortement. L'intégrisme, comme courant visant à imposer l'intégrité ainsi comprise du discours religieux et de la normativité qui en dé-riverait à l'intégralité des aspects de la vie sociale peut s'apparenter au fondamentalisme, dont il est une figure extrême. Protestantisme, catholicisme, judaïsme, et islam, bref, les trois grands monothéismes, ont été touchés à des degrés différents et sous des formes diverses par le fondamentalisme. Pour ces religions, il importe donc de faire une nette distinction entre de telles dérives et les témoignages spirituels qu'elles entendent représenter, et que leurs adeptes interprètent d'ailleurs de façon fort différente. La stigmatisation unilatérale de l'islam, qui a eu ses « Lumières » bien avant l'Occident chrétien serait donc injuste : le fondamentalisme islamiste en est aussi éloigné que Bartolomé de las Casas peut l'être de Torquemada, ou Spinoza des rabbins ultra-orthodoxes de la communauté juive d'Amsterdam. Gilles Kepel, dans *La Revanche de Dieu* (Seuil, coll. Points actuels n° 117, 1991), dresse un tableau des « chrétiens, juifs et musulmans à la reconquête de monde » (sous-titre de l'ouvrage). Il décrit le succès spectaculaire des mouvements religieux dans l'espace politique des années soixante-dix : en 1976, Jimmy Carter est élu président des États-Unis ; en 1977, Menahem Begin devient Premier ministre d'Israël ; en 1978, Karol Wojtyla est choisi comme pape par les cardinaux ; en 1979, c'est le retour de l'ayatollah Khomeyni à Téhéran. Cette « offensive par le haut », visant la conquête du pouvoir politique et la maîtrise des grandes institutions publiques, sera relayée par une « offensive par le bas » dans le monde social et associatif. Ainsi du rapport entre « fondamentalisme » et « évangélisme » aux États-Unis, des pentecôtistes protestants et des charismatiques catholiques, du judaïsme nationaliste ou orthodoxe (*loubavitch*) en Israël et dans la Diaspora, de l'islam piétiste (*tabligh*) ou révolutionnaire dans de nombreux pays marqués par la religion musulmane. La traduction politique du fondamentalisme et de l'intégrisme a pris une forme particulièrement violente dans le cas de l'islamisme, avec le cas outré de l'Afghanistan régi par les talibans – où les femmes ne voyaient désormais le monde que derrière le grillage de toile que leur imposait la traditionnelle « burkha », et devenaient des êtres de seconde zone, confinées dans un espace privé à disposition de l'homme qui les possédait. Cette « islamisation par le haut » a été arrêtée en divers endroits, notamment en Algérie, lors de l'interruption du processus électoral qui risquait de conduire à l'instauration d'un État islamique dur. C'est alors que les intégristes et les fondamentalistes de l'islam politique ont misé sur l'« islamisation par le bas », à la faveur des déshérences et des frustrations subies par des populations victimes de la corruption de leurs dirigeants, et des injustices d'un « ordre mondial » désormais régi par les diktats d'une superpuissance attachée surtout à promouvoir ses seuls intérêts.

Les réseaux sociaux islamistes ainsi mis en place regroupent des centaines de millions de personnes dans le monde, et constituent à terme une véritable menace pour les démocraties, dont ils exploitent d'ailleurs les faiblesses sociales. À la lumière de telles évolutions, il est de plus en plus clair que la laïcité va de pair avec l'exigence de justice sociale, et de droit international authentique. Faute de quoi, la guerre des dieux risque de fournir son scénario catastrophe à l'affrontement des hommes que contient virtuellement toute situation d'oppression et d'exploitation.

LAÏCITÉ

Substantif relativement récent pour désigner le caractère propre d'institutions étatiques et publiques dévolues à l'ensemble du peuple (en grec, le *laos*) grâce à leur affranchissement par rapport à toute tutelle religieuse. Le mot figure dans le *Dictionnaire de pédagogie et d'instruction*, de Ferdinand Buisson, paru en 1887. L'auteur y souligne la nécessité du substantif pour désigner l'aboutissement idéal d'un processus de laïcisation qui affranchit l'État de l'Église et l'Église de l'État. Le mot recouvre à la fois le caractère non confessionnel de la puissance publique et son orientation de principe vers ce qui est commun à tous les hommes, par-delà leurs « différences » d'options spirituelles ou philosophiques. Il signifie donc l'universalité de principe de la loi commune, et de la sphère publique qu'elle organise. Il recouvre les principes de liberté de conscience, étayée sur l'autonomie de jugement, ainsi que la stricte égalité de tous les hommes, quelles que soient leurs options spirituelles respectives. Sur le plan juridique, la laïcité implique le principe de séparation des Églises et de l'État, condition et garantie de son impartialité, de sa neutralité confessionnelle, et de son affectation au seul bien commun à tous, qui intègre justement les trois valeurs mentionnées : liberté, égalité, universalité de la loi commune à tous.

« **Laïc** » (adjectif ou substantif) : simple fidèle qui n'exerce aucune fonction officielle dans l'institution religieuse. Opposé à « clerc » au sein du vocabulaire religieux, selon une étymologie qui rappelle que l'homme du peuple, que rien d'abord ne distingue d'un autre, constitue la référence première. La laïcisation consistera à considérer que le simple laïc, ainsi promu à l'égalité avec tous les autres, est sujet de droit, et qu'il doit disposer librement de sa conscience, soit qu'il s'engage dans la foi religieuse de son choix, soit qu'il fasse sienne une conviction athée. Le terme s'affranchit ainsi de son acception intrareligieuse qui le définissait par opposition au clerc ou à l'ecclésiastique, pour devenir la désignation de l'individu libre, qui dispose de sa conscience et jouit des mêmes droits que tous les autres.

« **Laïque** » (adjectif ou substantif) : terme différencié du terme « laïc » pour caractériser les institutions ou plus généralement les réalités sociales soustraites au contrôle religieux qui s'exerçait traditionnellement sur elle. On parle ainsi de l'école laïque, de l'enseignement laïque. Cet affranchissement signifie que la vie civile et le droit qui la régit s'universalisent du fait que n'y prévaut plus un marquage confessionnel discriminatoire. Mais laïque en ce sens ne signifie nullement hostile à la religion. L'option religieuse comme option libre appartient au registre privé de la personne ou d'un groupe de personnes librement associées. La vie civile, laïcisée, réalise ainsi l'universalisation de son cadre d'accueil, en se défaisant de tout marquage confessionnel ou religieux.

« **Laïcité ouverte** » : notion polémique tournée contre la laïcité dont elle suggère qu'appliquée rigoureusement elle serait un principe de fermeture. Or c'est le contraire qui est vrai, puisque la laïcité sans épithète délivre la sphère publique de toute tutelle et de toute fermeture dogmatique, en l'affranchissant de la mainmise d'une option spirituelle particulière, qu'elle soit celle de la religion ou celle de l'athéisme. Dans la bouche de certains détracteurs de la laïcité, « ouvrir la laïcité » signifie restaurer des emprises publiques pour les religions. Une confusion est faite entre l'expression des religions dans l'espace public et emprise des religions sur l'espace public. La première est compatible avec la laïcité, comme l'est aussi l'expression des humanismes athées dans l'espace public. La seconde ne l'est pas, car elle consacre un privilège, bafoue la distinction juridique privé-public, et compromet l'universalité de la sphère publique. Il faut donc démystifier cette notion, et saisir le rejet inavoué de la laïcité qu'elle a pour charge de travestir en « rénovation » de celle-ci. Parle-t-on de « droits de l'homme ouverts », de « justice ouverte » ?

LIBERTÉ DE CONSCIENCE

L'expression « liberté de conscience » est essentielle, même si elle peut sembler finalement évidente. La conscience humaine, selon les philosophes stoïciens, est une citadelle imprenable, inaccessible à toute pression extérieure, qui n'atteint au mieux que le corps, ou le souci de paraître. Sauf à se réduire à un simple reflet passif du donné, qui serait plutôt de l'ordre de l'affect subi, la conscience, par définition, ne peut être que libre, déliée, et l'idée de liberté de conscience ne fait qu'exprimer finalement la réalité fondamentale de la conscience, lorsqu'elle est elle-même. Néanmoins, les conditionnements, les menaces, la peur induite par le spectacle des supplices, tendent à aliéner la conscience, à susciter sa soumission. L'impossibilité de communiquer ses pensées fait de même, car l'enfermement solipsiste peut tarir la vitalité intérieure de la conscience, et c'est pourquoi, dans le sillage de Kant, on peut dire que la liberté de conscience va de pair avec la libre communication (cf. *Qu'est-ce que s'orienter dans la pensée ?*). De ce point de vue, la longue tradition théologico-politique de répression des convictions spirituelles différentes de la doctrine religieuse officielle par le bras séculier de l'Église a constitué une négation réitérée du principe de liberté de conscience. Mirabeau a opposé le caractère incontestable, car premier et consubstantiel à la vie humaine, de la liberté de conscience, aux aléas de la tolérance politique, toujours sujette à variation. Pour l'idéal laïque, cette liberté de conscience doit être affirmée dans toute sa portée. Ce qu'on appelle « liberté religieuse » n'en est qu'une version particulière, de formulation d'ailleurs ambiguë. Car la liberté d'avoir une religion, ou d'en changer, implique celle de ne pas en avoir, et de bâtir autrement sa conviction spirituelle. Appellera-t-on « liberté religieuse » l'affirmation d'une conviction athée ? Autant parler alors de « liberté athée ». Mais à vouloir ainsi qualifier une liberté on la restreint à un des cas de figures de sa mise en œuvre, accréditant une approche en réalité discriminatoire des options spirituelles. Projet d'émancipation, l'idéal laïque entend étayer la liberté de conscience sur tout ce qui peut fonder l'autonomie intellectuelle et morale de la personne. C'est donc une conscience libre, et maîtresse d'elle-même au regard des conditionnements qui peuvent s'exercer sur elle, qu'il appelle de ses vœux, et qu'il rend possible en instituant une école laïque dont la raison d'être est de former des hommes libres, éclairés par l'accès à la culture universelle. Cette instruction ne s'ordonne à aucun « message particulier », mais au seul souci de faire cultiver par chaque conscience les lumières du savoir et les exigences de la raison. Projet d'émancipation, et non d'enfermement dans le relativisme sous prétexte d'éviter les dogmatismes. Car enfin on ne peut renvoyer dos à dos la vérité et l'erreur, l'injuste et le juste, les droits de l'homme et leur négation par les oppressions en acte. En ce sens, il n'y a pas de « liberté de conscience » devant la somme des angles d'un triangle, si l'on veut dire par là que la liberté consiste à affirmer qu'elle est plus grande ou plus petite que 180 degrés. L'esprit reste libre devant le vrai, car jamais il ne peut l'affirmer sans avoir des raisons de le faire, et les exigences de la pensée n'ont rien à voir avec la tentation de l'arbitraire. Dire que la raison ou le vrai font violence à la conscience est dès lors proprement insensé, surtout lorsqu'on affirme en même temps le primat d'une « révélation », qui requiert quant à elle une soumission inconditionnelle, sans possibilité de discussion aucune.

NEUTRALITÉ

L'étymologie latine du terme « neutralité », *neuter*, évoque le refus de choisir entre deux termes. « Ni l'un ni l'autre » en serait la traduction mot à mot. La neutralité de l'État laïque tient donc d'abord au refus de discrimination entre deux catégories de citoyens distingués selon leurs option spirituelles respectives : ceux qui croient en Dieu, ceux qui ont une conviction athée, mettant en jeu d'autres références que celle de Dieu. Il résulte de ce rappel que la neutralité concerne un champ bien déterminé : celui des convictions spirituelles, et non tout domaine. L'État laïque n'est pas neutre lorsqu'il s'agit de choisir entre liberté et asservissement ou mise en tutelle, égalité et discrimination, intérêt général et intérêt particulier. Bref, neutralité en matière spirituelle n'implique pas relativisme éthico-politique, ni équivalence artificielle entre erreur et vérité, justice et injustice. Ceux qui prétendent que la neutralité laïque brouille toutes les valeurs et prive les hommes de tout repère font donc un mauvais procès, sans doute pour suggérer qu'en dehors de la référence religieuse il n'y a que néant et désenchantement au sens éthique. D'autant que les mêmes sont prompts à accuser un État laïque qui revendique l'affirmation et la défense de valeurs de tomber dans l'esprit partisan…

Il faut par ailleurs s'entendre sur la nature de cette neutralité. Ce n'est pas seulement une neutralité confessionnelle, car le fait de s'en tenir aux confessions religieuses aurait une signification discriminatoire au regard des convictions athée et agnostique. D'où la nécessité de concevoir la neutralité au regard des trois grands types d'option spirituelle : athéisme, croyance religieuse, agnosticisme. La neutralité laïque ne consiste donc pas à tenir la balance égale entre les confessions dans le cadre d'un espace public aliéné au pluriconfessionnalisme. L'espace laïque n'est pas pluriconfessionnel, mais non confessionnel. Il se tient en dehors des options spirituelles particulières, et cette extériorité coïncide avec la nécessité de faire échapper à des intérêts particuliers le principe d'organisation de leur coexistence, mais aussi les valeurs de référence de l'ensemble de la Cité. On peut dire en ce sens que la République laïque transcende les religions en ce que, malgré leur visée universelle revendiquée, elles constituent des approches particulières. Les propos de Jaurès cités dans l'anthologie insistent sur le sens de la neutralité laïque, et sur la nécessité de ne pas lui attribuer une telle extension qu'il en viendrait à rendre insipide et inconsistant l'enseignement de l'école laïque. C'est qu'il s'interdit de concevoir cette neutralité comme un relativisme, un refus de cultiver la puissance émancipatrice du vrai. Les maîtres d'école n'ont pas à taire ce qui dérange, dès lors qu'ils rendent manifeste et servent l'exigence de vérité, qui doit avoir selon eux l'ascendant sur toute représentation non critique. La neutralité laïque peut se concilier avec la culture du vrai et du juste, et elle va de pair avec l'universalisme républicain.

PRIVÉ/PUBLIC

L'adjectif substantivé « public » a pris un sens précis en droit, où il qualifie ce qui est commun à tous, et de ce fait relève des lois qui organisent la coexistence des individus. Est public en ce sens ce qui appartient au peuple, à la nation tout entière, à l'État conçu comme communauté de droit unissant tous les hommes d'un territoire donné. C'est donc ce qui est commun, destiné à l'usage de tous, et correspond à l'intérêt général. D'où l'acception juridique, présente dans la notion de « droit public ». Est public ce qui se rapporte à tous les hommes, et non à certains : lois communes, services d'intérêt général, administrations et institutions chargées de promouvoir le bien commun, quel que soit le niveau d'intervention des collectivités territoriales de l'État. La laïcité accorde une importance centrale à ce souci d'universalité, qui la conduit à veiller au régime de droit de ce qui concerne certains hommes, et doit relever de la liberté de la sphère privée, sans empiéter jamais, sous forme de privilèges publics sur la neutralité de la sphère commune à tous. Ainsi, l'argent public, produit notamment par la collecte des impôts, est censé être consacré exclusivement au bien public. Un tel principe est essentiel à la laïcité, et se retrouve dans le mot d'ordre « l'argent public à l'école publique ». Il met en accord l'origine des fonds et leur destination : collectés chez tous les citoyens, ils doivent être affectés à l'intérêt de tous. C'est également ce principe qui fait que, dans la loi de séparation du 9 décembre 1905, l'article 2 stipule que la République ne reconnaît, ne salarie, ni ne subventionne aucun culte. Pas plus qu'elle ne le fait pour la libre-pensée.

Est donc « privé » ce qui concerne une sphère de vie et d'action réservée aux individus ou aux groupes particuliers qu'ils forment volontairement, et ne saurait ni s'imposer à la sphère publique ni être régenté par elle. La vie personnelle, affective ; conduite selon le libre choix éthique de chacun, est définie comme privée par opposition à tout ce qui concerne l'organisation commune à tous. La *res privata* du droit romain se distinguait ainsi de la *res publica*. Le respect de la sphère privée et de sa libre disposition par chacun est une caractéristique essentielle de l'État de droit. Il exclut toute immixtion de l'État dans la conduite de la vie personnelle, le choix d'une option spirituelle athée ou religieuse, l'adoption d'un mode de vie. Seule est légitime en ce cas le respect de la loi commune à tous, en ce qu'elle rend justement possible la coexistence des libertés individuelles. La privatisation du religieux ne signifie nullement sa réduction à un phénomène individuel, puisque des associations de droit privé permettent à ceux qui choisissent la même option spirituelle de se réunir et de se doter de pratiques communes. Le respect de la sphère privée est un principe essentiel de la laïcité

institutionnelle, qui dessaisit l'État de son pouvoir traditionnel d'imposer ou d'interdire un credo, ou d'arbitrer les croyances. Toutefois, ce respect n'implique nullement un individualisme égoïste et une indifférence à la vie sociale, que la promotion laïque du bien commun entend au contraire favoriser.

Il n'est pas inutile de rappeler la définition de la distinction juridique privé-public que donnait la loi Goblet du 30 octobre 1886. Le principe de séparation-distinction du public et du privé est alors posé pour le financement des écoles. C'est une des trois grandes lois républicaines (81-82-86) fondatrices de l'École primaire publique, gratuite et laïque, qui organise l'Enseignement primaire obligatoire, et pose le principe de la séparation entre école publique et école privée. L'article 2 stipule : « Les établissements d'Enseignement primaire de tout ordre peuvent être publics, c'est-à-dire fondés par l'État, les départements ou les communes ; ou privés, c'est-à-dire fondés et entretenus par des particuliers ou des associations. »

Après certaines contestations de cette séparation laïque, le Conseil d'État l'a confirmée avec netteté par l'Avis de 88 et trois arrêts de 91 : selon l'article 2, les communes ne peuvent subventionner les écoles primaires privées. Il précise que les principes posés par le législateur lui-même ne peuvent donner lieu à hésitation, et pour « faire disparaître » celle-ci, renvoie aux délibérations du législateur, ainsi qu'à ses « votes de rejet » « d'amendements mûrement réfléchis et ayant pour objet d'obtenir en faveur des communes le droit de fonder, d'entretenir ou de subventionner des écoles privées ». « Votes de rejet d'autant plus significatifs, souligne le Conseil, qu'ils portent avec une égale autorité sur les trois faits de fondation, d'entretien et de subvention. » Par trois votes successifs, le Sénat (art. 2), puis la Chambre (art. 2 et 13), rejettent les amendements de la droite réclamant pour les municipalités le droit de « fonder, entretenir ou subventionner » des écoles primaires privées. Et ce rejet prit même à la Chambre une force particulière puisqu'il eut lieu au scrutin public à la tribune, à la demande de la droite elle-même qui voulait ainsi « faire connaître aux 36 000 communes de France les noms de ceux qui leur refusent toute espèce de droits en matière scolaire » (votants : 531 ; maj. absolue : 266 ; pour : 171 ; contre : 360).

SECTE

Le terme « secte » est à rapprocher étymologiquement du terme « hérésie », qui évoque l'idée de coupure, de groupe dissident. Il désigne un groupe de personnes, dites souvent hérétiques, qui, à l'intérieur d'une religion, professent les mêmes opinions particulières, en rupture avec une doctrine de référence érigée en orthodoxie. Par exten-

sion, le terme a pris le sens péjoratif de groupe idéologique ou mystique dont les membres vivent en communauté, sous l'influence d'un guide spirituel, et tendent à se couper du monde social, voire à faire régner en son sein des règles de vie distinctes des règles générales. On parle d'agissements sectaires à propos des pratiques de manipulation destinées à obtenir l'assujettissement des consciences, et finalement des êtres. Lorsque ces pratiques apparaissent suffisamment systématisées pour attester une organisation qui les rende possibles, on en vient à parler de sectes, en un sens assez radicalement nouveau par rapport à l'acception traditionnelle.

La notion primitive d'hérésie recouvre une doctrine jugée contraire à la foi et condamnée comme telle par l'Église catholique (par exemple, l'hérésie cathare). Par extension, elle se dit de toute doctrine tenue contraire aux dogmes établis, par les tenants d'une religion donnée. Le sens commun qualifie ainsi toute opinion, ou conception, voire toute pratique, en opposition avec les idées communément admises. La notion d'hérésie a joué un rôle majeur dans la répression temporelle, et pas seulement spirituelle, de ceux qui ne « croyaient pas comme il faut », ou ne croyaient pas du tout.

Ainsi, aux temps apostoliques, le christianisme connaît des hérésies « judaïsantes » ou « hellénisantes », qui portent sur la nature de Jésus. Est-il seulement un homme ? Est-il un dieu ou du moins un personnage divin ? Aux IVe et Ve siècles, l'« hérésie » arienne se constitue contre le dogme de la Trinité (qui associe dans le sacré chrétien le Père, le Fils, et le Saint-Esprit). Elle réaffirme un monothéisme strict de l'unicité de la divinité, attribuée au seul père. L'islam, refusant plus tard les « associants », reprendra cette idée en insistant pour dire qu'« il n'y a de dieu que Dieu ». À partir du XIe siècle, d'autres « hérésies » voient le jour, qui ne portent plus tant sur la doctrine que sur l'observance de la pratique religieuse et l'organisation interne de l'Église. Elles mettent parfois en cause le rôle du sacerdoce. L'émergence de la Réforme, avec notamment Luther qui s'insurge contre la corruption qu'atteste le système des Indulgences (promesse de rémission des péchés contre espèces sonnantes et trébuchantes), est d'abord considérée comme un mouvement hérétique. Les religions réformées du XVIe siècle, réunies sous le titre générique de « protestantisme » sont si durement condamnées qu'elles s'engagent dans un schisme, et créent leurs propres institutions religieuses. Aujourd'hui, dans le cadre du reflux général de la pratique des vocations religieuses, l'Église s'oriente plutôt vers l'œcuménisme interreligieux, tout en concentrant ses condamnations sur les réalités profanes ou les conceptions éthiques et humanistes qui font l'économie de Dieu. L'œcuménisme interreligieux transporte ainsi la condamnation traditionnelle des

« sectes » et des « hérésies » dans une stigmatisation des éthiques et des philosophies athées ou agnostiques, jugées incapables de promouvoir un monde humain, et condamnées au nom des développements les plus déplorables de la modernité, qu'ils seraient censés avoir inspirés.

Quant aux sectes entendues comme organisations plus ou moins occultes d'emprises temporelles sur des adeptes d'abord attirés par la référence à la religion ou à la vie spirituelle, l'approche du phénomène qu'elles constituent doit éviter toute confusion. Certains voudraient lutter contre l'émiettement de l'option religieuse en rétablissant l'emprise publique des grandes religions traditionnelles, présentées comme un rempart contre les dérives des sectes du fait qu'elles donneraient aux hommes des repères éthiques que la laïcisation des sociétés et des États auraient détruits. Figure moderne du « religieusement correct », cette conception est évidemment discriminatoire, puisqu'elle exclut les convictions athée et agnostique du champ des options spirituelles légitimées. Par ailleurs, le prétexte utilisé, à savoir la préservation de la liberté des hommes en même temps que leur accès à une « spiritualité correcte », est doublement contestable. D'abord, il pose comme allant de soi que les religions traditionnelles, qui se verraient bien à nouveau reconnues dans et par la sphère publique, respectent strictement la liberté de conscience. Alors qu'historiquement elles ne l'ont fait que contraintes et forcées par la résistance à la pratique oppressive de certains de leurs représentants patentés. Bref, c'est la laïcité qui a purgé les religions historiques de leurs propensions dominatrices, assurant au passage à toutes les religions dominées une liberté qu'en position dominante elles n'avaient guère tendance à reconnaître aux autres options spirituelles. Isabelle la Catholique en Espagne, Calvin le protestant à Genève, les talibans islamistes en Afghanistan, n'ont guère brillé en la matière. Ensuite, il ne faut pas confondre l'action du droit contre des *actes*, notamment des pratiques effectives de manipulation et de tromperie, avec la police des *croyances*, illégitime dès lors qu'est reconnu le principe de liberté de conscience. Il faut noter que les sectes, comprises dans le sens d'organisations à but lucratif cherchant à exploiter la faiblesse ou le désarroi, exhibent un prétexte religieux là où en réalité elles mettent en œuvre un projet méthodique de captation des consciences et des subsides. Accepter de se situer sur leur terrain en les prenant au mot et en ne les considérant que comme de simples associations à but religieux serait à la fois naïf et irresponsable : on accepterait le prétexte idéologique, et on fermerait les yeux sur le danger encouru par ceux qu'une situation de détresse existentielle met à la merci des marchands de bonheur et des charlatans déguisés en guides spirituels.

SÉCULARISATION

Processus consistant à séculariser, c'est-à-dire à faire passer de l'état régulier à l'état séculier. Est régulier ce qui concerne les ordres religieux en tant qu'ils sont soumis à la règle par laquelle ils témoignent de leur engagement spirituel distinct de l'implication dans la vie profane. Est séculier, au contraire, ce qui concerne cette vie. La sécularisation est un transfert de certaines fonctions ou de certains biens à des autorités profanes. Elle peut d'ailleurs, lors de ce transfert, conserver des schémas de type religieux, comme on le voit dans les sociétés marquées par la sécularisation protestante. On ne peut donc confondre sécularisation et laïcisation. Cf. *la sécularisation des biens du clergé par la Constituante*. La confusion est fréquente entre sécularisation et laïcisation. Elle relève souvent d'une contestation sourde de la laïcité. Suggérer que la sécularisation a réalisé les idéaux de justice aussi bien que la laïcisation est inexact si l'on considère le privilège qu'elle maintient dans la société civile, voire dans l'État, pour la forme religieuse de la conviction, à l'exclusion des convictions agnostique et athée. Souvent, le conformisme éthique qu'elle induit peut restreindre les libertés aussi efficacement que l'interdiction légale. On l'a vu pour l'affaire Clinton, dans laquelle la vie privée d'un homme était mise à l'encan, et publicisée par un voyeurisme moralisant. On l'a vu également avec les pressions sur l'Université et les cours de biologie, au nom d'une lecture littérale de la Bible, notamment au cours des années 1980 dans l'État d'Arkansas.

SÉPARATION

L'idée de séparation, acte qui dissocie deux termes auparavant liés, est d'abord apparentée à celle de distinction. Chez Montesquieu, par exemple, c'est la distinction des pouvoirs (judiciaire, législatif, exécutif), qui appelle comme sa garantie humaine et institutionnelle leur séparation. La nécessité de ne pas confondre, de ne pas mêler des registres distincts, est pensée comme une condition essentielle de l'efficience des activités et des représentations qui les règlent. Pour éviter la tyrannie, par exemple, il faut que le pouvoir judiciaire dispose d'une réelle autonomie par rapport au pouvoir politique, sinon celui-ci n'a aucun garde-fou. Auguste Comte applique une telle nécessité de distinction-séparation au rapport entre pouvoir spirituel et pouvoir temporel, assignant à chaque type de pouvoir une fonction propre qu'il ne peut véritablement remplir s'il se confond avec l'autre. Le pouvoir temporel règle les actes, si possible par des lois justes. Le pouvoir spirituel, irréductible à sa version religieuse puisqu'il recouvre aussi bien le recul réflexif de la philosophie, cherche à promouvoir la distance critique de la conscience. Ainsi conçu, il se distingue de la simple reproduction idéologique des préjugés ambiants. La conscience doit pouvoir juger librement et rigoureusement ce qui est et ce qui peut être. L'idée de séparation se justifie donc fonctionnellement, pour éviter de mêler des choses qui doivent demeurer distinctes dans l'intérêt même de la cité. Car c'est bien de la Cité, ou si l'on veut de la République au sens d'association politique, qu'il s'agit en l'occurrence, et non du donné social. Que, dans la vie sociale spontanée, sans distance réflexive, le religieux et le politique tendent à se mêler, ne serait-ce qu'au niveau des normes ou des comportements et des postures adoptées, ne saurait surprendre. Mais dès qu'il s'agit de faire coexister des hommes aux options diverses, et de définir un plan qui le permette, il faut à la fois libérer l'activité spirituelle de toute mise en tutelle, et affranchir les pouvoirs publics de toute soumission à un pouvoir religieux. C'est une telle séparation, libération mutuelle, que réalise la déliaison laïque de Marianne et de Dieu. « Je veux l'État chez lui, et l'Église chez elle » : c'est ainsi qu'en 1850 le poète croyant Victor Hugo définissait cinquante ans avant sa réalisation législative l'esprit de l'émancipation laïque, dont il faut noter qu'elle restitue aux religions leur liberté en les désimpliquant des rouages de la sphère publique, tout en donnant à l'État l'universalité de principe qui correspond à sa vocation de droit. La République (au sens littéral le bien commun) ne peut être que de tous, croyants, athées et agnostiques : c'est pour cela qu'elle doit se séparer strictement de toute institution religieuse, comme elle devrait le faire également, le cas échéant, de toute association athée conçue pour promouvoir une vision du monde particulière. La séparation juridique est la condition et la garantie d'une universalité de la loi commune, d'une véritable égalité des citoyens, d'une liberté de conscience affranchie des équivoques de la tolérance. Il est vain de l'opposer à la neutralité et au pluralisme, comme le fait une certaine réécriture de l'histoire laïque : le pluralisme spirituel authentique inclut l'athéisme et l'agnosticisme au même titre que les religions, et c'est de chacune de ces trois options spirituelles que l'État doit se séparer, laissant à la sphère privée des hommes le soin de se tourner, librement, vers l'une d'elles. L'égalité de principe des citoyens comme des options qu'ils adopteront interdit tout privilège d'une religion ou d'un humanisme athée, et tout acte politique qui le consacrerait : elle exclut donc tout type de concordat ou de rapport préférentiel avec une institution religieuse ou athée. La neutralité est pleinement respectée lorsqu'il y a séparation stricte. Elle ne recouvre alors pas le fait de tenir la balance égale entre les religions dans un espace public pluriconfessionnel, ce qui reste discriminatoire à l'égard des athées et des agnostiques, définis négativement par la simple privation de croyance. Elle signifie que cet espace est non confessionnel, et se place hors de portée de toute emprise des religions. Cette extériorité, voire cette transcendance laïque, est une condition de paix et de concorde, puisqu'elle définit un plan de référence dans lequel les hommes peuvent cultiver ce qui leur est commun, par-delà leurs différences.

TOLÉRANCE

Le fait de supporter ce que l'on ne veut ou ne peut empêcher (latin *tolerare*) est traditionnellement expressif d'une dénivellation entre un pouvoir qui domine et des sujets qui sont dominés. Être simplement toléré, c'est donc tenir sa liberté, soigneusement délimitée en l'occurrence, d'un autre que soi. Situation précaire, voire de qui vive, car dépendant du bon vouloir de celui qui domine, de l'arbitraire du prince. Les protestants furent tour à tour persécutés, puis tolérés, puis à nouveau persécutés, l'édit de Fontainebleau de l'intolérant Louis XIV révoquant l'édit de Nantes du tolérant Henri IV.

Les équivoques de la politique de la tolérance n'invalident pas l'éthique de la tolérance, comme disposition à respecter autrui alors même qu'il défend des convictions différentes des miennes. Un tel respect n'est nullement soumission aux convictions en cause, ni abandon de tout point de vue critique : il peut aller de pair avec la dérision et la satire. Il a pour corollaire l'égalité de principe entre tenants des différentes options spirituelles, qu'elles soient religieuses ou d'une autre nature. Et il vaut dans la société civile comme principe de coexistence des tenants d'options spirituelles différentes. Encore faut-il que le droit qui organise cette coexistence soit affranchi de la problématique traditionnelle de la tolérance juridique ou politique, car celle-ci avait pour présupposé la dichotomie entre une autorité dominatrice, qui tolère ou non, et des personnes qui lui sont assujetties, ne jouissant ainsi que des permissions et autorisations accordées. Tolérance et pouvoir dominateur ont alors partie liée. L'émancipation révolutionnaire, qui fait du peuple le seul souverain, brise à terme cette dichotomie, et la Déclaration des droits de l'homme rappelle le caractère natif, donc indérivable, d'un pouvoir extérieur, de la liberté comme de l'égalité des droits : « Tous les hommes naissent et demeurent libres et égaux en droits. » Il n'y a plus d'un côté un pouvoir qui accorde ce qu'il pourrait ne pas accorder et de l'autre des sujets – assujettis – qui tiennent de ce pouvoir des marges de liberté plus ou moins grandes selon son bon vouloir, et selon que leurs options spirituelles sont bien vues ou mal vues. Il y a un peuple souverain qui statue sur lui-même, et s'interdit de confier à la loi ce qui doit rester de l'ordre de la liberté de la sphère privée. L'égalité de principe des croyants des athées

et des agnostiques interdit que les uns soient en position privilégiée par rapport aux autres, et s'octroient de ce fait un droit de regard sur les options spirituelles, voire la possibilité de hiérarchiser les unes par rapport aux autres. C'est pourquoi le concept de liberté religieuse est alors inadéquat. Le libre choix entre des religions n'est en effet que le premier pas vers la liberté : celle-ci n'est pas complète tant que l'éventail des options spirituelles n'est pas ouvert sans restriction. De la religion dominante qui « tolère » les autres, il faut passer à l'ensemble des religions qui « tolèrent » les convictions athée ou agnostique. Mais, chemin faisant, on découvre que ce n'est pas aux tenants d'une option spirituelle de statuer sur les autres, mais à l'ensemble du peuple, du *laos*, de promouvoir l'abstention de la sphère publique en matière d'options spirituelles, afin que la liberté de conscience repose désormais sur un fondement constitutionnelle autrement plus fiable que la variation d'un pouvoir de domination. On trouve une évocation en raccourci de l'histoire de la tolérance, dans le *Dictionnaire historique et critique de la philosophie* de Lalande (PUF, 1926) : « Le mot tolérance est né au XVIᵉ siècle des guerres de Religion entre catholiques et protestants : les catholiques ont fini par tolérer les protestants, et réciproquement. Puis la tolérance a été demandée vis-à-vis de toutes les religions et de toutes les croyances. Finalement, au XIXᵉ siècle, la tolérance s'est étendue à la libre pensée. » Cette description sommaire est exacte, à ceci près que l'universalisation de la tolérance, par son extension à tous les types d'option spirituelle, s'accompagne d'une mutation de son statut. La laïcisation, de concert avec la conquête de la souveraineté démocratique, affranchit la liberté de conscience des limites et des équivoques de la tolérance comme simple « permission accordée ». Elle le fait en solidarisant l'égalité de tous sans discrimination d'option spirituelle. Décision du *laos* sur lui-même, autonomie au sens fort, elle n'a pas le statut d'un acte bienveillant, solidaire d'une logique de condescendance et donc de domination, mais celui d'une décision politique par laquelle ceux qui forment le peuple prennent conscience de leurs droits imprescriptibles. Elle est expression immanente d'une liberté individuelle et d'une souveraineté collective qui s'entre-répondent. La tolérance étendue à toutes les options spirituelles n'est plus exactement tolérance au sens traditionnel, mais tolérance mutuelle, sans hiérarchie. Elle ne vient plus d'une instance de pouvoir transcendante, mais d'une mutuelle reconnaissance d'hommes libres qui se donnent à eux-mêmes les conditions de leur concorde. Le droit laïque est poussé par là, et il n'est plus question de tolérance, mais tout simplement de liberté et d'égalité des citoyens dans l'exercice de leurs droits naturels.

On a vu que Locke, s'il théorise parfaitement le principe de séparation de l'autorité politique et des Églises, méconnaît cette égalité de principe, en stigmatisant les athées (cf. *Lettre sur la tolérance*). C'est donc une tolérance restreinte, assortie de discrimination, qu'il met en œuvre. Cette position exprime la prégnance paradoxale chez un penseur libéral d'une vision malgré tout discriminatoire. On est passé de la logique cléricale antérieure (hors de la religion officielle, point de salut) à la logique de la seule « liberté religieuse » (hors des religions, point de salut). Inconséquence, puisque Locke lui-même précisait, sans faute, que la question du salut n'est pas du ressort de l'État. De la tolérance restreinte à la tolérance immanente au corps social et assurée par le droit laïque que réalise la séparation, le pas reste à franchir. Et il implique qu'une option spirituelle cesse d'être traitée et désignée négativement, par la privation de la croyance. Parler simplement d'incroyants, et dire ensuite que les croyances doivent pouvoir s'exprimer publiquement, c'est consciemment ou non pratiquer une discrimination. Qu'auront à exprimer publiquement les humanistes athées, puisque leur conviction est définie par négation et privation ?

BIBLIOGRAPHIE

AL-ASHMAWY Muhammad Saïd, *L'Islam politique*, La Découverte, Paris et Al-Fikr, Le Caire, 1989 [une analyse très instructive du statut des textes tirés du Coran et sollicités par l'islam politique afin de fonder une juridiction théologico-politique. L'auteur montre l'illégitimité de cette sollicitation, et souligne l'importance d'une interprétation rationnelle, soucieuse à la fois de la réalité de ce que dit vraiment le Coran et du contexte qui peut relativiser le sens de certains énoncés. Montre avec clarté la distinction à établir entre la spiritualité religieuse de l'Islam et son détournement par l'Islam politique, c'est-à-dire le projet de domination politico-religieuse qui prétend s'en inspirer].

ALTSCHULL E., *Le Voile contre l'école*, Seuil, 1995 [analyse argumentée des véritables enjeux de la question du voile à l'école. L'auteur met en évidence la nécessité pour une école laïque ouverte à tous et porteuse d'un projet d'émancipation de préserver les élèves qu'elle accueille de toute mise en tutelle aliénante. La question est particulièrement aiguë pour la femme, souvent assujettie à un statut personnel qui la dessaisit de sa liberté].

ANDRAU R., *Dieu, l'Europe et les politiques*, Bruno Leprince Éditeur, 2002 [remarquable étude de certaines prétentions religieuses à la domination multiforme de la vie sociale, de l'organisation politique, et des régulations juridiques. L'auteur analyse notamment le rôle du principe de subsidiarité, issu du droit canon que défend l'Église catholique, et en vertu duquel il conviendrait de privilégier les niveaux inférieurs d'organisation des relations humaines (famille, communauté locale) sur les niveaux supérieurs (État, voire confédération d'États). Cette préférence a clairement pour effet d'éviter la dimension émancipatrice des lois qui délivrent des rapports de force locaux ou des groupes de pression religieux, et de relativiser ainsi le niveau de l'émancipation politique. Le paradoxe est que la pression cléricale s'exerce en ce sens au nom de l'intégration européenne (niveau ultime d'organisation) et en faveur des autorités locales (niveau premier d'organisation), et ce contre le niveau où s'exerce la souveraineté populaire, à savoir celui de l'État démocratique et républicain].

COUTEL Ch., *La République et l'École*, Pocket, coll. « Agora », 1991 [bon choix de textes commentés, assortis d'une présentation instructive dans laquelle la conception laïque de Condorcet est éclairée avec précision. La laïcité de Condorcet est mise en relief, et dégagée avec toute sa dimension émancipatrice dans le champ de l'École].

DEBRAY R., *Contretemps. Éloge des idéaux perdus*, Gallimard, Folio actuel, 1992 [le plus clair des livres de Régis Debray concernant les principes de l'idéal républicain et laïque. À remarquer le bel éloge de l'école laïque que contient l'hommage à Jacques Muglioni].

KINTZLER C., *La République en questions*, Minerve, 1995 [recueil d'essais clairs et toniques sur des questions vives de la laïcité, dont notamment celle des exigences propres de la laïcité scolaire].

KINTZLER C., *Tolérance et laïcité*, Pleins Feux, 1998 [reprise d'une conférence très éclairante sur la différence entre tolérance et laïcité, et ses implications dans la conception du droit laïque].

KINTZLER C., *Condorcet : l'instruction publique et la formation du citoyen*, Gallimard, coll. « Folio Essais », 1984 [analyse décisive de la conception de l'instruction publique comme fondement d'une citoyenneté éclairée, telle que l'a pensée Condorcet, jetant les bases de l'institution laïque de l'École, irréductible à un simple service, car organiquement liée au sort de la République].

MUGLIONI J., *L'École ou Le loisir de penser*, textes réunis et présentés par Jacques Billard, Paris, CNDP, 1993 [ensemble de textes essentiels pour penser une philosophie de la laïcité. Définit avec force les fondements de l'école républicaine, et de sa vocation à promouvoir l'exercice éclairé du jugement].

PENA-RUIZ H., *Dieu et Marianne. Philosophie de la laïcité*, PUF, 2001 (2e éd.) [étude d'ensemble de l'idéal laïque et de la laïcité institutionnelle qui en dérive. Les fondements et les principes y sont explicités, et l'histoire de l'émancipation laïque y est restituée. L'approche des questions vives posées par l'actualité est ainsi préparée et mise en perspective par un rappel des faits et une analyse des enjeux. Les développements proposés articulent la philosophie, la sociologie, l'histoire, le droit, et la théologie, pour élucider le sens de la laïcité, et éclairer les solutions qu'elle peut apporter aux problèmes de notre temps].

PENA-RUIZ H., *Qu'est-ce que la laïcité ?* Gallimard, 2003, Folio actuel [ouvrage de synthèse proposant une définition argumentée de la laïcité et une explication des principes qu'elle met en œuvre. Il s'agit de clarifier une notion trop souvent obscurcie ou déformée par les approches polémiques ou les prétendues « rénovations » qui brouillent les choses, voire servent de paravent à une critique de la laïcité. L'ouvrage propose des repères juridiques, politiques, et philosophiques, et des éléments d'analyse pour les questions les plus actuelles : entre autres, l'intégration républicaine, le risque du communautarisme, le sens de la loi de séparation, l'étude des phénomènes religieux dans les programmes scolaires, etc.].

PENA-RUIZ H., *Le Roman du monde : légendes philosophiques,* Flammarion, 2001 [éclairage laïque des grandes images de la pensée humaine, empruntées à la littérature, aux religions et aux mythologies, et à la philosophie. Il s'agit de montrer ce que peut représenter une connaissance de l'ensemble des Humanités, sans exclure ni privilégier les références religieuses, mais en les traitant comme des données culturelles, au même titre que les œuvres mythologiques et artistiques, philosophiques et littéraires. C'est dans le patrimoine culturel de l'imagination humaine que puise cet ouvrage. Le « roman du monde » se compose d'images et de symboles, de personnages mythiques et d'exemples familiers, d'allégories et de métaphores désormais proverbiales. Toutes ces figures sont devenues légendaires. Entre autres, les ailes de l'âme, le feu de Prométhée, la tour de Babel, la rame qui paraît brisée sous l'eau, la chouette de Minerve, Œdipe aveugle, la peau de chagrin, le roseau pensant, la paille et la poutre, Thalès tombant dans un puits. Le sens de ces légendes est analysé avec le souci de montrer comment la réflexion y trouve son incarnation sensible].

PENA-RUIZ H. et SCOT J.-P., *Un poète en politique : les combats de Victor Hugo,* Flammarion, 2002 [biographie politique du poète, analysant entre autres le lien entre sa conversion républicaine et sa conviction laïque, illustrée notamment par son discours contre la loi Falloux].

SAADA-GENDRON J., *La Tolérance,* GF-Flammarion, « Corpus », 1999 [mise au point sur le problème de la tolérance, éclairé par un choix de textes très sûr, et des commentaires précis].

STREIFF B., *Le peintre et le philosophe : Rembrandt et Spinoza à Amsterdam*, Paris, Éditions Complicités, 2001 [remarquable fiction politico-philosophique dans laquelle l'idéal laïque est illustré en quelque sorte *a contrario* : la rencontre imaginaire du peintre et du philosophe symbolise celle de deux libertés militantes. Le peintre rejette la soumission mercantile au mécénat, qui tend à asservir l'art. Le philosophe rejette la mise en tutelle de la pensée par le pouvoir théologico-politique, source d'oppression et d'obscurantisme. Allégorie très actuelle au regard de la collusion du mercantilisme mondialisé et des prétentions théologico-politiques, de l'argent-roi et de son supplément d'âme clérical, cette œuvre originale allie l'agrément d'un beau récit littéraire et la vigueur d'une pensée rationnelle accomplie].

ZAKARIYA F., *Laïcité ou islamisme : les Arabes à l'heure du choix*, La Découverte, coll. « Textes à l'appui », 1990 [livre décisif, qui règle son compte à l'idée que la laïcité ne vaudrait que dans certains contextes culturels et historiques, et serait incompatible avec certaines civilisations. L'auteur distingue l'islamisme et l'Islam, et montre qu'il n'y a nulle incompatiblité entre laïcité et culture marquée par la religion musulmane. Cette culture est d'ailleurs aussi diverse que l'est celle qui fut dominée par le christianisme].

LA LAÏCITÉ EN DÉBAT : INTERPRÉTATIONS ET CONTROVERSES (EXEMPLES).

BAUBEROT J.,*Vers un nouveau pacte laïque ?* Seuil, 1990 [Titulaire d'une chaire d'histoire de la laïcité, Jean Baubérot a élaboré la notion de « pacte laïque », et périodisé le processus d'avènement de la laïcité en France en parlant de « seuils de laïcisation », situant le premier seuil dans le Concordat napoléonien de 1801. Sur ces deux points, il y a débat. Peut-on interpréter la loi de séparation du 9 décembre 1905 comme un pacte ? Rien n'est moins sûr, car cette loi n'a nullement été négociée avec les Églises, et l'Église catholique lui fut d'abord vivement hostile. En effet, la perspective de la séparation lui faisait perdre les privilèges liés au concordat napoléonien, et notamment son statut de droit public, lié à sa dimension de religion « reconnue ». La loi de séparation laïque est une décision des représentants du peuple : elle est un acte de souveraineté, inspiré d'abord par des principes. En ce sens, elle n'a rien de conjoncturel, et n'a pas été négociée avec les autorités religieuses : elle énonce des principes d'indépendance réciproque de l'État et des Églises, et de tels principes n'ont pas de lien particulier avec les religions de l'heure. Les circonstances de proclamation d'un principe n'en relativisent pas la portée dès lors qu'on admet la valeur intrinsèque de ce principe. L'*habeas corpus* a d'abord été formulé dans des conditions bien particulières, mais son fondement en droit l'affranchit de ces conditions et lui donne une portée universelle. Quant au Concordat napoléonien de 1801, suivi des articles organiques de 1802, il semble difficile d'y voir un « seuil de laïcisation », car il fut au contraire une régression du processus de laïcisation entamé le 18 septembre 1795 par une première loi de séparation de l'État et des cultes, qui avaient alors cessé d'être salariés. L'enjeu de tels débats n'est pas anodin : il s'agit de savoir si la laïcité doit se renégocier en fonction des évolutions du « paysage religieux », ou si elle possède une portée suffisamment générale, comme cadre d'organisation qui, en tant que tel, transcende les différentes options spirituelles car il permet de les faire vivre dans la liberté et l'égalité. La seconde hypothèse lui confère une valeur principielle qui échappe à la relativisation, même si elle peut appeler, pour son application, une attention particulière aux exigences issues de contextes nouveaux.]

BOUSSINESQ J., *La Laïcité française*, Seuil, 1994 [Cet ouvrage présente comme un « memento juridique » une relativisation à peine voilée de la laïcité, en un temps où certains dirigeants de la Ligue de l'enseignement défendaient la notion polémique de « laïcité ouverte », abandonnée depuis. Le titre même manifeste un souci de relativisation géographique de la laïcité, qui ne manque pas de surprendre dès lors qu'on en reconnaît par ailleurs le bien-fondé en droit. Il semble, en effet, relativiser l'idéal laïque en suggérant qu'il n'aurait de sens qu'au regard de la situation historique et géographique de la France. Pourtant, et par comparaison, on peut constater que personne ne parle de l'« *habeas corpus* anglais ». Sous d'autres latitudes, le principe de laïcité est d'ailleurs largement revendiqué comme une conquête du droit qu'on ne peut assigner à résidence. Songeons au Pakistan et au Bangladesh, à l'Algérie et au Mexique, pour ne mentionner que ces pays. Par ailleurs, on trouve dans l'ouvrage une lecture de la loi de 1905 assez tendancieuse et peu soutenable au regard de l'ordre d'exposition choisi par le législateur, dont on peut admettre qu'il fait sens. Les deux premiers articles de cette loi, regroupés par le législateur sous le même titre (« Principes ») sont dissociés d'étrange façon dans l'interprétation qu'en fait l'auteur. L'article 1 se trouve mis en relation avec l'article 4 pour suggérer que la loi défend avant tout la « liberté religieuse », alors que cette expression de caractère réducteur n'y est utilisée nulle part. C'est la liberté de conscience qui est assurée par la République (article 1). Et cette liberté n'est ni religieuse ni athée : elle s'étend à toutes les options spirituelles, religieuses ou non. Une telle liberté ne va pas sans l'égalité de tous, croyants ou athées, dans son exercice, ce qui implique la disparition de tout privilège public des religions, comme cela impliquerait celle de tout privilège public de l'athéisme s'il devenait doctrine officielle.]

HERVIEU-LÉGER D., *La Religion en miettes ou la question des sectes*, Calmann-Lévy, 2001 [Ce livre invoque la sociologie des religions pour développer une critique relativiste de la laïcité. Il suggère, sans le démontrer, que l'emprise des sectes est liée à l'assignation des grandes religions traditionnelles à la sphère privée. Il développe une mise en cause de la laïcité, et notamment de la loi de séparation de 1905, qui stipule que la République ne reconnaît, ne salarie et ne subventionne aucun culte. Pour étayer la revendication de restauration de privilèges publics pour les religions occidentales traditionnelles, Danièle Hervieu-Léger invente la notion de « dette civilisationnelle » supposée (p. 192) à l'égard de ces religions, passant sous silence les souffrances et les injustices causées par leur instrumentalisation politique. Deux discriminations se conjuguent alors : de certaines religions rejetées par rapport à d'autres au nom de la « culture » occidentale, et des humanismes athée et agnostique, rejetés du fait d'un monopole implicitement reconnu aux seules figures religieuses de la spiritualité. L'« oubli » du principe de l'égalité des hommes, quels que soient leurs types d'options spirituelles, est hautement significatif, ici comme ailleurs, d'une pensée sourdement antilaïque qui s'en tient au principe réducteur de « liberté religieuse » et peut de ce fait reconnaître des vertus aux systèmes théologico-politiques qui accordent aux religions des privilèges dans la sphère publique. Là encore, le débat mériterait d'être éclairé par une nette distinction de la religion comme libre témoignage spirituel, parfaitement compatible avec la laïcité, et la revendication politico-religieuse d'une place privilégiée, notamment au niveau du droit, dans les sociétés humaines. Par ailleurs, l'ambiguïté de la notion de « civilisation » ne va pas ici sans problème, puisque c'est au nom d'un héritage civilisationnel qu'est reven-

diquée une nouvelle reconnaissance des religions, et partant
une discrimination positive à leur égard, propre à leur conférer
une normativité qui tend à faire des athées et des agnostiques
des citoyens de seconde zone.]

LETTRES

PHILOSOPHIE

GF Flammarion

03/08/20857-VIII-2003 – Impr. MAURY Eurolivres, 45300 Manchecourt.
N° d'édition FG306701. – août 2003. – Printed in France.